續・橫道世之介

打工奮鬥篇

吉田修一

好評推薦

「當我思考著誰能助我一臂之力、一起戰鬥時，最先浮現的人就是世之介。」提到吉田修一重啟續集的原因，其實是為了在新的文藝雜誌連載中，不願輸給其他作家的好勝心。雖然是個不中用的故事主人翁，但是世之介的身邊總是充滿歡笑聲，光是遇見他就足以稱為好運，而身為書迷的我們，相較於因電影才認識世之介的觀眾來說，是否也稱得上幸運呢？

在這段可能是世之介人生中最「不如意」的一年，他遇見只有最糟的時期才能相遇的邂逅，《續・橫道世之介》將每個人都可能經歷過的低潮期，化為能跑向人生馬拉松終點的力量。

——CharMing的投幣式置物櫃（影評人）

感動萬千觀眾的《橫道世之介》電影幾乎是亦步亦趨貼著書行走，導演沖田修一賦予角色的是魅力和光采，原著作家吉田修一則真正撐起了整個故事的深度與靈魂。沒什麼存在感的世之介於文字世界不如在影像世界裡討喜，善良之餘多了份冷漠、膽怯與無動於衷，就像自己不甚討喜的那一部分，然後我們冥冥之中與注定相遇的人們相遇，與注定告別的人們告別，學會從另一個角度認識陽光的溫暖，從愛過的人眼裡看見更好的自己，磕磕絆絆帶著彼此前往下一站停靠，準備好在某個渡口笑著離散，一瞬間成長的過程裡，何其幸運留下了美好的記憶，何其幸運遇見了橫道世之介。

——Let Me Sing You A Waltz（書評人）

懷疑吉田修一是不是在用黃仁宇寫《萬曆十五年》的方式，用一年去觀察明朝未來興衰的方式，去寫混雜他本人部分青春的《橫道世之介》。橫看世之介的一年看似平淡無奇——甚至讓我們覺得廢得很可愛——但是當我們以全知角度，站在知道世之介的未來之際，縱看他的過去，世之介是在用每個月的時光、用點滴般的悲與喜，像漣漪一樣影響了身旁的人們。林正盛導演有本自傳叫作《未來，一直來一直來》，這本續作的副標可以用上這個，因為在過去的世之介，讓我們看到未來，一直來一直來。

——重點就在括號裡（影評人）

續・橫道世之介

目次

四月　櫻花飄零

燈號老早變成綠燈，池袋站西口的五岔路口，大批人潮走過斑馬線。當中有名男子佇立不動。周遭行人川流不息，使這名站定不動的男子更顯搶眼。

與其說他是因為想到什麼而停下腳步，不如說他只是心不在焉，才沒留意到綠燈。

當然，他並沒閉起眼睛，也沒盯著腳看。男子筆直望向他要過的馬路前方，也望著自己以外的人們走過馬路。

緊接著下個瞬間——

「啊！」

男子這才注意到綠燈，急忙想要通過，但紅燈已經亮起。

一輛正要往前衝的計程車朝他按喇叭。

「啊！」

男子退回原位。

其實往後退到哪個地方都無所謂，但他這個人感覺一板一眼，他想退回剛才站的石板路上，卻一時踩偏，儘管根本沒人看到，他還是難為情地笑了一下。

可能仍舊在意這件事，只見他像練習般努力退回原位。

「往前跳、退回來……」

他嘴裡喃喃自語著，腳微微移向前，接著馬上又往後收。

再強調一次，其實他退到哪個位置都可以，況且又沒人在看他。因此，看在旁人眼裡，他一副像踩到狗屎的樣子。

燈號再次轉換，男子這次才邁步向前。他低頭看錶，再一分鐘就要十點。

他似乎有約，斑馬線走到一半突然往前衝。

他在往車站途中的一處巷弄左轉，似乎是Rosa會館的方向。

這一帶入夜後，滿是酒局、聯誼的紛亂喧鬧，路過時一不留神，恐怕會一腳踩上路旁的嘔吐物或排泄物，但這個時間點，飄散的是晨間的咖啡香。

男子一路往前奔跑，將翻找廚餘的烏鴉趕走，維持同個速度衝進三十秒前才開店的柏青哥店。

店門剛開，眾人忙著搶位子，衝進店內的男子混在客人之中，鎖定了今天剛換的新機台，躍上樓梯，往夾層而去。

「店內請不要奔跑！不要奔跑！」

店員以麥克風喊道。但明明每個人都在跑，自己當然沒道理停下。

向來都是上樓後，正面就是新機台，但不知是店長一時心血來潮，還是刻意聲東擊西，眾人鎖定的新機台卻沒擺在那裡，而是位在左邊深處。

似乎連常客也被這樣的調整所騙，大家在狹窄通道上擠成一團，弄清楚後才往機台衝去。

男子緊跟在隊伍後面，但就像在玩大風吹一樣，新機台早已坐滿。就在男子好不容易伸手摸到位於最裡頭的椅子時——

「搶到了！」

另一側傳來聲音。

仔細一看，是在這家店裡常看到的年輕女子，她用手中的黑色手提包佔位子。

「我先的。」

「是我先。」

「是我！」

「你是手指碰到的對吧？我可是用手提包呢！那就是手提包勝出。」

「啥？」

男子想將女子推開，坐上椅子，但不過才推了她肩膀一下，女子便放聲大喊：

「喂，請別動手好嗎！」

這名眉毛剃光，成天板著臉，嘴裡總是叼著菸，坐著時敞開雙腿打柏青哥的女子，這種時候嚷嚷要人別動粗？一點說服力也沒有。

男子無視於她的叫喊，搶走座位。他此時的神情，活像是專注於玩大風吹的小學生。

但女子仍沒死心。「喂，閃開啦！」她就像剛上場的相撲力士般，一再推著男子；這敵人技高一籌，正準備將手中的千圓鈔塞進機台。

男子沒先準備好千圓鈔，眼下也無法分神從屁股後方口袋裡掏出錢包。

緊接著下個瞬間，女子的千圓鈔已被吸進機台裡，嘩啦嘩啦跑出小鋼珠。

「好了，小哥你輸了！」

一旁叼著菸玩著柏青哥的大嬸，開心地笑著說道。

男子氣得手發抖，他很想就這樣握住眼前的轉鈕，但如果就這樣玩起來，就成了強佔，恐怕以後會被店家列為拒絕往來戶。

「辛苦你了……要機台的話，其他多的是啊。」

女子像趕蒼蠅似的，揮手要強忍怒意的男子離開。

「真是的，平日一大早就來搶……是沒其他事好做嗎？妳這個柏青姊……」

這男子為了宣洩不甘心，語帶不屑撂下這句話來。但他自己也是平日一大早就沒事幹，只見他垂頭喪氣離開新機台。這個人，名叫橫道世之介。

他姑且算大學畢業，但因為延畢一年，沒能趕上泡沫經濟末期供不應求的市場榮景，現在只能靠打工和打柏青哥勉強糊口，今年二十四歲。

就算搶不到新機台，也沒什麼好慌的。世之介為了讓焦躁的情緒平靜下來，來到自動販賣機前買了一罐咖啡，坐向「歇口氣休息區」的沙發。

唉，早知道就多睡一會兒。

他自以為心想事成，特地從住處繞遠路來到這裡，現在覺得這一切都很蠢。

他正準備喝罐裝咖啡時，店員從他面前經過。

「淺賀，早啊！」世之介打了招呼。

店員停下腳步，一臉歉疚說道：「啊，這位客人，你沒搶到新機台嗎？」

「搶不到啊！」

這位店員還是戴著那副像牛奶瓶瓶底般的圓框眼鏡，這款式在這個時代已相當罕見。每次店裡只要進了Fever機台[1]，世之介就忍不住想買隱形眼鏡送他。

「剛才看你一路用跑的，還以為你搶到位子了。」

「搶不到啊……被那個吉原炎上給搶去了。」

「吉原炎上？」

「你不知道嗎？就那齣講吉原花魁[2]的電影啊。導演是五社英雄，拍過《鬼龍院花子的一生》、《陽暉樓》等片。」

「這我知道。」

「那部電影裡頭，不是有個把眉毛剃光的花魁嗎？你記得嗎？」

「哦，原來是綽號啊。」

1　柏青哥的一種機台，只要小鋼珠滾進某個得獎口，中央多個滾筒就會轉動，當湊齊同樣圖案時，就會中大獎，底下的得獎口會持續打開一段時間。

2　吉原是江戶的煙花街，花魁是指最高等級的娼妓。

淺賀比世之介大幾歲，但個性嚴肅，不管聊什麼話題，最後都會變得很無趣。眼前的情況也是，以「吉原炎上」開啟的話匣子，感覺很有趣才對，而且世之介希望聊得更熱絡一點，但最後淺賀卻正經八百地回了一句「哦，原來是綽號啊」，這麼一來，世之介也只能回應：「啊，對，是綽號。」

不過，淺賀的反應也不無道理。

世之介希望聊得熱絡，可他和世之介明明沒那麼熟。世之介之所以親暱地叫他「淺賀」，是因為他依規定在制服胸前別上了名牌。對淺賀而言，世之介單純是「客人」，真要說的話，就是一位硬要裝熟，很難纏的「客人」。

「啊，淺賀。對了，聽說你的目標是通過司法考試，對吧？」

向來都這樣，只要被這位客人叫住，就很難回到工作崗位上。

「嗯，是啊……不過已經落榜多年。你是聽誰說的？」

「就是之前說要當牛郎，結果辭職的野邊啊。」

「哦，他啊。」

「你可真不簡單。一面在柏青哥店打工，一面準備司法考試。我光是一樣都做不好了……」

眼看這客人認真苦惱起來，淺賀趁機甩開他，就此編了個理由：「不好意思，新機台那邊好像有客人叫我。」匆匆離去。

世之介望著他的背影低語道：「真不簡單。就像是活在另一個世界的人。」對他由衷敬佩。

原本「另一個世界」這句話，不該用在這種情況，但如果不這麼想，身為一個平日一早就被搶走新機台而悶悶不樂的人，就會更顯自己的可悲，而難以離開「歇口氣休息區」。

不過，這天世之介雖然被搶走新機台，老天爺仍站在他這邊。

上午他玩的機台很不順利，手頭的一萬兩千日圓轉眼間全打了水漂。本想就此乖乖認栽，打道回府，但他往店內瞄去，看到他被搶走的新機台，吉原炎上大賺了一筆。看了實在不甘心，於是世之介走出店外，衝向武富士的ＡＴＭ，預借了一萬日圓。他先到隔壁的吉野家吃了一碗牛丼飯，嘴裡咕噥著「牛丼能量補血完畢」，意氣風發回到店內。

很不巧，新機台還是都坐滿了人，但剛才一直在這附近打柏青哥的一名外行人，白白繳了不少補習費，就在每個人看了都知道好運終於要降臨的時候，他卻死心離去。

對方可能是抱著「柏青哥好玩嗎？沒玩過呢」的心情，前來一試的學生。就世之介來看，這個人就像是好不容易花了兩個小時煮了一鍋咖哩，就只剩裝進盤裡享用，卻在這時候跑了。怎麼看都是個蠢蛋。

「噢，你或許當那是學生的消遣，但我們可是關係著生計呢。」

世之介以彈舌的口吻喃喃自語，坐在那散發濃郁香氣的咖哩面前。

確實，他剛玩沒多久，馬上就中了大獎。因為實在來得太快，他還轉頭往後瞧，怕剛才那名大學生氣呼呼跑回來。但那名只是玩玩的學生似乎沒這份執著，反倒是淺賀靠了過來，發出「噢」的一聲，朝他肩膀拍了幾下，替他打氣。

「塞翁失馬，焉知非福哦。」

世之介朝淺賀眨了個眼。

但就在他眨眼的那一刻，一段不好的回憶落在他肩上。

塞翁失馬，焉知非福是吧。

世之介第一次說這句話，是在開始找工作之後不久發生的事。

他到就業輔導組隨手翻閱厚厚一疊公司介紹，心想，聽過名字的公司就等同大企業，不如就從這些公司開始應徵吧。

現在景氣不比從前，供不應求的市場榮景已成過去。這些負面消息他多少耳聞，但就在沒多久之前，只要有心工作，大企業的人事主管還是會搓著手，很客氣地主動過來接洽。這都是他親眼目睹的事，所以他想，就算景氣再差，頂多也只是少了搓手的動作吧。然而現在非但沒搓手，人事主管也沒主動前來，就連以前會馬上打來說「謝謝您來函應徵」的聯絡電話都沒了。儘管如此，他還是一派輕鬆地等著，待他回過神來，一開始寄履歷去的那幾家「曾經聽過名字」的公司，全都在第一關就把他刷掉了。

他念的是管理學院，應徵的幾乎都是金融相關企業。像證券公司、都市銀行、壽險、一般保險……因為他到就業輔導組的諮詢窗口時，一提到自己是「管理學院畢業」，對方就馬上拿出這些資料給他。

就像在新宿車站問人：「請問，我想去澀谷……」對方馬上回答：「如果你要去澀谷，那就搭山手線。」沒有其他選擇的餘地。

如果沒有選擇餘地，一般人只好從裡頭挑選，當然，既然要選，自然就選最好的。

不過在這種情況下，也可能受時代氛圍影響，完全以進入這當中的某家公司為前提，根本沒想到還有「進不了」的可能。

有名氣的公司，他全都在第一關就被刷掉。當初從就業輔導組那裡領到厚厚一疊資料時，他只說了聲「抱歉」就剔除的那些公司簡介，現在急忙拿了出來。

「好在沒扔……」

原本一度想扔，現在卻緊緊將這些資料抱在胸前。

事後回想，正因為剛好處在求職混亂時期，那些有名氣的公司都在第一關資料審查便將他刷掉，世之介反而不會太沮喪。

照理來說，他應該會對自己的未來悲觀，對自己的實力沮喪……更重要的是發現自己竟是這麼微不足道，就某個層面來說，這理應是他人生中最富哲理的瞬間。但世之介這個人不知道該說是個性彆扭，還是天生反骨，他就像那些搶特價拍賣的客人一樣，當商家說「還有貨哦」，就刻意擺架子說「我又不見得非買不可」，可是當對方說「只剩○個囉」，就馬上急得撐大鼻孔噴氣。別說最富哲理的瞬間了，他連自己有多渺小都沒發現，在「那個人還沒畢業就已被採用」「那傢伙已經進入第三關面試了」的聲浪中，他被逼入絕境，甚至搞不清楚自己究竟想就業，或者只是想寫履歷表。

當然，讓他通過第一關書面審核，挺進考試、面試的公司也不少。

說到這裡，因為當事人是世之介，大家或許會想，他在考試和面試時絕對出了不少糗吧！對此滿懷期待，但說來神奇，竟然一次也沒有。

世之介面試工作？光想就覺得鐵定笑話一籮筐。

「昨天我去面試工作。」

只要世之介開口這麼說，每個人都會心想「好，一定很爆笑，說來聽吧」，做好捧腹大笑的準備。

但世之介絕口不提。

這麼一個連從住處前往柏青哥店也會鬧笑話的人，偏偏在找工作時，表現得一點都不像他。這反而成了他的敗因。

但在此希望各位設身處地想想：

應徵五十二家公司，沒有一家雇用他，接連得到「我們不需要你」的答覆。這種情況下，還有誰能充滿哲理地思考「我這個人還真是渺小」這樣的問題呢？

就算渺小也無所謂，這世上總有人需要我吧！

他應該這麼想才對。

在前往某家中等規模點心製造商面試的途中，他原本緊繃的某個東西突然斷線。

當時已經入夏，鐵路沿途不知道是誰種了許多向日葵，沐浴在陽光下。

世之介站在一處緩升坡上，以手帕擦拭額頭的汗水。就在準備再度邁步時，他彷彿被人抽走脊椎似的，連一步也動不了了——

他閃到腰。

世之介一手抓著道路護欄，緩緩蹲下。只要稍微一動，劇痛就貫穿全身。

他冷汗直冒。快要趕不上面試，但現在根本無法行走，而且別說路上的計程車了，就連行人也不見半個。

「我不行了……」

他反射性發出這樣的聲音。

雖然是半開玩笑，但從喉嚨發出的，卻是帶有哽咽的聲音。

「我也太弱了……」

接著脫口而出。

承認之後，淚水奪眶而出，心情倒是舒暢許多。他已經不想去面試了。別人都認定他無法振作，當然他心裡多少有點不甘心，但當時他真的有點喜歡那樣的自己。同時也覺得，今後他將再也不會喜歡自己。

「您好，這裡是山二證券營業七課。」

電話打過去馬上有人接起，是一名年輕女性的聲音。

在電話亭裡正準備一口咬下德式香腸的世之介，急忙說道：「呃……我是橫道，請問小諸先生在嗎？」

「請稍候。」

話筒另一頭傳來女子叫喚「小諸」的聲音，在聽到「來了」的一聲回應的同時，馬上傳來「您好，敝姓小諸！」的應答。

這位小諸大輔和世之介一樣延畢過一年，大學後半段時期，兩人幾乎成天混在一起。但可能是幸運女神選中了小諸，找工作沒多久，他便被某家「曾經聽過名字」的公司錄用。

「諸仔，什麼『敝姓小諸』啦。」世之介笑道。

「啊，世之介？」

「是說，剛才接電話的是那位美女學姊嗎？」

「哦，你怎麼知道？」

「果然不出我所料，因為光聽聲音就很甜美。」

「就說吧。」

雖然小諸壓低聲音，但聽起來很開心。

「諸仔，今天一起喝酒吧？」世之介馬上開口邀約。

「好啊。」

今天星期五諸仔晚上似乎也沒安排。

「幾點？」

「八點或八點半吧。」

「那就在池袋，老地方。」

「明白。」

掛斷電話後，世之介這才一口咬向德式香腸。因為太貪心，抹了太多黃芥末，差點要打噴嚏。

他看著手錶，才剛七點，離他和諸仔約見面的時間還有一個多小時。如果這時回公寓小睡，時間不夠；上居酒屋前先去烏龍麵店也不成。至於柏青哥，都已從早上開始玩，早膩了。世之介走出電話亭，在街上信步而行。

搬來池袋已快一年。從九州來到東京，一開始是住在花小金井車站附近，之後大五那年，先後搬到祖師谷大藏、荻窪一帶，最後在池袋落腳。

在荻窪租的那間公寓，要不是限租學生，他很想一直住下去。但就算沒工作，還是非得畢業，所以不管他的穿著打扮再怎麼像學生，退租文件還是無情地送到他面前。

在他租下池袋這間公寓的日子裡，深切了解到過去因為學生身分，得到不少信任。舉例來說，就算整天說人壞話、小氣又陰沉，每天晚上都很大聲地播放饒舌音樂，只要說一句「我是學生」，還是能租到房子；但就算你是公園的掃地志工、在電車上必定讓座給老人、每天早上還拿掃把清掃公寓大門前，只要說出「我是打工族」，房屋仲介就會以一句「抱歉，你可以去其他店問問看嗎？」將你打發。

結果，他去其他店問，對方又叫他去問別家，真像一個快溺死的人想抓住浮木般，四處奔波尋找。「很辛苦對吧。不過我們店裡有適合你們的房間哦。」這時，一位像神明般的房屋仲介現身。

「而且不用保證人，基本上任何人都能入住。」

最後他來到在新宿的公寓裡租小房間當辦公室的房屋仲介商。那位留著小鬍子，身穿紅色棉背心的社長，活像是長大成人的腹語人偶小福，臉上總是笑咪咪給人好感。但眼前的他，也飄散出一股人偶的詭異氣息。

「任何人都能入住……例如呢？」

世之介產生不好的聯想。

這時候如果對方提到流氓或毒販，他就會馬上回一句「那不用了」，走出店外。但不愧是小福，生意手腕一流，若無其事說道：

「應該主要都是從事色情業的女孩吧。」

「主、主要都是嗎？」

經對方這麼一說，世之介感覺自己像站在擺滿高級化妝品的伊勢丹百貨公司一樓，面對眼前這位小福，他忍不住嗅聞起來。

「就是它了，請您安排。」

他差點就要直接決定，但還沒問到地點和房租。

小福拿出兩個房間的平面圖。都是同樣格局的單人房，同樣的房租，同樣位於十樓。

「呃，這間位在歌舞伎町，這間位在池袋北口。」

聽小福這麼說，他為之躊躇：「歌舞伎町……不太方便耶。」

「那這間呢？」

「在池袋對吧？」

「對。」

「那裡有西武線或東武線嗎？」

「您說的是位在池袋站的東口和西口。」

「那麼，北口有什麼？」

「看得到的，大多是情侶去的賓館吧。」

滿是情侶賓館的地區，周邊治安肯定很差。世之介好歹明白這點。倒是住在那棟大樓裡的大多是從事色情業的女人，這和情侶賓館息息相關。

「我選池袋這間。」

因為不需要保證人，所以決定好之後，接下來就好談了。

實際上，選這裡是因為那一帶的住戶以從事色情業的女人為主，還有情侶賓館，但決定後他才想起來——

「啊，對了。說到池袋，諸仔也住那附近。」

諸仔從學生時代就開始住的公寓，位於埼京線附近，從池袋前一站的板橋站走路五分鐘就到。現在他雖然進入一流證券公司上班，但似乎沒抽中位於市中心的單身宿舍，所以還是住老地方，領取租屋補助。

不過，諸仔從學生時代起，就有一些莫名其妙的執著，例如別人問他：「諸仔，你住哪？」他總會回答：「池袋前一站。」

大部分人都不會特別感興趣，所以往往只會回一句：「哦，池袋啊，很方便對吧。」這話題就此結束，但當中也有像世之介這樣，在一些奇怪的細節上特別執著的人。

「哪條線的前一站？」

「幹嘛問？」

「因為有地鐵、西武線、東武線，很多路線啊。」

「是埼京線。」

「哦，站名呢？」

「板橋。」

「那就是板橋嘛，不是池袋。」

諸仔都刻意說是池袋附近了，世之介這麼說，根本就是潑他冷水。

諸仔就住在板橋站一帶，所以世之介曾多次來過這裡，但這是一條帶有鄉間風情的市街，很難聯想到隔壁站就是池袋。

這裡並沒有車站大樓，車站前的圓環旁也沒有麥當勞、便利商店、銀行。與明治通相連的主街道旁種滿櫻樹，每到春天，人們可以不必硬擠千鳥淵和上野公園填街塞巷的人潮，悠哉的獨佔這裡的櫻花雨美景。

在池袋西口的派出所前，最後他實在忍不住，邊等邊吃買來的可麗餅。約好的時間過了十五分鐘後，諸仔這才現身。

「抱歉、抱歉。」

「真慢。」

「那什麼啊？」

「巧克力香蕉可麗餅。」

「看起來很好吃呢。在哪兒買的？」

「咦，現在還吃啊？」

「肚子餓了嘛。」

「那就趕快去居酒屋吧。」

「啊，對哦。」

「去哪一家？」

「啊，我有沙瓦的兌換券。」

「哪一家的？」

「我看看……」

諸仔從鋁合金公事包裡拿出沙瓦的兌換券。

「我說你啊……你特地買了這樣的公事包，我實在不想說，不過……既然這公事包得來不易，你就不能拿出像樣一點的東西嗎？」

「有啊，喏。」

「啊，今天是發售日。」

諸仔連同沙瓦兌換券一起從公事包裡拿出的，是《Big Comic Spirits》。

諸仔連同漫畫誌一起拿出的兌換券，出自Rosa會館後面的一家居酒屋，這家店似乎標榜使用九州產地直送的鮮魚，不過世之介從沒去過。

「你是和誰去過這家店？」

世之介望著兌換券，如此詢問。

「誰？還不就是你嗎？」

「咦？我沒去過啊。」

「不會吧？那可能是我自己一個人去的吧。」

「回答得這麼快。你都不用想一下跟誰一起去的嗎？」

「說起來或許很可悲，我除了你之外，沒別的朋友。」

「不是或許，是真的很可悲。」

兩人就這樣你一言我一語，開心走進居酒屋。

這家店才開幕沒多久，走進店內，眼前是環繞廚房的吧台，店內設置了半包廂的座位。

「歡迎光臨！兩位嗎？」

在一名女性朝氣十足的招呼聲下，世之介應了聲「對」，看向對方。同時，他偏著頭暗呼一聲：「嗯？」

那名身穿背後寫有「祭」字的短外罩、纏著頭巾的工作人員，也偏著頭暗呼一聲：「嗯？」

對彼此感到眼熟，但一時間沒認出來。

兩人保持微妙的距離。

「坐吧台可以嗎？」

「好，可以。」

他們往前入座。

世之介與諸仔坐一起，那名身穿短外罩的店員就像在挑釁般，將沉甸甸的菜單遞到他們面前時——

「啊！」

他們異口同聲叫出來。

「吉原炎上……」世之介說。

「那個『八墓村』……」女店員說。

下個瞬間，雙方異口同聲喊道：「啥？」

「你說吉原炎上是什麼意思？」

「妳說『八墓村』又是什麼意思？」

「你拚了命朝新機台跑來，像極了《八墓村》電影裡邊跑邊喊：『這是詛咒，是詛咒！』的那個人，可怕極了……那吉原炎上是什麼意思？」

「就妳啊，總是把眉光剃光，怪可怕的。」

「眉毛？明明就有。你看。」

女子將頭巾往上推，露出她清楚描出的眉線。

緊接著，一名像是店長的男子走近，聲音柔和問道：「濱本，怎麼了嗎？」但眼中不帶半點笑意。

「沒事，我在向這位客人介紹今天的五種生魚片拼盤……」

女子瞪了世之介一眼，世之介不自主地說道：「那我就來一份五種生魚片拼盤和……」想配合她蒙混過去，但我行我素的諸仔卻在一旁插話道：

「啊，我不要生魚片。」

「那就來一份三種生魚片拼盤。」世之介說。

「我不是說了嗎，我不要生魚片。」

「我一個人吃啊！」

「那就一份三種生魚片拼盤和……」

「還要一個中杯生啤酒和地瓜燒酒加冰塊。這都我一個人喝的。」

已分不清究竟誰是敵誰是友，誰在點誰的菜。

姑且記下點菜後，女子暫時退下。

「今天我在公司看到讓人開心不起來的一幕……」

諸仔突然想當這個話局的主角。

「等等……你沒看到剛才的情況嗎？現在應該由我來說一句：『哎呀，遇到了一個真教人受不了的女人！』開啟話題才對吧。」

但諸仔要說的事，似乎真的讓他很不開心。他完全沒在聽世之介抱怨，不知為何，拿來吧台上的醬油和醬料由右邊往左邊排好。

「好啦，聽你說總行了吧。」世之介只得讓步。

諸仔這才將醬油和醬料放回原處。據他所言，隔壁部門有兩個人，大家背地裡叫他們萬年課長和萬年副課長，在今年春天的人事異動中，那位課長榮升轉調。

今天就是那位課長整理桌面，前往新部門的日子。之前同事取了「萬年課長、萬年副課長」的稱號，就某個層面來說，是因為將他們倆當搭檔看待。看在旁人眼裡，覺得他們感情不錯，沒想到卻在最後這天突然叫罵起來。

兩人的座位一直是面對面，將近十年之久。

當然一開始是批評對方的工作方式，引發導火線。但後來兩人都壓抑不住激動的情緒，一個說「你的呼氣都傳到我這兒來了」，另一個說「你吃東西時，看到你那張嘴，都害我想吐」，那模樣好比結縭數十年的夫妻離婚前夜的舉止。最後諸仔和同事們都悄悄離開，只留下他們倆在現場。

「這表示他們兩人這十年來一直都在壓抑，十年耶。每天都因對方的呼氣或吃飯方式不耐煩，又一直強忍下來……想到這裡我就覺得難過，難道這就是人生？」

不清楚現場狀況的世之介，只覺得兩個中年男人就像是為了感情風波吵架一樣，那畫面有趣極了，但是諸仔一臉認真，他自然不敢亂開玩笑。

這種情況下，世之介也是有他正經的一面，他露出感同身受的神情，但其實完全無感，就只是強忍著笑意，等著兩個中年男子相互咆哮的畫面快點從腦中消失。

「不過，雖然在公司裡發生這種不開心的事，但想到了世之介你，就覺得鬆了口氣。我們大可不必勉強自己。像世之介這樣的人，還是一樣活得好好的。想到這裡，就覺得不用變堅強也沒關係。」

這話絕不是稱讚，但只要能讓諸仔心情變好，就算自己被拿出來講，世之介也無所謂。

「沒問題，只要你不嫌棄的話，要怎麼想我都行。」

世之介拍著諸仔的肩膀，同一時間，吧台擺上了生啤酒。

他以為自己沒設定時間，但鬧鐘響了。

世之介翻了個身，摸索枕邊的鬧鐘。翻找的時候想到「啊，又來了」，他把手縮回。

世之介租屋的這棟位於池袋的大樓，有十二層樓，每層各有七間單人套房。大樓叫「RISING池袋」，但很不巧，每一戶都是坐南朝北，根本可惜了這樣的美名。

剛搬來時，最先教世之介吃驚的是屋內空間之小。連同浴室和玄關在內，約四坪半。先前平面圖標示為六張榻榻米大，但擺上兩張單人床墊後，就再也擺不下其他東西了。

既然房間這麼小，牆壁自然不會太厚。

只要不是行徑古怪的人，一般都會把床擺牆邊。世之介當然也把單人鐵管床貼向牆邊擺放。他隔壁鄰居也是從另一側把床緊靠同一面牆。

每到深夜，隔著牆壁可清楚聽到鄰居的打鼾聲。有一次這位鄰居還在電話裡提到一位M女星好像要出全裸寫真集，世之介還一時不自主地應了一聲：「咦？真的假的？」或是睡覺翻身時，以為自己的腳跑到牆壁另一側去了，竟在迷迷糊糊中道歉：「啊，對不起。」

簡言之，現在耳邊響個不停的鬧鐘，正是鄰居的鬧鐘。

世之介蒙上棉被，等候鬧鐘自己停。另外，聽管理員說，他隔壁住的人姓友永，在池袋一家美容沙龍擔任美髮師。世之介搬來沒幾天，在走廊上遇見時，對方主動跟他搭話——

「呃，有件事不太好說，這棟大廈牆壁比較薄……」

這位鄰居連初次見面的問候也沒有，直接說道。

「是……」

「該怎麼說好呢……聽得到A片的聲音……其實我剛搬來時，隔壁鄰居提醒過我。」

世之介滿臉通紅，前一晚看的A片浮現腦中。

「啊，你誤會了。我沒什麼特殊癖好……」

他頓時慌了起來。

「啊……不，喜歡哪一類型的不重要。」

鄰居似乎也覺得尷尬，說話速度變快。

「不，你誤會了。平時我看的都是比較一般，讓人聽了不至於尷尬的那種。」

「我、我是說，這不重要……」

「不，可是你真的誤會了，昨天我只是一時鬼迷心竅……」

他明白自己愈是焦急，愈像個怪人，但如果就這樣讓對方離去，肯定會被認為他有這方面的癖好，所以世之介堅持不肯退讓。如果以後不會再碰面就算了，但想到住在薄薄一面牆對面的人，一直把自己當變態，他便覺得有朝一日他也會承認自己是個變態。

那位鄰居沒理會焦急的世之介，逃也似的溜回房間。

「請、請等一下！」

世之介出聲叫喚，但關上的那扇門後傳來上鎖的咔嚓聲。他很想按門鈴，但這麼一來只會給人更差的印象。

世之介低語道：「你誤會了……」只能垂頭喪氣回到自己屋內。

從那之後，在走廊或是電梯裡遇到時，世之介都想主動搭話，但這位鄰居都耿直地抬手往面前一揮，回他一句：「啊，不用了。」就此逃開。

這名起床很不乾脆的鄰居，似乎終於起床，因為鬧鐘總算停了。

一直在等鬧鐘停的世之介，這時候「嗨咻」一聲起床，然後才意識到「啊，對哦，我可以繼續睡」。

他雖然想再多睡一會兒，卻因為肚子餓而無法入眠。

世之介走下床，拉開窗簾。隔著馬路，對面大樓是補習班，一整排窗戶可以看到認真聽講的補習生。

世之介打了個大哈欠，來到狹窄陽台上。從扶手往樓下張望，看到管理員上原拖著不良於行的左腳清掃著樹叢。

這名管理員和他的嫩妻住在一樓管理室。管理員應該是六十多歲的退休人士，但他妻子怎麼看都像是二十多歲。

當初世之介滿心以為他們是感情好的父女。但就算感情再好，也不會假日手牽手一起出門，或是傍晚在附近赤禮堂超市的食材區，兩人一面挑大蒜，一面湊近身體展開「一個就好了」「一次買一包吧」的對話。想到這裡，就覺得只有年紀相差懸殊的老夫少妻才可能這麼做，不過他另外也聯想到感情出奇好的搞笑搭檔。

事實上，這名嫩妻很愛惡作劇，她會刻意在管理員掃乾淨的地方丟垃圾，以捉弄他。這時管理員會眉開眼笑地用關西式的吐槽口吻說道：「妳就別鬧了！」

既然難得早起，從現在到傍晚打工前的這段時間，就過得充實一點吧，世之介如此盤算。起身換裝後，走出房外。不過，偏偏這種時候電梯故障，他落入從十樓一路走安全梯到一樓的窘境。

管理員在一樓。

「又故障了嗎？」

世之介問。

「業者說馬上就會來看。所幸不是回來的時候發生，而是在出門的時候。」

管理員悠哉說道。

在管理員的招呼下，世之介說了聲：「那我出門了。」離開公寓。

對面補習班前聚集了一群學生正在抽菸，就像發生一場小型火災般，升起一陣白煙。

世之介跨越馬路，走進巷弄。為了道路擴建而撤離住戶的工程，看起來不像正在進行，如此難以辨別的風景，就這樣在都市蔓延開來形成了空地。這當中竟然有全新裝潢開張的拉麵店，展現出「我接下來要賺錢」的氣勢。

世之介常去光顧的理髮店就在這一帶。理髮師看起來有點凶惡，如果摒除這點，這一帶就屬這家店最便宜，而且店裡客人不多，一到店裡馬上就能理髮。

到理髮店理髮前，他在那家新開張的拉麵店裡，看著店內主推的鹽味拉麵以及菜單最底下的長崎強棒麵，不知該選哪個好。最後基於對故鄉的愛，他點了強棒麵，但在喝下第一口湯的瞬間，他嘆了聲「唉……」，垂頭喪氣。

吃完失望的午餐，他前往理髮店。跨過像蟲蛀般的空地旁圍起的繩索，朝理髮店走近後，發現有名女子在店門前踮起腳往店內窺望。

世之介心想，八成是在等店內的男友或丈夫理好出來，於是他不以為意，繼續走近，女子聽到腳步聲後轉過頭來。

兩人目光交會後，互朝彼此發出「咦？」的一聲驚呼。

是在西口的居酒屋當店員，同時靠打柏青哥賺錢的吉原炎上。「啊？」世之介改為挑明露出厭惡的表情，對方也回以「啊？」臉上表情極度扭曲。

世之介心想，她應該是有認識的人在店內，因而往店內窺探，但一個客人也沒有，那位總是板著臉的理髮師正百無聊賴地看著電視。

世之介隔著一段距離，與女子展開對峙。女子頂著一頭短髮，像運動社團的女生一樣，沒半點女人味，但成年女子不可能到這種理髮店理髮。順帶一提，她穿得還很像運動社團的女孩的假日打扮：一身怎麼看都像是在赤禮堂買來的雜牌棉服，腳下一雙早已穿得超過年限，大喊吃不消的涼鞋。

對這名女子一番觀察後，世之介暗呼一聲「哦～」已明白是怎麼回事。

雖然兩人年紀有一段差距，但那位一臉凶惡的理髮師，應該是她男友之類的。

世之介露出了然於胸的微笑，女子似乎覺得噁心，狠狠瞪著他。總之，她是個高傲的女人，在世之介把臉轉開前，她絕對不會自己先轉開。那模樣看了真教人惱火。

世之介先認輸，準備走進店內。就在這時——

「你一直都在這裡理髮嗎？」

女子主動搭話。

「是，您說的沒錯。」

世之從以前就這樣，只要一生氣，不知為何說話就會恭敬起來。

「你理髮時，都是怎麼跟他說？」

女子一副高高在上的口吻，而且提出的問題莫名其妙。

「什麼？」

世之介就像是瞧不起她似的，頭偏向一旁。

「我問你，你在請他理髮時，都是怎麼跟他說的！你耳聾啊？」

「妳這是問人的態度嗎？」

「你怎麼那麼難搞啊！」

「啥？」

「算了！」

可能是聽到他們的對話，店內的理髮師出來查看情況。世之介一時在心裡暗呼不妙。

「一切還好嗎？」

往外探頭的理髮師雖然用語相當客氣，但音調聽起來不像那麼回事，他看起來似乎不認識吉原炎上。

「啊，不，沒什麼。」世之介回答。

理髮師接著看向女子：「有什麼事？」

「不，沒什麼。」

女子面對一臉凶惡的理髮師，一樣不改其態度。

世之介心想，不能一直陪他們耗下去，於是留他們兩人在門外，自行走進店內。

坐上他平時坐的椅子前，他先從書架上拿起一本週刊。今天老闆娘好像休息沒來，她平時穿的粉紅色工作服仍掛在牆上。

理髮師在外頭與女子交談了一會兒，返回店內時，世之介已看完週刊的刊頭彩頁。

世之介望向店外，已不見那名女子。

「照平常那樣剪嗎？」

在理髮師的詢問下，世之介點頭應了聲「對」。

雖然他算是常客，但理髮時兩人不曾交談。之前店裡只有老闆娘在時，她曾經以婉轉的口吻，向世之介透露這位一臉兇樣的理髮師是在監獄裡學會理髮技藝。從那之後，雖然世之介明白這是很過分的偏見，但每次請這位理髮師替他剃鬢角或後頸的頭髮時，都會幻想並擔心理髮師會用剃刀割斷他脖子。

但事實上，別說割他脖子了，每次這位理髮師替他理髮，他總感到無比舒暢。雖然並不是因為看了黑幫老電影才有這種想法，每次請他理完髮，一走出店外，就很想昂首闊步。

世之介闔上眼，聽著理髮器發出的聲響時，突然有個聲音傳入耳中。平時這位板著臉的理髮師都不會主動搭話，所以他一時以為自己聽錯了。

「聽說是想理平頭。」傳來這句話。

世之介睜開眼。與鏡子裡的理髮師四目相對。他聽得一頭霧水。

「咦？」

世之介頭偏向一旁，理髮師馬上將他的頭擺正。

「我剛才說，想理平頭。」

理髮師這句話令人費解。

「咦？我嗎？我還是照平常那樣就好……」

「不，不是你。」

「哦，是說你自己嗎？」

已經理了五分頭的理髮師，在鏡中生硬地微微一笑。

「不是啦，是剛才那個女人。就是你剛才在外頭的那位朋友。」

「哦，她啊。她不是我朋友……咦？」

兩人在鏡中第三度目光交會，一陣沉默籠罩。雖然平時一直都籠罩著沉默，但偶爾展開對話後，更加令人如坐針氈。

「好像是這麼回事。她說想剪成像我一樣……不過，還沒下定決心。」

世之介在鏡中靜靜注視著理髮師。

在他那顆清爽的五分頭底下，有一張怎麼看都像是曾經混過黑道的臉。世之介試著換上吉原炎上的臉。

俏尼姑？

那樣倒是不壞，不過，竟然刻意變成這副模樣，實在搞不懂這女人的心思。

理髮師似乎也有他自己的想像。只見他偏著頭，默默頷首，一副了然於胸的神情。

「這種女人多嗎？」世之介問。

「不，我第一次遇見。」

「就說吧，我也是第一次聽說。」

「你想得到原因嗎？」

理髮師果然也和世之介一樣，想得到答案。

「我只想得到尼姑。」世之介說。

「啊，我也是。不過，如果是出家，應該是在寺院落髮吧。實在沒必要到這種賓館街的理髮店剪髮。」

「說的也是。」

接下來輪到理髮師應答，但他似乎沒特別想回些什麼，還是和平時一樣，默默專注於理髮。

不得已，世之介只好和平時一樣閉上眼睛。

就在他洗完頭，理髮師朝他後頸撒上痱子粉完成最後步驟時，門鈴聲響起。

「歡迎光……」

理髮師手上的動作就此打亂，痱子粉撒到世之介耳畔，他就此咳了起來。

走進店內的，竟然是吉原炎上。兩人透過鏡子目光交會，難得她也會朝世之介點頭致意，於是世之介點頭回禮。可能是職業病使然，理髮師馬上將他的頭轉正。

「歡迎光臨。我這邊就快好了。」

在理髮師的招呼下，吉原炎上挺出下巴，應了聲「好」，坐在罩著老闆娘親手縫製的拼布套的沙發上。

「好了，辛苦您了。」

理髮師朝他肩上一拍，世之介這才回過神來。他想起身，但不知為何，理髮師的手仍未從他肩上移開。別說移開了，甚至還用力壓在上頭。

「她……真的想理五分頭嗎？」

理髮師以不同於平時的不安口吻在他耳畔低語。

「我、我不知道啊……」世之介也不安地回應。

「先生，你再待一會兒吧。」

「咦？可是我等一下要打工。」

「幾點？」

「五點。」

「那還有時間嘛。」

不知何時，理髮師又恢復平時的凶惡。

世之介透過鏡子偷瞄吉原炎上。雖然和她一點也不熟，好歹過去見過幾次面，看得出來她就屬這次最為緊張。

緊接著下個瞬間，兩人在鏡子中對上眼。平時她總是充滿挑釁的眼神，但不知為何，此時她的雙眼看起來像是噙著淚水。

吉原炎上應該也聽到了他們的談話，這樣還望向世之介，這一定表示她也希望世之介能留下。有些時候，人們會希望有人陪在身邊，儘管對方幫不上忙也無妨。

五月　連假症候群

「然後呢，好看嗎？」

一面將青蔥雞肉串裡的蔥取下，一面向微醺的世之介詢問的人，是諸仔。就像平時一樣，今天傍晚時，世之介問他：「今晚要去嗎？」邀他喝酒，諸仔也一如平時，二話不說就答應了。

諸仔從雞肉串上取下的蔥，世之介以筷子夾起，送入口中。順帶一提，點青蔥雞肉串的人向來是諸仔，世之介總是提醒他：「既然你不愛吃蔥，那就不要點嘛。」但諸仔仍然堅持：「說到烤雞肉串，當然得點青蔥雞肉串。雖然我討厭蔥。」

「然後呢，好看嗎？」

這次諸仔伸手拿雞肝，略顯焦急地問道。

「你在意的是那件事啊！」

世之介白了他一眼。

「要不然會是哪件事？」諸仔毫不退讓。

「不，一般來說，聽到『有個年輕女孩在我面前剪成五分頭呢』，首先在意的是，她為什麼要剪成五分頭吧？」

「啊，對哦。那為什麼要剪成五分頭呢？」
「所以才說啊，我也不知道原因。」
「然後呢，好看嗎？」
到頭來，諸仔還是想知道。
「這個嘛，還算好看吧。」
世之介倒也不是不想回答這個問題。
「哦，好看是吧。」
「嗯，還滿好看的。」
從那之後只過了短短三天。不，明明已是三天前的事，卻像是才剛看到一樣。
在那間理髮店，世之介理完髮後，馬上換吉原炎上坐上他的位子。他們擦身而過時，女子突然問他一句：
「你叫什麼名字？」
「我姓橫道，橫道世之介。」世之介回答。
先做出反應的，是那位表情凶惡的理髮師。
「哦，這名字好像浪人呢。」他笑著說。
世之介心想，一般都說像武士，這樣說不是很好嗎？但這時他要是打亂話題也不太妥當，因此他刻意不提，逕自坐在沙發上。
現場瀰漫著一股決鬥般的緊張。一位想理五分頭的女人，一位苦惱著是否該幫她理五分頭的理髮師，還有想目睹全程的世之介。

這種情況下，如果將五分頭代換成「報仇」，那就易懂多了。

總之，現場就處在這種令人不敢喘息的緊張之中。

「我姓濱本。」

女子自我介紹後，坐向理髮椅。等了好一陣子，她似乎沒打算接著說出自己的名字。坐定後，濱本似乎已拿定主意。

「麻煩您了。」

果然是一副像要決鬥般的口吻。

「我不清楚妳的原因為何，但妳確定要這麼做？」

聽理髮師這麼問，她點頭應了聲「確定」。

「頭髮這種東西，很快又會長出來的。」

平時寡言的理髮師，這時變得話多起來。

「要剪囉！」「好。」「真的要剪囉！」「好。」「要用理髮器囉！」「好。」這樣的應對一再反覆，就連世之介都聽得不耐煩起來。這時，理髮器落在濱本的後頸。

理髮器一路往上推向後腦，黑髮就此飄落。理光後的青色頭皮，看了直教人心痛，感覺頭皮透著涼意。

理髮就只是一轉眼間的事。最後剩餘的前額瀏海也落下，鏡子裡坐著的人，與剛才走進店內的，感覺是截然不同的人。

可能是自己想多了，和剛才相比，她的眼睛變得又大又圓。一對外張的耳朵，反而更顯女人味。

「這位客人，妳的頭型好，理這樣很好看。」

理髮師這番話，世之介聽了也直點頭。

之後抹了刮鬍泡，替她刮除後頸和鬢角的髮根。濱本不習慣前傾洗頭，顯得有點不知所措，但最後還是順利地理好了五分頭。

她付完錢，說了聲謝謝，走出店外。當自己是店員的世之介，也急忙付錢，隨後跟向前。

走出店外，見濱本站在外頭。

「不好意思啊。」

她鄭重地說道。

「不會，我還好。」

「有認識的人在一旁，替我壯膽不少。」

「我們不算認識吧。」

「我已經猶豫很多年了。」

濱本如此說道，撫摸自己那一頭青皮。

「很舒服對吧？」世之介笑著道。

「嗯，很舒服。」濱本也回以一笑，接著說了一句：「那就改天見囉！」邁步離去。

「嗯，再見。」世之介朝她揮手。

濱本轉過頭來，做出打柏青哥的動作。

「我想辭職。」

諸仔一時沒看好，朝醬烤雞肉丸子撒鹽巴。

「諸仔，你有沒有在聽我說啊？」

「咦？」

「還咦咧。我剛才提到那個理五分頭的女人，你不感興趣嗎？那你早說嘛。我講了很久耶。」

世之介一把從諸仔手中搶走鹽罐，藉此出氣。

「啊，抱歉。」

「算了，沒什麼。」

「總覺得……黃金週結束後，完全提不起勁。」

理五分頭的女人這個話題似乎暫時告一段落。

「諸仔，這話你去年不是也說過嗎？當時你才剛進公司不久。」

「是嗎？」

「是啊……應該說，你每年固定上演這種戲碼。」

「固定上演？」

「因為這是連假症候群。」

「哦。」

「那你就辭掉工作吧。諸仔，我之前就在想，你不適合證券公司。」

「那我適合什麼？」

「嗯，從證券相關來看，或許是農業[3]吧？」

「啊……這樣我明白了。」

「真的假的？」

世之介重新打量諸仔。如果每年固定有這種連假後症候群，那麼，諸仔的身體可說是和自然合為一體了。

「你這領帶的圖案是青蛙嗎？」

世之介突然發現，朝諸仔的領帶一拉。

「咦，你現在才發現？我一直都繫這條領帶啊。」

領帶上有小青蛙往左右跳躍的圖案。

在居酒屋前與諸仔分別後，帶著醉意的世之介以虛浮的步伐離開。今晚從現榨檸檬沙瓦開始，一路喝了萊姆、葡萄柚、巨峰葡萄、沖繩香檬等水果類的沙瓦，而就在他開始挑戰柚子蜂蜜、芒果梅子、玉露綠茶等沙瓦時，無限暢飲時間結束。品項雖多，但全都是小杯，在送來的瞬間，就已經要點下一杯了。

最近世之介酒量明顯變好。雖然很慶幸自己還不像諸仔那樣，進公司時買的襯衫，每個鈕釦間都繃出肉來，像極了小雞的鳥喙，但偶爾上澡堂站在鏡子前，他發現自己也挺著白胖的肚子。

「從明天開始鍛鍊腹肌吧。」

這時候世之介每次都會拍打自己的肚子。不過，這份決心向來都不會持續到隔天。

酣暢快意的世之介，在這依舊喧鬧未歇的小週末，從西口的鬧街愉悅地走回住處。在一棟住商混合大樓前，有一群人將同事高高地拋起，不知在慶祝什麼。緊接著，男人們組成人牆，將百般不願的女人們推進卡拉ＯＫ店裡。

世之介羨慕地望著這群開心的男人們，越過一條馬路。甫一走過馬路，頓時安靜不少。順著這條路走下去，有一家感覺外觀過時的大酒店，有座怎麼看都像是毒品交易地點的大停車場，再過去便是掛滿五顏六色霓虹燈的賓館街。

世之介來到停車場前方，接著左轉。只要一路走下去，就是他那空間雖小，卻住得很開心的租屋處「RISING池袋」。

路上有一家可在店內用餐的便利商店，世之介繞去店內。一如往常，用餐區內聚集了來自南美或中國的妓女，有人吃著泡麵，有人在補妝。

世之介走進後，離他最近的妓女向他喚道：

「小哥，要玩嗎？」

不過她看起來意興闌珊，就算世之介回答「要」，她肯定會繼續吃她的泡麵，然後才猛然

3　日文的股票是株（かぶ），與蕪菁同音，所以聯想到農業。

發現，回一句：「咦？你要玩啊？」

她給人的感覺就是這麼慵懶。

世之介早已習慣了。不過第一次遇到時，他相當興奮。在昏暗的巷弄裡，有美人向他招手，他不疑有他走近。

「小哥，現在有空嗎？」

對方這樣問他，他馬上心想——

咦？這是被搭訕嗎？咦？這就是傳說中的被搭訕嗎？

他大為興奮，擺出帥氣的架勢回答：

「嗯，還算有點空。」

不過，對方接下來馬上談起價錢。世之介才為了七十日圓的差額，不得不放棄便利商店裡高價位的肉包，心裡萬般捨不得，當然付不起對方的開價。

「我沒空。」

原本說有空，現在改口說沒空，逃也似的離開現場。

他在便利商店買了個漢堡排便當當宵夜，正準備走出店外時，又有另一名妓女很敷衍地對他喚道：「小哥，有空嗎？」

「沒空。」

世之介轉頭回應，但出聲叫喚的人早已沒理他。

離開便利商店走了一會兒，突然有一對情侶從十字路口的牛丼店衝出來。

就連世之介也嚇了一跳，停下腳步。不知發生了何事，那名看起來像流氓的男子，突然朝女子呼了巴掌。

「啊！」

世之介忍不住叫出聲來。

「幹嘛打我！」

「囉嗦，小心我宰了妳！」

女子朝男子撲去。男子毫不留情地將女子摔倒在地，抬腳踢她側腹，絲毫沒減輕力道。

「啊、啊……」

世之介看傻了眼，大為慌亂。

不久，男子一把抓住女子的長髮。

「喂，站起來啊，臭女人！」

他拉著女子拖行，另一隻手一把揪住她的臉。

儘管世之介手足無措，但回過神時，發現自己已朝他們兩人走去。他手裡甩著便利商店買來的便當，閃進他們兩人之間說道：

「不好意思……可以先停一下嗎？」

「你誰啊！」

這次男子改為一把揪住世之介的衣襟。不知不覺間，從牛丼店裡湧出許多看熱鬧的人。相反的，便利商店裡的妓女們可能認為員警隨時會到，早就一溜煙跑了。

世之介感覺到圍觀群眾朝他投射而來的視線，站在他正義的這一方。

被揪住胸前衣襟的世之介，以失控偏高的嗓音反駁。儘管如此，他還是無意識地站穩立場，要對方別加害那名女性。

「呃……使用暴力……呃……」

男子卻把腳一伸，想踢女子頭部。

「住手！」

世之介不由自主喝斥一聲，朝男子肩膀一推。便當就此脫手，往圍觀群眾的方向飛去。這時剛好男子抬起單腳，一個重心不穩，跌進樹叢裡。

男子重重跌坐在地。

就在這時——

「住手！」

女子突然怒吼一聲。把自以為見義勇為的世之介推開，爬向那名跌坐地上的男人身邊。

「你幹什麼！」

女子抬眼瞪著世之介，眼中充滿憎恨。

世之介無法理解這是怎麼回事，他出手相救，和女子憎恨的眼神連不起來。

剛才在便利商店買來的便當，整個翻倒在路旁。

自從三十三歲那年擁有自己的店面，至今已過了十五年，過去除了固定公休日外，從未休過一天假。

開店的隔年，父親過世。他們從以前感情就不好。大概是個性相似的緣故吧，他們彼此都頑固、只顧自己，很討厭被人指使。

當母親從醫院打電話來告訴她「病情很危急」時，她正自己一個人在店內備料。原本她可以臨時關店，打電話向訂位的客人道歉，搭上新幹線趕去見父親最後一面。事實上，接到母親打來的電話時，她也曾這麼想過。

「爸，你討厭的獨生女這就去看你，你再撐一會兒。」她在心中低語。

但緊接著下個瞬間，她聽見父親的聲音：

「我那個笨女兒才不會來呢！她現在人在銀座經營一家高級壽司店。雖然她身為女人，但多年來混在男人堆裡學藝，挨店裡的老闆和前輩們拳打腳踢，還是強忍眼淚堅持下來，好不容易擁有自己的店面。而且還是開在銀座，是一流的壽司店呢。這麼重要的店，我那笨女兒怎麼會拋下它不管，跑來看我呢？我那笨女兒才不是那麼柔弱的女人。」

不知不覺間，已淚流滿面，淚水源源不絕落在砧板和菜刀上。

當初她說自己不想再念高中了，想去壽司店當學徒，父親聽了之後大笑。她至今仍清楚記得當時的笑聲。

當時父親在看電視。那是一個搞笑節目，節目企劃是要建一尊大佛，以振興人口嚴重外流的小鎮。

「啥？壽司店？女人握的壽司，誰會想吃啊。」

女兒歷經多時苦惱，才說出未來的夢想，然而父親的嘲笑聲，與他邊笑邊看搞笑節目的笑聲完全一樣。

她瞞著父母，拜訪了幾家當地的壽司店，問他們肯不肯收她當學徒。

每家店一開始都很好心地提供建言。

「如果妳想當女服務生，最好去找咖啡廳，而不是我們這種店。」

但當她仔細說明自己想當的是壽司師傅，不是女服務生時，每一家店都板起臉孔。

「這不是女人勝任的工作。這一行可沒妳想得那麼輕鬆。」

高中畢業後，她隻身前往東京。

一開始是到學校介紹的小型印刷廠工作，但她很快便辭職。離職後，又開始四處找尋肯雇用她的壽司店。

當然，沒有店家肯雇用她當壽司學徒，但倒是有人願意請她當端茶的服務生。她希望更進一步接近自己的夢想，勉為其難待在壽司店當服務生，但看到比自己晚到店裡的男生後來都站吧台裡工作，便覺得很不甘心。

二十歲時，她和一名小混混交往。對方是個笨蛋，以為光靠柏青哥和賭馬就能混口飯吃。

她其實算不上喜歡，只是找一個比自己更悲慘的人陪伴，讓她忘卻自己的悲慘。

但不知不覺間，連自己也成天泡在柏青哥店裡，藉此填補自己受挫的夢想。

她原本就大剌剌的，不拘小節。生性適合靡爛的生活。白天泡在柏青哥店裡，一週當中有幾天到居酒屋打工。

嗯，這樣一樣能生活，她把未來想像得很簡單，覺得這樣的人生很輕鬆。

她心想，啊……我的人生這樣就夠了。

「濱本小姐，那我帶這個回店裡囉。」

她站在小小的陽台上俯瞰街景，猛然回神，發現自己想起了往事。

擁有自己的店面已經十五年了，今天第一次在非店休日休假。

徒弟內海在狹小的玄關處抱著紙箱，正在穿鞋。也不知道他是懶，還是個性太急，如果不方便穿鞋，只要暫將紙箱放下即可，但他卻扭轉身軀，想將遲遲套不進鞋裡的腳跟硬塞進去。

「內海，搬到店裡後，全部放進冰箱。如果放不下，就把冰箱好好整理一下。」

「好——」

「別拉長音，要簡短有力。」

「好！好！」

「一次就好！」

「啊，好——不對，好！」

內海終於穿好鞋，他捧著沉甸甸的紙箱，搖搖晃晃地出門。三年前買下這間公寓，騎自行車不用十五分鐘就能抵達銀座一丁目。雖然當時是咬著牙扛下房貸，但人們只要下定決心，似乎老天爺就會幫你一把。搬來這裡之後，有雜誌報導她，不是「女人握的壽司」這種標題，純粹以新奇當賣點的特輯，而是很認真地對她的壽司評價。

再度回到陽台後，往下望見內海搖搖晃晃地從大門走出去的模樣。也不知道是他下盤不穩，還是重心太高，總之，看起來就是重心不對。她覺得有趣，不經意地凝視起來，內海雖然一派不疾不徐，但似乎有了感應，突然停下腳步抬頭。

「濱本小姐，接下來妳要去替馬拉松加油對吧？」

內海大聲詢問。

「對！我有朋友要比賽！」

「是哦，太酷了！竟然認識奧運選手。」

「很酷對吧！」

「妳會在哪裡加油？我待會兒也要去看！」

倒著走在斑馬線上的內海，差點跌倒。

當初內海看徵人情報誌前來面試時，她原本心想：「嗯，還是別雇用他比較好。」與其說內海哪裡不好，倒不如說，想不出他有什麼優點。當然，短短幾分鐘就要徹底了解一位素未謀面的對象，這件事本身就令人質疑，但總歸一句話，從他身上找不到令人信服的特點。

制式化地完成面試，她在店門口送內海離去，但這時原本已敞開的店門，內海竟然還想打開。

她這才發現，哦，原來這孩子很緊張啊。倒不如說，就是因為太過緊張，而看起來像在生氣。

目送內海捧著紙箱走進巷弄後，她轉身準備回到房間。這時，她的身影映在鋁門上。她不經意地輕撫頭部。雖然頭髮不長，但現在當然已不是平頭。

不知為何，突然一陣笑意湧上。

不知何處傳來蟬鳴聲。

仰望天空，發現雲層正逐漸擴散開。因為一早下雨，微感涼意，但要是繼續放晴，氣溫逐漸攀升，也許反而會變得悶熱，對馬拉松相當不利。

始終沒關掉的電視，正在播放神宮外苑的新國立競技場上即將開跑的畫面。

「啊，看到日吉亮太選手了。那位是……肯亞的選手吧，他正和肯亞選手開心地交談呢。」

「真的呢。聽說日吉選手今天早上和平時一樣，吃了兩碗飯、兩碗加了豆腐和油豆腐皮的味噌湯、荷包蛋、烤鮭魚、羊栖菜、金平牛蒡、海苔佃煮，相當豐盛，看起來一點都不緊張。總之，日吉選手一向開朗又風趣，不知不覺間，大家全往他身邊聚集。他就是這樣的人物。這次的東京奧運選手村裡，他似乎很快就匯聚了高人氣，有很多人將國外選手們與日吉選手談天說笑的影片上傳到 YouTube 呢。」

向來以仔細又用心的解說而頗受好評的女主持人，也曾經是馬拉松選手，她以很熱情的口吻介紹日吉亮太。

電視畫面中確實拍到日吉亮太與肯亞選手有說有笑，她光是看到他的笑臉，連自己也跟著嘴角輕揚。

這次東京奧運，男子馬拉松有三位日本選手出賽。若以成績和戰績來看，日吉亮太算是排行第三。排行第一的，是日本紀錄保持人、王牌選手森本淳司，接著是由原先的十公里跑者轉戰馬拉松，才二十二歲的大野功輔選手，以日本最佳成績緊追在後。

原本第三位選手應該是由在國內選拔賽中取得第三名的道下公也選手代表，但他運氣不佳，在官方公布選手名單前，騎機車發生車禍，造成複雜性骨折，要六個月才能痊癒，所以只能含淚退出。

就此遞補成為代表選手的，就是今年三十歲的日吉亮太。

「說到日吉亮太選手，是一位非常孝順母親的選手，他說希望這次能順利跑完，讓在終點守候的母親高興。」

「那麼，他母親現在也在我們攝影棚內的某處，替她即將開跑的兒子加油囉。」

「我和日吉選手的母親有過幾面之緣，她好漂亮。不過，她似乎從以前就對日吉選手的田徑訓練相當嚴格。自從日吉選手升上國中，展現亮眼成績，受到全國矚目的時候起，一直都是他們母子倆一起努力。」

她湊近電視，想看電視上會不會拍到日吉亮太的母親日吉櫻子。攝影師朝座無虛席的觀眾席拍了好一會兒，但最後又將畫面切換回已經開跑的田徑場上。

仔細想想，她和日吉櫻子相識已經快二十七年了。那是一場不可思議的邂逅，也是一場不可思議的相識，之後兩人沒再碰過面。

這次在亮太代表參加奧運馬拉松的報導中，也寫到他母親櫻子。雜誌上的櫻子，和以前沒什麼兩樣。不，她從原本的二十五歲女性變成了五十二歲婦人，樣貌當然有變化，但她一眼就認了出來。

她們並不是什麼摯友，就只是曾經相處過一段時間。儘管如此，她還是既懷念，又開心地撫摸那張照片。

準備出門時，手機響起，她正要關掉電視。

離日吉亮太出賽的那場馬拉松開跑，還有一段時間，就算起跑，從神宮外苑的新國立競技場跑到銀座這裡，也還要一段時間。

她拿起手機，顯示來電者是磯子直也。

「喂。」

看來會講很久，於是她回到客廳接聽。

「喂，我是磯子。之前您百忙之中還抽出時間給我，真的很感謝。現在方便講電話嗎？」

「可以啊，不過待會兒我要出門去替馬拉松加油。」
「馬拉松？啊，奧運對吧！是今天嗎？」
「沒錯，咦，磯子女士，妳人在……」
「我在紐約。真是的，東京難得辦奧運，卻因為和這裡晝夜相反，沒辦法看。」
磯子是美國大型連鎖F飯店的總監，負責環太平洋地區。
「您朋友的兒子會跑這場馬拉松對吧？」
「沒錯。所以我今天從早上開始都靜不下心來。」
「真教人期待，就快開跑了吧？」
「不，還有三十分鐘。」
「那麼，我也會從這裡替他加油。」
一年後，磯子負責的F飯店將在東京的丸之內開幕。這幾年間，有多家高級飯店看準東奧商機，在東京展店，但不論是在時間上，還是概念上，F飯店都與他們有明顯區隔。
原本這家美國連鎖飯店是以機場飯店起家。因此世人對它的印象是一家走實用風格的飯店。但這次他們選在東京丸之內這個世界首屈一指的地點，要打造一間一改過去F飯店傳統印象的豪華飯店。而且「濱本壽司」也會在這裡設店。
「其實……我們原本決定要讓別家日本料理店進駐。」
第一次見面時，磯子對她坦白。但她本來就對這件事不感興趣，是為了婉拒磯子才來吃這頓飯。

「目前已取得各方諒解，我們也明白現在才推翻先前決定，對對方很失禮。」

原本決定好的日本料理店，是連續多年在米其林摘星的名店，生意好到號稱連兩年後的訂位都很困難。

「但……還是在我個人的意志下，推翻了原先的合作。」

磯子如此說道，莞爾一笑。不過，今後她有可能會上法庭打官司。

那家知名度驚人的名店進駐的事，好不容易就要敲定了，磯子卻突然喊卡，是因為她在店內目睹了一幕光景。

那天，磯子和友人一起到那家店用餐。吧台一如平時座無虛席，菜色果真名不虛傳，客人都很滿意。

這時發生了一件事——

磯子他們隔壁坐了一對年輕夫婦，女服務生不小心把水潑到那位太太的包包上。

所幸只是滿出在托盤上的水灑了出來，所以量不至於太大，但很不巧，那是鹿皮製包包，所以清楚留下了水漬。

磯子對這對年輕夫婦特別有好感。他們看起來是為了慶祝什麼而特地大方一回，造訪這家店，雖然有點緊張，但能在這家拿到米其林星星的餐廳用餐，他們樂在其中。

在水灑出的瞬間，店內頓時瀰漫起緊繃氣氛。在這吧台只可容納十人左右，絕對稱不上寬敞的店內，眾人靜觀眼前情勢。

把水灑出的女服務生肯定是一再向他們道歉。可能是水也潑到了臉上，那位年輕太太急忙取出手帕擦臉，接著馬上擦拭沾溼的包包。

「沒事吧？」

年輕先生也大為驚慌，看了教人同情。在不習慣的高級餐廳裡引發風波，他們似乎對這樣的自己感到抱歉。

磯子滿心以為在場的店主會出聲說句話。但店主明明全瞧在眼裡，卻悶不吭聲。

「對不起、對不起。您有沒有怎樣？」

女服生不斷道歉，年輕夫婦可能也想早點平息這場風波，急忙應道：「沒事，沒事。」怎麼看都不可能沒事。店主理應和磯子一樣都聽到這對夫婦的話，那沾溼的包包，他們才剛買不久。

直到最後，店主都沒出言關切。當然，他們離開時，他制式地說了一聲：「謝謝光臨。」但對於不小心灑到水的事，隻字未提。

日後在討論開店事宜，磯子和店主談到當時的事。店主似乎已經忘了。

「有這麼一件事嗎？」店主偏著頭應道。

「有啊。就兩個禮拜前，我到您店裡拜訪的時候。」磯子並沒有就此作罷。

店主聽了，哈哈大笑。

「像那種情況，要是店主親自出面，對方一定會開口要求賠償，惹來麻煩的，想必會提出比原價還高的賠償金額，又不是金斧頭銀斧頭的故事。哈哈哈。」

就在那一刻，磯子心想，就算她會丟了工作，上法院打官司，也要和這家店解約。她不想讓這種人，來主導他們精心打造的飯店餐廳。

「今天打電話給您，是要告訴您，前些日子我們討論到的合作中，您提出的條件，我與高層商談後，已做出決議……」

她一邊聆聽磯子的聲音，一邊心裡感到歉疚。

她本來就不打算接受這次的邀約。當然，這是頗具吸引力的提議，她也有意願嘗試，不過坦白說，就算那位店主是個討人厭的傢伙，自己是否真能頂替那家連續多年摘星的店家呢？她實在沒這個自信。

所以她才抱持回絕的心態，開出各種條件。這並不是想刁難磯子，而是心想，如果這些條件都齊備的話，不知道會是一家多棒的壽司店，就此說出自己的理想，一說就停不下來。

「就結果來說……這次濱本小姐您提出的所有條件，我們全部接受，因為我們還是希望您能在我們的飯店裡開設『濱本壽司』。」

她一時懷疑自己聽錯了。

「咦，可是……」

「不提供午餐，這對飯店來說，是致命傷。而且是只能容納十人的吧台座位。但我們還是希望您能開店。」

「這怎麼可能……磯子小姐，這樣不是太勉強您了嗎？」

「對您說謊也不好，我就坦白跟您說吧。確實很勉強，不，應該說我從事這項工作這麼多年，這是最勉強的極限。」

她聽聞磯子那開心的笑聲，突然發現一件事。

打從第一次見到磯子，她便認定磯子這個人可以信任。

不知為何，這種想法令她備感懷念。

一直開著的電視上，正播出日吉亮太等日本選手們起跑前的身影。三名選手都露出爽朗的表情，似乎對即將展開的賽事信心十足。

「我會好好做的。我將盡自己最大的努力，以回應磯子小姐的期待。」

不知不覺間，她做出這樣的回覆。

磯子沉默了半晌，接著緩緩吁了口氣說道：

「太好了……濱本小姐，謝謝妳。」

她從公寓騎自行車前往加油的地點。自從宣布了馬拉松賽程路線後，她左思右想，最後選中這個地點。

她原本打算想辦法取得同時是起跑點和終點的新國立競技場的門票。但後來改變心意。

她要替亮太加油，最適合的地點，果然還是在銀座。

當初她下定決心理成五分頭，才爭取到能留在銀座這家店工作的機會，而且在店裡受盡欺凌到幾乎淚水流盡。

受盡欺凌——

短短四個字。這四個字代表什麼含意？只有體會過的人才明白。

在冬日的晴空下，她騎過隅田川上的橋，趕往馬拉松賽程路線上的銀座四丁目十字路口。

銀座這一帶的路線已圍出分隔線，離選手們抵達還有一段時間，所以沒什麼人在此觀賽。

她把自行車停在不遠處的公園裡，站在她之前選好的那處十字路口。果然如事前取得的資訊，前方商業大樓有個大螢幕，正實況轉播即將起跑的馬拉松。

就在這時，剛才幫她從家中搬貨物到店裡的徒弟內海打電話過來。

「您在哪裡？」內海問。

「十字路口的大螢幕前。」她說。

「啊，看到了！」從馬路對面傳來這個聲音。

仔細一看，不光內海，今天明明店裡休息，但安達、立野、小真、優香，全都穿著便服在這裡集合。

「你們用不著專程跑來啊！」她揮著手說道。

「濱本小姐的恩人，就是我們的恩人啊！」安達大聲喊叫。

他們想過來馬路這邊，但因為拉起分隔線，遲遲過不來。

她大可等他們過來之後再說，但她實在等不及。

「我說……」她大聲喊道。

「F飯店的進駐邀約……我接受了！我們大家一起努力吧！」

安達他們面面相覷。當初磯子上門時，他們異口同聲說：「我們想要挑戰。」「請讓我們試試。」但她自己沒什麼自信，沒能接受眾人的這份心意。

「已經定案了嗎？」安達大聲詢問。

「定案了！」她回答。

這時，安達他們又互望一眼，接著不約而同高喊：

「萬歲！」

「萬歲！」

「萬歲！」

聽到銀座市中心突然有人高喊三聲萬歲，路上行人以為馬拉松選手已經跑到這裡來，頓時一陣騷動。

「萬歲！」

她也配合起他們，高舉雙手。這時她突然發現一件事。

剛才聽到磯子那開心的笑聲，她心想，打從第一次見到磯子，便認定磯子這個人可以信任。不知為何，這種感覺格外懷念。

現在她才意識到懷念的原因。

對了。第一次遇見世之介時，也是這種感覺。遇到他的瞬間，雖然沒任何根據，但心裡就覺得這個人可以信任。而這個人一定也會信任我。

就在這時，巨大的螢幕上響起起跑的槍響。聚集在新國立競技場裡的六萬八千名觀眾歡聲雷動，聲音一路傳來五公里遠的銀座這裡。彷彿連天空也為之震動。

她不自主地仰望藍天，心中默禱：「亮太，好好跑！」

●

週末夜的池袋站北口，世之介與走向驗票口的醉客人潮逆向而行，動作靈巧地走著。他剛結束新宿歌舞伎町的波本酒吧的打工，正要回家。但在即將關店時，來了一群喝醉的客人，其中一人在廁所吐得稀哩嘩啦，所以現在一張臭臉。

這家波本酒吧，店面構造有點特別。

店面位於歌舞伎町一棟老舊的住商混合大樓四樓。說到這棟大樓有多老舊，它那貼滿飯店和到府美容按摩傳單的狹小電梯，感覺就像是老公公在扛人一樣，使不出力。這種感覺不是揹著一位老公公，而是老公公在揹人，彷彿就算它動起來，搭電梯的人也會被留在一樓似的，教人不安。

四樓有兩家店，分別是世之介打工的波本酒吧「肯德基」，以及曬膚沙龍「加州」，但兩家店都空間狹小，沒有店名給人的開闊感。

順帶一提，酒吧「肯德基」一打開門，眼前就是一張可容納十人的圓形吧台，裡頭站著世之介和店長關哥。

店裡只賣杯裝酒，所以吧台上一字排開，全是倒放的波本威士忌酒瓶。

「Turkey八年份，加冰塊。」、「Harper十二年份，Twice Up。」

每次有人像這樣出聲點酒，世之介他們就會從倒放的酒瓶裝酒到酒杯裡，送到客人面前。另外，所謂的Twice Up，是採酒水一比一的比例兌入常溫水的喝法。

「這種喝法，不會讓波本威士忌高濃度的酒氣被蓋過。」

每週至少一次會聽到客人展露這樣的知識。

這樣的氣氛下，單獨前來的客人不少。有客人一手拿著文庫本，小小口慢慢地喝，有客人則是一進店裡，便一次點兩三杯酒接連喝掉，五分鐘喝完就走。

酒的喝法，訴說著對方的人生。

很不巧，店長關哥不是個會展開這種對話的人。站在世之介的立場，就算對他說這種話，他也只會回一句：「是這樣嗎？」所以這樣算是幫他省去不少麻煩。不過基本上，關哥只會跟他談賽馬，以及哪種女人會和他上床。

不過，剛開始到這裡打工時，這類話題還算有趣。關哥對馬和女人的分析，世之介原本都聽得哈哈大笑，但每天晚上都聽一樣的話，漸漸就膩了。非但聽膩，甚至暗忖：「自從去年的有馬紀念賽以來，他賭馬都沒中過；連女人也是，打從我在這裡打工開始，就沒聽說他把妹成功過。」對關哥說的話已不抱持任何期待。

客人的嘔吐物仍浮現在他腦中，為了揮除那樣的畫面，世之介從池袋站返家的這段路走得特別急。

每晚他都會繞去途中的便利商店，聚集在用餐區的哥倫比亞裔的流鶯們都會向他叫喚：

「小哥，要玩嗎？」

每次都會遇到，所以她們要是能記住這是一位不會光顧的客人就好了。但每當他在便利商店買了宵夜要吃的便當，準備走出店外時，她們又會出聲詢問：

「小哥，要玩嗎？」

「有人會買了便當之後就改變心意嗎？」

他感到好奇，因而試著向其中一位看起來最柔弱的流鶯詢問。但對方似乎聽不懂一長串日語，就只是又問了他一次：「要玩嗎？」

他離開便利商店，回到RISING池袋，來到十樓走出電梯。之前曾提醒他看A片的音量太大的那位美髮師住他隔壁，而這時打開房門的，是另一邊的住戶，只見從門內走出一名高瘦的年輕男子。

兩人在狹窄走廊上擦身而過，所以他向對方問候一句「你好」。對方似乎不懂日語，臉上露出既像微笑，又像在掩飾微笑，模糊不明的表情走過。

雖然稱不上親切，但看起來不像壞人。

世之介正準備打開門鎖時，發現門上貼了張紙：我在大漁喝酒，小諸。

是諸仔留的字條，但他不記得自己曾和他約好今天喝酒。剛打完工一身疲憊，他大可不必理會，直接上床好好睡一覺，但他這時也很想喝一杯。諸仔來得真是時候。

「還是去吧……」

他喃喃自語，轉身往回走時，發現剛才那位鄰居還站在電梯前。他似乎慢了一步，沒坐上剛才世之介搭乘的電梯。

「你好。」

世之介再次向他問候，這次他微微一笑。

「你是最近剛搬來的嗎？」

世之介心想，他或許是外國人，所以刻意說慢一點。但對方沒聽懂。

世之介就此放棄，抬頭看著從一樓一路往上的電梯燈號。這時對方突然低語一聲「中國」。

作為剛才問題的答案，這樣並不正確，但確實拉近了兩人之間的距離。

「哦，來自中國啊。」

世之介試著回應，但他對中國所知不多，無法接話。

「房間……很小對吧？」

他很乾脆地改變話題，但當然是雞同鴨講。

不久，電梯到來，兩人一起走進，相對無言地來到一樓。走出電梯後，各自走向左右兩邊。反正又會回到同樣的場所，所以也就沒互道再見。

前往諸仔等候他的「大漁」後，看到理著五分頭，纏著紅頭巾的濱本，正在跟微醺的諸仔聊天。末班電車的時間已過，店內沒什麼客人。

「啊，對了，小濱，上次妳提到去店家面試，結果怎樣？」

世之介一就座，馬上詢問。

「也許會上。」濱本有點難為情地應道。

「那就是錄取囉？」

諸仔如此詢問，仔細一看，他又將青蔥雞肉串的蔥剩在盤子裡。

「那是一家銀座頗具規模的店家。所以面試的老闆似乎也不能完全做主。」

「不過，面試時的感覺不錯吧？那位老闆怎麼說？」

世之介朝剛送來給諸仔的生啤酒喝了一口。

「他說：『我已充分感受到妳的認真了。』還說：『如果雇用妳，我不會特別通融，會和我其他徒弟一樣，犯錯就挨揍。』」

「哇！真有廚師修行的感覺。」世之介覺得可怕。

諸仔沒理會世之介，已開始編織夢想，對濱本說：

「那就是錄取了。小濱，等妳日後開店，要算我便宜一點哦。對了，我喜歡吃鰭邊肉。」

「說什麼自己開店，你太急了吧。」小濱看起來也很開心。

「對了，小濱，妳和世之介是怎麼認識的？」

諸仔似乎這才在意起這件事，突然開口問起。

「怎麼認識的……是柏青哥嗎？」世之介側著頭尋思。

「對耶，也許是理髮店的關係。」小濱也側著頭回想。

理髮店那件事發生後不久，世之介因為在意，而邀諸仔一起到小濱工作的這家居酒屋「大漁」。小濱頭上纏著紅色頭巾，在店內工作。

「習慣了嗎?」

世之介摸著自己的頭。

「不習慣。每天晚上睡覺時，一碰到自己的頭，就會嚇得彈跳起來。」小濱苦笑。

「為什麼?」

「因為我夢到自己和打棒球的高中生睡在一起。」

雖然帶著開玩笑口吻，但她臉上有黑眼圈。

聽說睡不好的晚上，她會夢見結束練球的棒球隊高中生，整隊鑽進她被窩裡。

「這個髮型還把同居男友嚇跑了。」

「是嗎?」

「自己的女友是打棒球的高中生，應該很不能接受吧?」

說到這裡，連原本對他們兩人的話題不太感興趣的諸仔也忍不住笑了出來。

記得之前去「大漁」時，小濱邀他們:「我待會兒就下班了，我有朋友在卡拉OK店上班，包廂可以算便宜一點，一起去唱歌吧?」結果不知不覺間，三個人就這樣一路唱到天亮。

「我以後無論如何也要開一間壽司店。」

小濱第一次說出自己的心願，就是在離開卡拉OK包廂後的歸途。

三個人都喝醉了，所以無法正經地聊天。

「壽司店?壽司店!壽~司~」世之介還記得自己在黎明時分的池袋這樣大叫。

不過，他叫喊的同時，終於注意到濱本理五分頭的原因，因而喃喃自語:「哦，難怪。」

一旁的諸仔似乎也明白五分頭與壽司店的關係，深深點頭說：「哦～原來如此。」

「就只有你們都沒問我一句『為什麼』。」小濱深有所感地說道。

「妳是指哪件事？」

「就是問我為什麼要理這種頭啊！」

「哦。」

就連世之介也不懂自己為什麼沒問，他並非不感興趣。只不過，感興趣這件事完全是他個人的問題，和當事人小濱一點關係也沒有，他明白這個道理。

六月　梅雨季的短暫放晴

「橫道，走，去吃午餐。」

正在強忍哈欠時，被社長撞見，世之介不自然地假裝腳抽筋。

「怎麼啦？腳真的抽筋？」

社長眼尖，一眼就看出世之介在玩什麼把戲。

「抱歉，我是演的。」

世之介承認自己是裝的，坦然道歉。

這位望著他，眼神就像在看自己孫子般的慈祥老先生，是現在雇用世之介白天在公司裡打工的社長，玉井創一。

雖說是公司，卻只是一間小型商社，連同打工的世之介在內，全公司只有五人。說到這家公司業務，主要是將海產乾貨，例如海帶芽或昆布，批發給超市或百貨公司。

當中有一項獨門商品「醋漬水雲[4]」，因為多年前號稱有減肥功效，一炮而紅，成為公司的人氣商品。

「與全盛時期的營業額相比，現在差了一些，但還是有很多客人認為，要減肥的話，還是首推我們公司生產的醋漬水雲。目前在百貨公司仍然擺在很顯眼的貨架上。不過，客人回流，也表示他們沒減肥成功。」

當初面試時，帶有些許東北腔的社長一臉認真地對他這樣說明，不知道他是說正經的，還是在開玩笑。

公司位於品川站的港南口。新幹線月台正在擴建，重新裝潢，所以得從車站走那條像後門般的通道，一出來就是港南口，在一大片藍天下，是無比遼闊的倉庫區。如果從池袋或新宿那種人潮擁擠的場所來到這裡，會感受到一股壯闊的氣氛。

不過，因為是個只有五人的小公司，內部空間極為狹小。辦公室位在倉庫裡的組合屋，感覺就像在最大的俄羅斯娃娃裡頭放進一個最小的俄羅斯娃娃，空蕩蕩的。

對了，公司裡除了社長外，還有社長得力左右手的會計負責人早乙女先生、負責大小事務的美津子小姐，以及業務兼送貨司機的誠哥。

「那麼，我們去吃午餐囉。」

社長朝帶便當的會計早乙女先生說了一聲後，走出門外。這時，去郵局辦事的美津子小姐剛好回來。

「哎呀，已經要吃午餐了嗎？」

這位美津子小姐已年過六旬，不過聽說她原本是新橋的藝伎，就算是穿著工作服在倉庫區

4　海藻的一種，產於日本沿岸。

行走，還是散發出一股女人味。她與社長之間是否有男女關係呢？雖然他們倆沒有這類的曖昧對話，不過社長外出時，她都會很自然地替社長清除沾在西裝上的棉屑。從這樣的互動來看，兩人之間應該不是單純的社長與辦事員的關係吧。

「今天社長說要請我吃飯。」世之介笑著道。

「哎呀，那可以叫社長請你吃和泉屋的頂極海鮮丼。」美津子在一旁湊熱鬧。

已朝和泉屋方向走去的社長笑說：

「不管是頂極什麼的，我都會請他吃。」

天空萬里無雲，映入眼中的景致，有八成是藍天。

大卡車在寬敞的倉庫區路上飛馳而過。

「橫道，你是長崎人對吧？」

「對，沒錯。」

世之介毫不客氣地點了頂極海鮮丼，滿懷期待等著送來。之前來這裡用餐，吃的是七百八十日圓的普通海鮮丼，兩千五百日圓的頂極海鮮丼還是第一次吃。看了菜單圖示，上頭鋪有海膽和鮭魚卵。

這家和泉屋，就像是品川倉庫區的員工餐廳般，午餐時店內總是坐滿在港灣區工作的人們，幾乎是外型粗獷的男人。望著偌大的食堂，彷彿這裡就是東京的胃。

「長崎是吧，就只有蜜月旅行去過一次。」

社長似乎突然想起往事，如此低語。他讓世之介點頂極海鮮丼，自己則點烤鯖魚定食，而且飯量還減少。

「咦，您蜜月旅行時去過啊？」

「去了宮崎、熊本、長崎。」

「感覺去的都是鄉下呢。」

「會嗎？就當時來說，就像現在的夏威夷之旅呢。」

「咦，這樣對夏威夷很抱歉……」

比起社長談的往事，海鮮丼更重要。世之介坐立不安，緊盯著在廚房進進出出的大媽。

「你父母可好？」

「他們很好，託您的福。」

「偶爾會回去嗎？」

「沒回去。」

「為什麼？」

「還問呢，因為我不受歡迎。」

「為什麼？」

「因為……」

世之介心裡想說的話，社長似乎已經明白，他馬上壓低聲音說道：

「也對，孩子好不容易大學畢業，卻是靠打工度日，你父母想必很擔心吧。」

如果會擔心倒還好……世之介心想。

倘若是一般的父母，當兒子陷入這種情況時，都會感嘆「我那笨兒子……」。但就世之介的情況來說，早在陷入這種情況前，他們就已經口口聲聲「我那笨兒子」，真的遇上這種情況後，則是笨兒子乘上笨兒子，不知為何，他們的答案竟然變成「好兒子」。

去年秋天為祖母的法事而返鄉時，每逢親戚或鄰居們問：

「世之介現在在做什麼啊？」

「妳兒子大學畢業後在哪兒工作？」

總會啟動母親奇怪的開關。

「世之介他啊，從小就是個善良的孩子。我感冒時，家事他一手包辦，重要的是，不管做什麼事他都很慎重，總在仔細思考後才做出結論。」

首先是母親向來活力十足，從沒見過她感冒。而且明明不久前他的那種「慎重」才被母親說是「拖拖拉拉」。

母親的改變似乎感染了父親。

最近世之介有位高中同學剛好在市內的居酒屋遇到父親後，打電話來跟世之介講了一件很丟臉的事：

「你父親告訴我，你小三那年的上學期，成績單上全部拿滿分。他一講就講了三十分鐘。」

簡單來說，父母會叫自己的孩子「笨兒子」，並非真的是笨兒子。反倒是世之介的父母則是四處向人誇讚自己的笨兒子。

「這樣確實沒臉回去。」

就算不是社長，換個人應該也會這麼說。

「對了，這個星期天要烤肉，你會來吧？」

社長吃完烤鯖魚定食後如此問道。

如果可以免費吃肉，哪裡我都去——

世之介差點就這樣回答，但他將這句話連同淡到不行的綠茶一起嚥下肚。

「嗯？怎麼了？」

「啊，不，只是……」

「你有什麼安排嗎？」

「不，也不是什麼安排啦……」

「什麼嘛，原來你不能來啊。少了你就不好玩了呢。」

社長就像小學生似的，鼓起腮幫子。世之介感謝他這份心意，但社長對他的特別關照，正是令世之介回答「啊，不，只是……」，猶豫再三的原因。

大體來說，現在的年輕人與世之介完全相反。像這種分不清是工作還是休假，是社長命令還是玩樂邀約、難以界定的提議，年輕人往往都很排斥，避之唯恐不及。

事實上，在公司裡也是。那位業務兼送貨司機的誠哥，每次烤肉都會帶著他兩年前送貨時在加油站追到的可愛老婆一起參加，但並沒有真的玩得開心。鐵板都還沒變冷，他就明顯露出很想離開的表情。

另一方面，比任何人都要樂在其中的當然是社長，再來是那位既像是他的情人，又像單純只是辦事員，曾當過藝伎的美津子小姐。

她似乎也很喜歡熱鬧，還會邀讀國中的侄子，以及以前的藝伎朋友一起參加，在埼玉的河岸上打造出一條小規模的藝伎街。

問題在於另一位員工：會計早乙女先生。

這位早乙女先生，粗短的脖子，一身精壯的柔道體型，理了五分頭，看起來很有精神，早乙女這名字感覺像是在惡整他，不過他那厚厚的眼鏡底下總是睜不大的小眼睛，透著一絲神經質。

早乙女先生在每個月這個由社長主導的休假日，總會帶著太太、國一的兒子、念小學的雙胞胎女兒一同前來。

他們看起來玩得很開心。在河岸上感情很好地玩著，給人當真比主辦人的社長還要樂在其中的樣子。

不過在前一次的烤肉會，世之介見識到他不為人知的一面——這樣說有點誇張。快離去時，他們在河邊一起洗餐具。

「橫道，你怎麼可以只顧自己開心呢？大家是為了讓社長開心才聚在一起的。」

這句話刺進世之介心裡。

「可是……如果那樣想，社長反而會不快樂呢。想讓別人開心時，自己得先樂在其中才行。」

說完這句話後，世之介心想，這樣他無話可說了。

但沒想到……

「這什麼論調啊，這想法在社會上是行不通的。」

又一句話重重刺進心坎裡。

「不好意思……今後我會注意的。」

「還有，你好像看社長喜歡你，就囂張起來了吧！你如果以為光是拍馬屁，人生就能一帆風順，那你就大錯特錯了。」

「我沒這麼想。」

就連世之介也聽得火冒三丈，頂了回去，讓早乙女更加火大。

「你以為拍馬屁就能騙倒社長對吧。」

「騙……為什麼我要那麼做？」

「那麼，你就是想用你的天真爛漫討社長歡心。這種小手段瞞不過我的眼睛，就算騙得了社長，也騙不過我。」

「說什麼騙，你等一下……」

怒氣沖沖的早乙女當然不會停下來等他。他將洗好的盤子疊好後，露出如假包換的天真爛漫笑臉，回到眾人身邊，並高聲喊道：

「社長，讓您久等了。現在離開的話，大家就不會陷在車陣中，也能順利回家哦。」

就世之介來看，他實在很不講理。

就像難得有機會快樂地享受烤肉，卻下起傾盆大雨般地不講理。如果是突然下起傾盆大雨，眾人一起大喊著「哇～」「噢～」，也是一種樂趣，但這種時候要是像這樣大叫，又會被說成是假裝天真爛漫，所以自己根本開心不起來。

那天晚上，因為實在氣不過，他把諸仔找出來喝酒。

「真是個討厭的傢伙。」

找諸仔出來，本以為他會這麼說，替自己出氣，但諸仔明明還沒醉，從他口中說出的竟是另一番話。

「這理所當然啊。如果我是早乙女，也會覺得你很礙眼。」

「為什麼？」

「還問呢……早乙女現在幾歲了？」

「這個嘛，四十五歲左右吧？」

「他兒子讀國中，一對雙胞胎女兒念小學，應該是在郊外買了一間中古的公寓？」

「公寓是怎樣我不知道，但他的孩子們都很乖。」

「這是當然，因為就連孩子們也都明白。」

「明白什麼？」

「你自己想嘛。好不容易放假，還得在社長面前點頭哈腰，做父親的會想讓孩子看到這樣的自己嗎？」

「怎麼會想。」

「對吧。不過，早乙女已做好這樣的覺悟。他已下定決心，就算非得這麼做，他都要守護現在的生活。而他的孩子們也一樣。雖然還只是孩子，卻已明白父親的覺悟，所以才來參加烤肉。」

發現諸仔露出平時難得一見的強硬口吻，世之介一時無言以對。

「橫道，喝杯咖啡後再回去吧！」

走出和泉屋後，兩人一面聞著品川碼頭的海潮氣味，一面走回公司，這時社長難得邀他一起在飯後喝咖啡。

「您說咖啡？這一帶只有自動販賣機的罐裝咖啡啊。」世之介笑著道。

「野村通運的倉庫有員工餐廳，他們的咖啡很好哦。」社長告訴他這個祕密。

「誰都能去嗎？」

「那裡是員工餐廳，應該不行。」

「那不就一樣沒轍嗎！」

「也對，哈哈哈。」

社長哈哈大笑，卻還是繼續往野村通運的倉庫走去。

最後，在那家既沒檢查員工證，門上也沒設密碼的員工餐廳裡，世之介他們坐上可以飽覽東京灣美景的靠窗座位。

「喏，這裡的咖啡很好喝吧。」

「像我這種人，就算是甜死人不償命的罐裝咖啡，一樣喝得很滿足，我實在喝不出好壞……」

社長對於世之介真實的感想並不是那麼感興趣。

「橫道，我有話想跟你說。」

「是。」

「橫道，你想不想在我們公司上班？」

「咦？」

「我的意思不是打工，而是正式員工。」

面對社長突然的提議，一時有許多念頭從世之介腦中掠過。

世之介深感驚訝，沒想到自己可同時容納這麼多念頭在他腦中掠過，可見他腦中真的閃過很多念頭。

首先浮現的是父母開心的臉龐：世之介終於找到正職。但同一時間，父母看到那宛如個人商店般的公司，臉上頓時蒙上一層黑霧。

接著浮現的，不知為何，竟然是早乙女。看不清他的表情，他和平時一樣，背對著世之介按著計算機。

接著是世之介先前四處求職，令他身心受創的那段日子，也像跑馬燈一樣從他腦中閃過。

「橫道。」

聽到社長的聲音，他這才回過神來。

「我一直很想找像你這樣的年輕人。說到底，一個人看的是本性，本性是好是壞，這不是努力就能改變。不管再怎麼努力，都還是改變不了本性。」

世之介一面聽社長說，一面窺探自己的內心。

這時，從不知名的地方傳來一個聲音：

「一定就只到這裡了。」

只到這裡了？

世之介內心不自主地反問。

雖然疑惑，但他已明白箇中含意。

「橫道，你有什麼目標嗎？」

又傳來社長的聲音。

「例如……想當演員或歌手之類的。」

「我嗎？」

世之介好不容易才得以反問。

他沒勇氣坦白，自己根本沒有這類的目標。

他其實是與社長以為的完全不同、配不上社長期待的年輕人，此刻究竟是怎樣的心情，他自己也說不上來。

「不過，夢想這種東西要默默追求。因為，整天把想當這個、想當那個掛在嘴邊的人，光是嘴巴講就滿足了，所以我不會再多問。雖然不多問，但我會在背後支持你，不會叫你放棄夢想。不過，我算見過不少年輕人，你現在二十四歲，對吧？像這樣不上不下地蹉跎人生，實在太可惜了。這個時候的決定，將會決定你的人生。這點絕不會錯。」

世之介再度窺探自己的內心。

一定就只到這裡了。

又聽到那個聲音。

只到這裡？

世之介又反問一次。

「不好意思，可以讓我再想想嗎？」

一回神，世之介已如此說道。

「當然，你慢慢考慮。我不急。」

社長莞爾一笑。

「真不好意思，謝謝您。」

環視四周，野村通運的員工餐廳裡空空蕩蕩。停在倉庫旁的大型拖車陸續駛離。

本想走進他常去的那家理髮店，但難得店內坐滿了人，世之介馬上放棄，打算改天再來。

當他正準備將門重新關上時——

「啊，等一下，這位客人！」

常幫他理髮的那位長相凶惡的理髮師叫住了他。

世之介一時慌了起來，以為是自己開關門的動作太粗魯。理髮師雖然手握著銳利的剃刀，但叫住世之介的表情倒是顯得很溫柔。

「很快就輪到，坐著等一下吧。」

不過，過去世之介曾多次因為店裡人多而放棄，但這位理髮師從未這樣叫住他。坐在沙發上等候的常客們，似乎平時也都不知如何與這位面貌凶惡的理髮師相處，眾人皆露出驚訝的表情，心想：「哦，他也能這麼溫柔啊。」

因此，當世之介坐上沙發角落時，眾人甚至微微投以羨慕的眼神。心想，他這麼年輕，竟然能讓這位長得像黑道大哥的理髮師用這麼輕鬆的口吻說話，果然人不可貌相，想必一定有過人的膽識。

那位理髮師說很快就輪到，但他說的一點都不準，結果世之介足足等了將近一個小時。枯等良久，最後他打著哈欠，坐上空出的美髮椅。

「她之前來過哦。」

理髮師突然開口。

「咦？誰啊？」世之介對著鏡子詢問。

「就你那位朋友啊，理五分頭的那個女生……」

「哦，小濱嗎？」

「你們最近有碰面嗎？」

「不，最近都沒碰面。她後來辭去『大漁』的工作，改去銀座的壽司店上班。好一陣子沒聯絡了，在柏青哥店也沒看到她，應該很忙吧。」

「大漁？」

老闆問了一個沒跟緊話題的問題。

「是她之前打工那家居酒屋的店名，大漁的漁字有三點水，位於池袋北口。」

「你偶爾去看看她吧！」

「咦？」

世之介不自主想轉頭，卻被理髮師一把抓住。對方在鏡中再次與他交會的眼神，顯得無比認真。

「你說去看看她，是指小濱嗎？」

「我不是說……她之前來過嗎！」

「是，剛才聽你說過。」

「她又要我幫她理五分頭。」

「哦，因為她目前在壽司店學藝。」

「她在那裡受到特別的疼愛哦。」

「特別的疼愛？」

當然了，理髮師說的「疼愛」，不是指像對嬰兒的那種疼愛，如果用相撲這一行的感覺來說的話，很快就懂了。

「小濱那樣說嗎？」

「她什麼也沒說，但我一看就懂了。」

這時候已經沒客人，老闆娘說她要去附近的赤禮堂買晚餐，已走出店外。

可能是因為店內只剩他們兩人的緣故。

「雖然老闆娘提醒過我，要我別對客人說。」

平時少言寡語的理髮師難得開金口。

這位理髮師名叫坂內憲三。並非他特地自我介紹，而是世之介瞄到打卡紙上的名字。

聽坂內老闆說，他的理髮技術是在監獄裡的學校學來的。這果然和之前老闆娘說的一樣。

「在監獄裡，一旦成為目標，就會被整得很慘。像我們這種有幫派當靠山的人倒還好，如果沒靠山，一旦被盯上，下場可就淒慘了。被整的人一開始還會有反抗心。雖然無法真的抵抗，但還是會露出抵抗的眼神。不過，要是每天一直這樣下去，漸漸地，眼神就會改變。」

據坂內老闆說，眼神會轉為絕望。

首先，想抵抗這種悲慘下場的念頭會消失。再過不久，想要撐下去的念頭也會消失。

最後會接受這一切。

「我沒什麼學問，所以一個人感到絕望是怎樣的狀況，我不太會說。不過，只有一件事我可以很肯定地說，那就是這世上一定存在著某種會讓人絕望的臭味。對某些人來說，那或許是雜居牢房的屎尿味，而對某些人來說，也許是自己滿身汗的臭味。讓人絕望的臭味肯定存在……總之，那個女生的神情，像是聞過那種臭味的人。那個理五分頭的女生。」

話題突然拉回小濱身上，世之介大為慌張。

不過，他所認識的小濱，平時就是叼著菸打柏青哥，而且她才剛到期盼已久的壽司店當學徒，「絕望」一詞怎麼也和現在的小濱連不起來。

「諸仔，你知道小濱的聯絡方式嗎？」

這天，世之介一走出理髮店，便直接前往諸仔位於下一個地鐵站附近的公寓。

這天是星期天傍晚，諸仔正在煮毛豆。

「哦，你來得正好。我們去陽台喝酒吧。」

他一派悠閒招呼世之介入內。

話真的是看人怎麼說，房子的平面隔間圖上寫的確實是陽台，但其實不過是一處稍大的晾衣台。不過，喜歡晚上喝點小酒的諸仔，在那裡擺上附海灘傘的桌椅，努力讓它看起來像陽台。

「先不管這個，你知道小濱的聯絡方式嗎？」世之介又問了一次。

「不知道。世之介，你不知道嗎？」

「要是知道還會問你嗎？」

他還是從冰箱裡拿出一罐啤酒。

「怎麼啦，這麼慌張？」

「不，只是有點擔心小濱。」

「擔心？為什麼？」

「嗯……這事說來話長。」

「那你等一下。我正在煮毛豆。」

「如果問『大漁』的話，他們不知道會不會跟我說。」

「這個嘛，應該不會吧。怎麼可能把員工的聯絡方式告訴客人呢！而且是向男客人洩露女員工的資料。絕對不可能。說話回來，你們之前沒互留電話嗎？」

「啊，諸仔，那家壽司店叫什麼名字？你記得嗎？就是小濱去當學徒的那家。」

「啊，我記得。呃……叫作嘉……啊，叫嘉六。嘉六壽司。」

「啊，對，沒錯。諸仔，你真厲害。」

「我這個人就是記性好。小時候，像學校老師的爸媽、兄弟、孩子、親戚，告訴我名字之後，我全都記得。」

「咦！這樣有點可怕。」

世之介熟練地從諸仔家的床底下抽出那張記載了銀座這一帶的地圖。

「嘉六、嘉六……」

他一面喃喃自語，一面找尋嘉六的所在地。

「不過，你幹嘛這麼著急？」

諸仔一面瀝乾毛豆，一面問道。

「我今天想去看看她。」

「去哪？」

「就嘉六啊。」

「為什麼？」

「嗯，有點事。」

「今天是星期天，銀座的壽司店幾乎公休。」

「銀座都是這樣嗎？諸仔，你可真清楚。」

「因為公司的交際應酬，我偶爾會去銀座的壽司店。」

「哦，真成熟。是不會轉的那種嗎？」

「壽司不會轉，但價格聽了教人眼睛直打轉。」

「這麼厲害。」

「哈哈哈。好了，毛豆煮好了。」

諸仔朝剛煮好的毛豆撒上亮晶晶的鹽巴，開心地端向那座像晾衣台的陽台。

「啊，找到了！」

世之介大叫一聲，他找到了嘉六壽司。

位於銀座六丁目。是一處和他完全扯不上關係的地方，所以腦中想像不出畫面。

「諸仔，銀座六丁目是什麼感覺？」

「一處很有銀座夜生活氣氛的地方。」

「那是怎樣的地方？」

「就是這盤毛豆賣五千日圓的地方。」

「怎麼可能！」

世之介想笑，但之前他開車載著來東京觀光的父母出外兜風時，途中到銀座街頭小逛了一會兒。當時只在停車場停了半天，停車費就足足抵上他一個禮拜的餐費。所以此刻世之介重新繃緊神經，心中暗忖「果然不能小看銀座」。

在實際見到小濱之前，世之介一直認為理髮師坂內老闆說的話誇大了點。

這天他心想，位於銀座那一帶的壽司店，禮拜天應該是公休，便和諸仔以毛豆當下酒菜，喝起罐裝啤酒來。當下他幾乎沒想到小濱。

諸仔因為雜誌抽獎抽中一副全新的雙筒望遠鏡，世之介很稀奇地四處看。雖知道偷窺是不應該的行為，但他還是看到一個房間，裡頭住著一位令他無法移開目光的大美人。

「啊，世之介，你也發現啦？」諸仔喚道。

「這表示你也知道她？」

「好像是位女演員。看著她，感覺就像在看電影，對吧？」

「對對對。」

「看起來沒什麼動作，很像小廳電影院裡播放的歐洲電影。」

「對啊。很像 Cinema Rise 或 CINE VIVANT 會播放的電影。」

「像《新橋戀人》或《巴黎野玫瑰》之類的。」

「你看過啊。」

「雖然沒什麼動作，但內心戲倒是很激烈。」

「沒錯。」

事實上，那名女子沒什麼太大動作。她正專注地看著電視，偶爾會像突然想到似的，吸著碗裡的麵條。不過，可能是因為世之介想到那些電影裡發瘋的戀人，這位靜止不動的女子看起來也很像情感熾烈的女人。

「我要先跟你說，那個女人有孩子。」

突然傳來諸仔的聲音。

「咦？」

世之介轉過頭來。

他對和他目光交會的諸仔說：

「不對，我看的是這個房間哦。」

他盡可能維持望遠鏡的位置不動，讓諸仔看。

諸仔伸長脖子望了一眼後，點頭說：「沒錯，就是她。她有孩子。」

世之介重新望向望遠鏡。不知何時，已看不到女人的身影。

「啊，不見了。」

就在低語的瞬間，女子抱著一個約莫三歲的男孩回到原本的位置。這次是不斷吹氣，餵男孩吃吹涼的麵條，但她還是一樣，眼睛幾乎都盯著電視。

這時女子笑了。

「啊，她笑了！」

世之介也不禁叫出聲來。

似乎是電視上的節目很有趣。

女子笑容就是這麼有魅力，令他忍不住叫出聲來。到底是哪裡有魅力，什麼樣的魅力，他一時也說不上來，總之，是一張毫無防備的笑臉。

「她是在看什麼啊？」

世之介急忙回到房內，想打開電視。

「你這樣就算犯罪囉。」

諸仔似乎已看不下去，不斷搖頭。

就算諸仔看不下去，世之介還是很在意，最後他打開電視，一再切換頻道，但還是找不到望遠鏡裡那名女子看了發笑的節目。

剛好電視上播出日本足球Ｊ聯盟的川崎綠茵隊與潢濱水手隊的比賽。

「對了，諸仔，你是不是說過要去看足球賽？你從以前就喜歡足球是嗎？」世之介問。

「我沒喜歡足球啊。以前體育課上足球時，我從第一堂課到最後都沒踢到球。」

「好歹總有靠近過球一次吧。」

「球都不來啊。」

「會來。」

「不會來。」

「會來……算了。啊，不過，你明明不喜歡，為什麼還要去看球賽？」

「我是不喜歡，但世人都喜歡足球，我就忍不住好奇。」

「諸仔，你這個人真好懂，也跟風得太盲從了吧！」

事實上，日本第一個職業足球聯盟J聯盟，才在上個月隆重開幕。另外，年初時，小和田雅子小姐內定為皇太子妃的快訊才一出，諸仔就開始成天緊盯著皇室的一舉一動。看在對時事一竅不通的世之介眼裡，實在搞不懂他。也不知道諸仔是哪根筋不對，還是他的身體哪裡起了變化，不知不覺間，他已跑去看小和田雅子家了，甚至還買了美智子皇后的寫真集。

最後還是沒能查出她在看哪個電視節目，世之介再次拿著望遠鏡回到陽台。

他站向剛才的位置，重新以望遠鏡望向對面大樓。

「很想去對吧。」

諸仔突然如此低語。

「去哪？J聯賽嗎？」

「J聯賽我會去。」

「不然是去哪？」

視線從望遠鏡移開後，他發現諸仔正注視著對面的大樓。

「你是說，想去那棟大樓？」

雖然覺得傻眼，世之介卻對這樣的冒險並不排斥。

「我們到那棟大樓樓下。」

諸仔已站起身。世之介不想落後，他擱下望遠鏡，將一些毛豆塞進嘴裡，緊跟在後。

走出公寓，外頭已是舒適的黃昏時分。世之介和諸仔並肩而行，悠哉地順著夕陽餘暉灑落的坡道往下走，頓時感覺自己很幸福。

「對了，諸仔，我現在打工的那家公司的社長，問我要不要轉正式員工。」

路過坡道旁的一戶人家，世之介伸手扯下一片樹籬的葉子。

「那家波本酒吧嗎？」

「不，是賣醋漬水雲的那家。」

「你打算怎麼做？」

「你呢？你覺得我該怎麼做？」

走下坡道，正好來到那棟大樓底下，抬頭仰望。這裡是大樓的後門，正門位於大馬路旁。

「世之介，你對未來不會不安嗎？」

「會啊。」

「會嗎？」

「當然會。」

雖是一棟老舊的大樓，位於大馬路旁的正門大廳裡種滿觀葉植物，同時擺有待客用的沙發。話雖如此，這裡既沒管理員，大門也沒自動鎖。

他們當然是在半開玩笑下來到這裡，沒有要入內的打算。感覺是通風良好的大樓，風從後門吹入，吹得觀葉植物的樹葉搖曳。

「世之介，你還要回去我那兒嗎？」

「不，我要直接回去了。」

「那麼，銀座呢？」

「銀座？」

經諸仔這麼一問，世之介才想起小濱。

「那裡有信箱。」

諸仔往正門窺望。

「不是說過了嗎，越過那道線就是犯罪了。」

「我們來到這裡的時候就已經犯罪了。」

諸仔如此說道，輕盈地跳上階梯，走進大樓入口。

「諸仔！」

雖然出聲叫喚，世之介卻沒阻止他。不過，這麼一來他頓時明白「原來如此，就是有這樣的行動力，才會跑去看小和田雅子小姐的家」。

站在信箱前的諸仔朝他揮手。

「別這樣啦！」

世之介雖然嘴巴上這麼說，但最後還是走進入口。

「是這一樓對吧？」

諸仔望著那一整排的八樓門牌。

「她住邊間……所以是801或805。」

附帶一提，801沒放門牌，805則是門牌寫著「日吉」。

「應該是這個。」

諸仔指著801的門牌。

「為什麼？」

「她有孩子，但只有她一個女人，所以沒擺出門牌很合理。」

「原來如此，因為就是有像我們這樣的變態人士，對吧？」

面對世之介誘導式的提問，諸仔也坦然點頭。

就在這時，一旁的電梯門開啟，走出一名抹著濃妝的年長女人。

「您好。」

對方主動打招呼，世之介他們也齊聲回禮：「您好。」

緊接著下個瞬間，諸仔閃進那即將關上的電梯。

「喂，喂。」

世之介想阻止他，但不知不覺間，自己也擠進了電梯。電梯門關上，一路往上。

「這樣很變態耶。」世之介低語。

「我應該是累積太多壓力了。」諸仔也表示認同。

「亮太！亮太！」

就在電梯抵達八樓時，傳來女人的尖叫聲。諸仔一聽到走廊傳來的女人聲音，便忍不住按「關」的按鈕。

「等、等一下。」

世之介馬上抓住他的手，就在這個瞬間——

「亮太……醒醒啊，亮太！」

再度傳來那驚慌失措的聲音。

世之介走出電梯，朝聲音的方向奔去。

最靠近他的房號，正是那名女子的房間。靠走廊這一面設有格子狀的鋁窗，敞開的鋁窗後是廚房，可以看到那名女子正在搖晃倒臥地上的男孩。

「亮太……誰、誰來幫我叫救護車啊！」

從鋁窗往內望，發現男孩嘴巴裡好像卡了什麼東西，躺在地上睜大眼睛，一臉驚恐。

「抱歉！打擾一下！」

世之介忍不住出聲，女子這才注意到他，轉過頭來。

「背！拍他的背！」

儘管世之介大聲叫喚，原本就方寸大亂的女子，這下更慌了。

「門，幫我開門！」

世之介拍打一旁的房門。這下女子終於反應過來，她爬也似的趕到門口，解開門鎖。

世之介直接穿著鞋衝進屋內。他扶起男孩，讓他趴著，拍打他的背。他想將手指伸進男孩口中，但男孩可能覺得難受，緊緊咬著。

世之介接著拉高男孩雙腳。一隻手將他抱起，另一隻手拍他的背。動作粗魯了點，但就在世之介對他說「加油，吐出來！」的下一瞬間，男孩一陣大嘔，從小嘴裡吐出一顆紅色玻璃彈珠，滾落地面，發出滾動聲。

世之介就像自己吐出來似的，氣喘吁吁。男孩從他手中滑落，望著那顆滾地的彈珠，可能是害怕，就此放聲大哭。

「沒事了……」

男孩沒理會癱坐在地上的世之介，一把抱住母親，哭得更大聲。

「沒事了，真的沒事了。」

抱緊男孩的母親，仍愣在原地。她一再撫摸男孩的頭，一臉茫然望著滾到餐桌桌腳停住的那顆紅色彈珠。

「我想，應該是沒事了。」世之介又喚了一聲。

「對不起，對不起。」

母親雖然一臉茫然，但仍不住道歉。

「小弟弟，嘴巴痛不痛？」世之介問。

男孩邊哭邊搖頭。

母親似乎這才回過神來，把緊緊抱住她的男孩移開，硬是掰開他嘴巴，往嘴裡窺望。

「那是彈珠，所以喉嚨應該沒刮傷才對。」世之介說。

「亮太，嘴巴會不會痛？有沒有流血？」

在母親的詢問下，男孩又搖了搖頭。

「請、請問……要叫救護車嗎？」

背後傳來諸仔的聲音。世之介就像在確認似的望向那位母親，這時男孩的哭聲已變小，有點像是假哭。

「真是的！你為什麼要把彈珠放嘴巴裡呢！」

母親這時才想到要生氣。

「我剛不是有說嗎？要擺好彈珠，然後變身吸塵器，將它們一個一個吸起來。」

「吸塵器？」

仔細一看，隔壁房間的地板上確實擺了一排彈珠。

「你真是的……」

母親似乎這才靜下心來，重新看向世之介，側著頭，納悶地發出「嗯？」的一聲。

「呃……」

世之介慌了起來，轉頭望向站在門口的諸仔。

「我……」

他遲遲無法接話。其實他只要隨口說是來拜訪隔壁住戶就行了，但這時候卡在世之介喉嚨裡的，不是彈珠，而是「雙筒望遠鏡」。他差點咳了起來。

「您找我有什麼事嗎？」

這位母親以懷疑的眼神望著世之介。

眼下的實際狀況來說，兩位陌生男子坐在這間只有母子倆生活的屋子裡。

「請問，您這裡是805號房對吧？」

方寸大亂的世之介背後，傳來諸仔可靠的聲音。

「是的，是805號房沒錯。」

感覺這位母親將已經停止哭泣的兒子重新抱緊。不過她此時的模樣不是溫柔，反而像是採取備戰架勢。

「我們來這裡是要拜訪一位姓中上的朋友。」

諸仔說出莫名其妙的話來。

「中上？」

「是這裡對吧？」

諸仔突然拋出這句話來，世之介頓時慌了起來。

「咦，啊……嗯，應該是。」

他急忙配合演出。

他嘴巴上配合，但暗地裡狠狠瞪著諸仔，怪他為何要這麼大費周章扯謊。就在這時，那位母親沒留意到世之介的擔心，一臉鬆了口氣地說：

「啊，也許是我的前一位住戶。我們上個月才剛搬來。」

「哦，是這樣啊？」

「我猜也是先前的住戶。」

了解這兩位陌生男子為何會出現在這裡後，這位母親又重新向他們道謝。

「真的很抱歉，多虧幫了我們大忙。」

明明兩人是因為用雙筒望遠鏡偷窺才展開的行動，現在對方還反過來向他們道謝，這令世之介如坐針氈。

「總之，沒事就好。」

男孩已拿出遊戲卡來玩，世之介輕撫了男孩的頭後，走出屋子。

七月　市民游泳池

已進入夏季的豔陽天。

品川的港灣區，擺滿貨櫃的寬廣腹地沐浴在陽光下，熾熱的空氣順著東京灣的海風吹來。

在首都高速公路高架橋下的遮陰處，世之介以小湯匙吃著刨冰。他和業務兼送貨司機的誠哥兩人，從下午開始便一直忙著倉庫盤點，工作服早已溼透。

「要是能給大一點的湯匙不是更好嗎？」

世之介嘴上雖抱怨，手上動作卻未停下。

「看你這種吃法，就像一次用五根湯匙在吃一樣。」誠哥笑說。

誠哥雖然這麼說，但他自己的吃法也優雅不到哪裡去。從剛才他就多次緊按因吃太快而發疼的太陽穴。

將盤子裡剩下的草莓糖漿喝光後，世之介從褲子後方口袋取出錢包，想付誠哥剛才替他代墊的冰錢。

「不用啦，我請你。」誠哥豪氣說道。

「謝謝招待！」

世之介向來都不會客氣。

世之介伸了個大大的懶腰，同樣將盤底的哈密瓜糖漿喝完的誠哥，這時開口：

「對了，你……」

「我怎樣？」

「不，我說你啊……」

誠哥似乎很難以啟齒，說到一半又停住。

「怎麼啦？」

「我要問的是，你應該不會手腳不乾淨吧？」

「手腳不乾淨？」

世之介不由自主看向自己因為盤點搬貨而髒汙的雙手。

「不，抱歉。你別在意。」

「不，我很在意。我沒有手腳不乾淨。」

「我知道。」

誠哥準備返回倉庫。

「不不不，你最後那句話我很在意。」

世之介不斷追問。

「不，我也不太清楚，好像是最近辦公室裡掉錢。不過也只是一百圓、五百圓的零錢。辦公室裡不是有個專為零用金準備的小保險箱嗎？」

「就是早乙女先生辦公桌旁，那個一直開著不會關上的保險箱嗎？」

「對，就是那個。聽說裡頭的零錢不見了。當然這也可能是早乙女先生自己算錯錢，或是搞錯了。」

「咦？咦？難道是懷疑到我頭上？」

「不，不是這個意思。」

「可是，聽你剛才那樣說，就是在懷疑我啊！」

「其實不光是你，可能大家都被問過，看知不知道掉錢這件事。」

「我就沒被問過。」

「不，我的意思是……」

「拜託。不是我在吹噓，我過去從沒偷過別人東西。」

「我知道。」

「不對，只有一次，那是我國一，在大一屆的籃球社學長教唆下，在學校附近的零食店偷關東煮。」

「關東煮？」

「對，關東煮。」

為了證明自己的清白，世之介愈來愈火大，說話的口吻也愈來愈激動。

「是熱呼呼的關東煮嗎？那種東西要怎麼偷啊！」

「對啊，所以馬上穿幫了。我走出店的瞬間，學長便催我：『快點吃掉，消滅證據！』所以我急忙將熱呼呼的關東煮塞進嘴裡，結果忍不住大喊：『好燙、好燙。』就這樣被老闆娘逮個正著。」

「你是白癡啊……」

「可是，真的就只有那麼一次！除此之外，我從沒做過任何虧心事！」

「我、我知道……」

面對揮動著小湯匙，極力想要說服他的世之介，就連誠哥也大喊吃不消。

世之介回到事務所時，仍怒氣未消。

「社長找你哦。」

辦事員美津子說。

「我剛才和誠哥去吃刨冰。」

「難怪舌頭那麼紅。」

「很紅嗎？」

他借來美津子的小鏡子，伸出舌頭，果然染成了草莓色。

「我想，社長應該還在樓上。」

美津子抬頭看向社長室兼置物間的二樓。

「那麼，我去找社長。」

世之介先走出辦公室，然後從外部樓梯跑上樓。他一面走，一面心想，也許是要問他那起竊案的事。若是這樣，就不是只有他一個人被摒除在外，而是要一個一個問清楚。

「社長！您在裡面嗎？」他出聲詢問。

「哦，是橫道嗎？快進來。」社長應道。

「打擾了。」

打開門，走進社長室後，社長一面點眼藥水，一面問道：

「盤點完成了嗎？」

「完成了，萬無一失。誠哥已經去跑業務了。」

「辛苦了。」

社長恢復原本的坐姿，眼藥水從他眼角流下。

「美津子小姐說，社長找我。」

世之介將堆在接待沙發上的紙箱移到地上，坐在沙發上空出的位子。

「嗯，我有話要跟你說。」

終於來了，世之介已做好準備——「我這輩子，除了關東煮之外，從來沒偷過別人東西！」已來到他喉頭，隨時準備登場。

「呃……就那件事，你大可不必有壓力。就那件事，之前我不是跟你提過嗎？問你要不要當正式員工。」

「啊……」

從社長口中說出的，是他完全沒料到的另一件事，世之介不禁叫出聲來。

其實後來世之介也很認真思考過社長想正式聘用他的事。他理應心存感激，根據之前求職經驗，他明白能受雇工作，是多麼幸運。

不過，就結論來說，他還是想婉拒。雖然沒什麼明確原因，但在一股難以言喻的心情影響下，他打算回絕社長。如果非要對這股難以言喻的心情給個說法，那應該是想在自己的人生中再多掙扎一陣子吧。

他在人生最低潮的時候成了打工族，不過一旦可以溫飽過活後，心中的焦急頓時煙消霧散。接下來會怎樣都無所謂了。這種想法反而助長了氣勢，不知不覺間，他開始覺得，等看過更多不同的世界後再做決定，不也可以嗎？

「呃……關於那件事……」

世之介重新坐正。

「嗯，關於那件事，不好意思，就當我沒提過，好嗎？」

「真的很抱……」

現實中的對話，與世之介心中的對話混雜在一起，兩者沒能同步。

「不過，這是我個人問題。不是你的錯。」

「呃……」

「啊，抱歉。也難怪你會不知所措。前不久我才說要正式聘用你，但現在又說要當作沒提過這件事，這話任誰聽了，腦中都會一片混亂。真的很抱歉。」

「不，我……」

「這件事真的跟你的本性無關。說得簡單一點，只是因為公司沒有餘力增聘正式員工。哎呀，真的很抱歉。」

社長一提到「本性」，世之介的思考瞬間停止。當初社長應該就是因為欣賞他的本性才開口的。

難道說……

就連反應遲鈍的世之介，腦中也閃過剛才誠哥提到的竊案。

「社長，難道說……您真的懷疑是我幹的？」

這句話不自主脫口而出。

「咦？什麼？」

「就是辦公室掉錢……不……」

「什麼事啊？」

「不，我意思是，如果是那件事，那不是我做的。」

「你到底在說哪件事啊？」

「不，我只是覺得……」

世之介看到社長的眼神，血氣便從臉上抽離。那眼神像在對他說「夠了」，透露著死心。

那是在看零錢小偷的眼神。

力量突然從身上洩去。洩去的同時，不知為何，腦中浮現早乙女的臉，同時想起上個月烤肉時，早乙女曾對他說：「你好像看社長喜歡你，就囂張起來了吧！不過，你如果以為光是拍馬屁，人生就能一帆風順，那你就大錯特錯了。」

他還想起之前抱怨這件事情時，諸仔對他說過的話。

「早乙女已做好這樣的覺悟。他已下定決心，就算非得這麼做，他都要守護現在的生活。」

如果這場失竊風波是早乙女一手策劃的話；如果是早乙女認為社長很賞識他，不希望位子被搶走，而安排這場計畫的話……

當他正準備這麼想時，某個東西突然冷卻。

不對，不是我做的！想怒吼的情緒、對卑鄙的早乙女產生的厭惡……全都一口氣瞬間冷卻，只留下惡意。他在那廉價沙發組的桌上，留下某人的惡意。

如果真的是早乙女所為，這就會是早乙女的惡意。

不過，世之介馬上選擇放手。放手後，將它擺在桌上。甫一擱下，不知為何，它看起來便不像任何人所有。

「我明白了。謝謝您曾經打算聘用我，光是這樣我就很開心了。」世之介說。

這不是不服輸，也不是諷刺，而是真誠的感受。

「嗯，這就對了。橫道，你還年輕，今後有無限可能。」

原來是這麼回事啊，世之介心想。這同樣不是諷刺，而是真誠的感受，他心想，原來如此。

不久前，社長曾對他說：

「你現在二十四歲對吧？像這樣不上不下的蹉跎人生，實在太可惜了。這個時候的決定，將會決定你的人生。這點絕不會錯。」

世人對於仍值得期待的年輕人，會說：「你已經二十四歲了呢。」讓他感到焦急；而對於已經死心絕望的年輕人，則是安慰：「你才二十歲啊。」

世之介默默行了一禮，走出社長室。

他明白自己可能會被炒魷魚，做到這個月的打工費結算日。但說來真不可思議，他沒生任何人的氣。

對於可能一手策劃這場陰謀的早乙女；輕易受騙相信這場陰謀的社長；只會以為來了個打工族，之後又離職，就此遺忘這一切的誠哥和美津子小姐；以及被迫揹黑鍋，只能選擇離開的自己……不知為何，他一點都不生氣。

他只是坦然地覺得，每個人都要過活。

早乙女是個討人厭的傢伙，但他會變得這麼討人厭也是無可奈何。社長對待好人和討人厭的傢伙，都一律平等。誠哥和美津子小姐當然也一點都沒錯。

回到辦公室，他看到早乙女背對著他在按計算機。世之介坐在自己的位子上，著手處理盤點前，他們請他檢查「醋漬水雲」新包裝的工作。

男子一臉疲憊地走過六本木 ALMOND 前的斑馬線。他是世之介。

明明打算去六本木站，才走過這條斑馬線，但可能是太累的緣故，他就像水往低處流一樣，直接順著芋洗坂而下。

不過，他似乎完全沒意識到，到了坡道半途才猛然驚覺，發出「啊」的一聲。想往回走，但既然都走下坡了，往回走當然是上坡。

他突然不想再走了。

「總會走到某個地方吧……」

他拖著沉重的腳步，走在嘈雜的六本木通的一條小巷裡。

走了一會兒，來到名叫「Piramide」的大樓，裡頭有一間高級酒吧。學生時代的諸仔曾經在這家和他顯得很不搭調的酒吧打工。

當時世之介曾帶著半調侃的心態去過一次，但光是走進店裡，入場費就要兩千五百日圓。而且雞尾酒送來的時候，諸仔還警告他：「這酒杯是法國巴卡拉的水晶杯，要價四萬日圓。」他拿起酒杯後，一直不敢鬆手，真是一段痛苦的記憶。

好懷念啊。他望著那棟大樓時，發現一旁有間以前沒有的露天咖啡座，可能因為正好處於非用餐時段，客人不算多。遮陽傘沐浴在陽光底下，徐風吹來，怡然暢快。

如果是自己一個人，不會來這家店，但剛剛錄取了一份時薪特別優渥，高達一千五百日圓的工作，所以他抱著「下午茶就吃點帶有六本木風情的點心吧」的心情走進店內。

在一位長得像混血兒的可愛女孩帶領下，來到露天座位。他點了咖啡和一種名叫可麗露，光聽名字覺得不太好吃的甜點，稍事休息。接著隔壁桌客人的對話傳進他耳中。

看起來是大世之介兩、三歲的男性，這三人身上穿的西裝，一看就知道不是聚酯纖維，而是以高級羊毛剪裁而成，空椅子上擺著光芒耀眼的鋁合金公事包。

如果要他描繪出菁英上班族的午茶時光，腦中就會浮現這樣的風景。

況且，傳入他耳中的，全是這次的客戶如何如何、明天安排的會議如何如何、負責的案子如何如何，全是除了搞笑短劇外，平時不會聽到的名詞。

他喝了一口送來的咖啡，繼續若無其事聽他們對話，得知他們似乎是安達信會計事務所，或是普華永道會計事務所這一類外資的大型顧問公司，或是專業知識服務集團的員工。

連世之介自己也感到驚訝，他竟然有這方面的常識。他在大學時代好歹修過學過商業管理，雖然他的學生生活不是打工就是跳森巴舞，但同一個教室裡，有不少同學認真苦讀只為了考取會計師證照。這些同學口中常提到的，就是像安達信或是普華永道這類帶有濃濃銅臭味的外資顧問公司的名稱。

仔細想來還真是諷刺，當初那些未來已有目標的同學，他們未來的模樣就在他隔壁喝著咖啡，年收入可能有一千萬日圓吧。相反的，當初完全沒放眼未來的自己——因為簿記論是大學必修科目，為了取得學分，才好不容易考取日商簿記二級，拜此之賜，剛才他抱持著姑且一試的心態，去了正流行的人力派遣公司登錄資料，並接受面試時，對方告訴他：「哎呀，你有簿記二級，可以找會計方面的工作哦。」而且時新竟然高達一千五百日圓，與之前待的醋漬水雲公司或是波本酒吧的時薪相比，整整高出一位數，他聽了之後高興地跳了起來。

當然，一千五百日圓的時薪不差，但沒任何社會保險，與年收一千萬日圓相比，連三分之一都不到。

附帶一提，找到新工作固然高興，但世之介走出派遣公司時之所以一臉疲態，背後有其原因。當初在學校上課時，百般不願下考取的簿記二級證照，他完全沒想過會在人生中派上用場，所以沒寫進履歷表中，因此面試官的反應當然是：「你什麼證照都沒有，找工作很吃力呢。」

接著面試官說：「那麼，要不要先測試一下打字速度？」世之介坐向文字處理機前，就像在替貓按摩一樣，展現一指神功。

面試官看傻了眼，說不出話來。

「先不談證照，總有什麼是你會的吧……」

兩人就這樣抱頭苦思了好長一段時間。

學生時代那段悠哉時光的回憶，以及剛才面試時無技可施的回憶，交錯地浮現腦海，世之介忍不住嘆了口氣。當他將冰塊完全融化的咖啡一飲而盡，準備從露天座位離開時，突然感覺到隔壁桌投射而來的視線。

應該不會是自己腦中的畫面傳向了對方，對方寄予同情。這一刻的世之介覺得在這裡待得很難受，打算離開。

「咦？橫……橫道，你是橫道嗎？」

從菁英桌傳來叫喚。

「咦？」

世之介不由自主轉身。

「果然是你。好久不見！是我啊。」

起身的男子，一臉開心的模樣。

「啊……」

世之介低語，臉上蒙上一層黑霧。

在他剛才的學生回憶中，學生時代就考到公認會計師證照的男生，此刻就站在他面前。

「赤水？」

面對世之介有氣無力的詢問，赤水回答：「噢，果然是橫道，我完全沒發現。你一直坐在一旁嗎？」

他這說法未免也太牽強了。不過，世之介渾然未覺，甚至應該說，他萬萬沒想到隔壁這桌菁英小團體裡竟然有他認識的人。

「橫道，你現在在做什麼？」

像這樣大剌剌的在這裡打發空閒時間的人，肯定很有自信。

「咦？你指的是什麼？」

而像這樣岔開話題的人，肯定對自己沒自信。

「還問呢，當然是工作啊。呃，我記得你好像在證券公司，對吧？」

可能是將他和諸仔搞混了，不過反正以後也不會和他聯絡。

「咦？哦，對。」

姑且就隨便應付幾句。

「下次一起出來喝一杯，告訴我你的聯絡方式吧。」

「咦？哦。」

「說吧，你的電話號碼。」

面對馬上翻開記事本的赤水，世之介無法說謊，他坦白報上自己住處的電話號碼。他一面說出電話號碼，一面回想赤水的事。他從以前就和這個人八字不合。

也不知道是什麼時候的事了，赤水甩了交往的對象，還告訴了世之介。對了，舞台應該是在六本木這裡。赤水說，他和女友在酒吧說要分手後，便自己快步走出酒吧，朝六本木站而去。他女友也隨後跟上，哭著說她不想分手。在車站的驗票口，赤水把緊抱不放的女友推開，她跌倒在地，朝著已走向月台的赤水一面哭一面叫喊：「小拓！我不要分手，小拓！」

如此狼狽至極的過往，赤水似乎覺得有趣，邊說邊笑，還笑到流淚。

「橫道，改天再聯絡囉！」

世之介逃也似的離去時，身後傳來赤水的聲音。

「誰要和你見面啊。」儘管心裡這麼想，世之介還是應道：「改天見！」朝六本木站走去。

「平日人真少。」

今天是今年第一個酷熱的日子——如此低語的，是穿著泳褲，露出一身白肉的諸仔。眼前是沐浴在陽光下，波光瀲灩的市民游泳池。

「這樣花兩百圓門票才賺到！」

一旁的世之介同樣亮出背部，曬著他那一身白肉。他的臉和背已曬得通紅。

「我們待多久啦？」

諸仔就像突然想到似的，望向管理室牆上的時鐘。

「哇！都已經中午了。」

他大吃一驚，霍然起身，直挺挺地跳進眼前那閃閃生輝的泳池內。這時，救生員馬上拿起擴音器警告：

「請不要濺起水花！」

諸仔一臉快意貼向泳池邊緣，出聲叫喚：

「世之介，你還要再待嗎？我要回去了。」

「咦？再待一下子嘛。回去還不是一樣熱，而且又沒事可做。」

「咦？意思是我得自己搭巴士回去囉。」

之前兩人是共乘世之介的速克達前來，要是得一路走到公車站牌，那可就麻煩了，所以諸仔露出很不情願的表情。波光閃閃生輝地映照在他那張臭臉上。

原本理應該在公司的諸仔，今天排休一天。既然要放假，大可好好安排行程，但他卻沒事可做，只好一大早跑來找世之介。

「啊，對了，世之介，你去過那家小濱當學徒的銀座壽司店嗎？」

世之介心想，這問題可真唐突。他抬起頭來，只看見一名小學女生套著蝦子形狀的泳圈在玩水。

「不，還沒……」

「還沒？你之前不是很擔心嗎？」

「我是想去，但一直東忙西忙，就這麼耽擱了。」

嘴巴上雖然這麼說，世之介也意識到自己這一刻正在市民游泳池裡曬背。

「哎呀，說來真是慚愧。」

他坦然地道歉。

「該怎麼說呢……或許只是那位理髮大叔講得誇張了。」

「啊，又來了。世之介很糟糕的正面思考。」

「很糟糕的正面思考，有這種東西？」

兩人就這樣笑了起來。

「我該回去了。」

諸仔溼淋淋地離開泳池，拿起鋪在地上的浴巾走向更衣室。

世之介不經意地朝走在泳池邊的諸仔看了一眼後，又想再躺下，視線就此轉向寫有「女子更衣室」的那扇門，同樣不經意地看向那裡，這時，一名男孩從女子更衣室衝了出來。

「別跑啊，喂！」

他母親緊追在後。

男孩很快就被抓住，他那年輕的母親硬將泳帽戴在他頭上……

「咦？」

世之介不禁坐起身。

年輕母親抬起臉來，瞇著眼睛環視泳池。接著她的視線停在世之介身上。

「啊！」

雖然沒發出聲音，但她表情為之一變。

世之介跪坐在浴巾上。

是她沒錯。此刻看著他的，是他從諸仔房間的晾衣台用雙筒望遠鏡偷窺的女人。她手中牽著的，是那個模仿吸塵器結果讓彈珠卡在喉嚨的男孩。

「妳好。」

世之介維持跪坐，向她點頭致意。對方也回了一句：「你好。」牽著孩子的手向他點頭。

但孩子似乎想早點去幼童池玩，不斷甩著母親的手。

就算起因是偷窺，但就結果來看，他好歹也算這男孩的救命恩人。所以對方似乎也很猶豫該不該主動過來打招呼，遲遲站在原地不動。泳池明明就在眼前，卻莫名其妙不准過去，這對男孩來說當然不合理。

他更加大動作地甩著母親的手，這時世之介先行動了。就在他起身，跑向泳池邊時——

「請勿在泳池邊奔跑！」

救生高台椅傳來警告。不得已，他只好以競走的姿勢靠近。

「呃，上次謝謝了。」世之介主動問候。

「我才要跟您道謝呢。」女子應道。

「來泳池玩啊？」

「嗯，來泳池玩。」

「今天可真熱。」

「嗯，真的很熱。」

這是大人之間無關緊要的對話，對孩子來說更是一點都不重要。

「媽！」

她兒子再也按捺不住，轉頭瞪著母親。

這時候如果說一句「再見」，就此離去，可就展現出十足的救命恩人風範。但因為是偷窺起的頭，所以不知為何，世之介跟在前往幼童池的兩人後頭。

「下水前先做暖身操！」

兒子急著想下水，母親一旁提醒。

「跳《Ugo Ugo Ruga》節目的『熊先生』可以嗎？」

兒子詢問，以快轉般的方式唱起那首有名的輪唱曲〈森林裡的熊先生〉。

「有一天，有一天，在森林裡，在森林裡……」

他哼著歌曲，不知是在做體操還是在跳舞，怪異地扭動身軀。

「不好意思，他在幼稚園都這樣跳。」

兒子那奇怪的舞姿引來許多目光，女子難為情地說明。她因為是自己叫兒子做暖身操，所以見兒子為了想下水而如此賣力跳舞，她無法阻止。

最後她兒子終於跳完整首曲子，衝進泳池裡。女子似乎比任何人都還要鬆了口氣，馬上躲進遮陽傘下。

「那個算暖身操嗎？」世之介很好奇，開口詢問。

「暖身操？不算吧？」女子苦笑。

這時，原本坐在遮陽傘下的中年男子，很識趣地空出椅子，兩人就這樣坐下。女子似乎有穿泳裝，不過外頭套著T恤和短褲。

「你住這附近嗎？」女子問。

「在池袋北口。」

「這麼說來，離這裡不算近，但也不遠。」

「騎速克達到這裡，十分鐘就到了。之前和我一起出現的諸仔，剛才也在這裡。」

「咦？諸……」

「哦，他叫諸仔。就是之前和我一起去您府上的那位……」

「啊，是他啊。敝姓日吉，日吉櫻子。」

「櫻子？這名字真像偶像。」

「是嗎？」

「我姓橫道，橫道世之介。」

這時，男孩從泳池裡催促：「陪我玩。」

「不要，我會曬黑。」

女子皺起眉頭說道，世之介見狀，站起身道：「我來陪你玩吧，反正閒著也是閒著。」

一時間，女子臉上流露出想婉拒的表情，那模樣就像在說：「不不不，這樣會給您添麻煩。」但既然她不想在這大熱天走進泳池裡，就得繼續和世之介聊天，這樣她又覺得怪，所以她只好言不由衷地回了一句：「咦？真的可以嗎？」接受世之介的提議。

突然有名陌生男子走近，就連男孩都覺得詭異；世之介就像山椒魚般，在水淺的泳池裡朝他靠近，令男孩感到害怕，朝世之介背後踩了一腳，「呀～呀～」的大呼小叫，開始在水中四處逃跑。

面對這突然冒出來的山椒魚，幼童池裡也不知道該說是發生了一場小小的恐慌，還是大受歡迎。不知不覺間，不光是櫻子的兒子，其他孩童也四處奔逃，歡笑聲四起。這段時間，世之介一直左右擺動身子，追逐孩子們。

不知道玩了多久，世之介終於累了，從泳池裡起身。櫻子的兒子也已適應這條山椒魚，跟在他身後。世之介將他一把抱起，回到遮陽傘下，櫻子慰勞地說：「很累對吧。」

「喝了不少泳池的水……」

「哇！」

聽世之介這麼說，櫻子毫不遮掩地皺起眉頭。

「啊，接下來的話不用說沒關係。」

世之介急忙打斷她的話，櫻子向他道歉：「啊，抱歉。」但可能是因而聯想到，她問兒子：「亮太，不去尿尿沒關係嗎？」世之介聽了，大感錯愕。

接著世之介拿起浴巾，替已和他混熟的亮太擦乾身體，櫻子到更衣室的自動販賣機買來寶礦力。

「啊，謝謝。」

「橫道先生，您一直都住池袋嗎？」

「不，還住過荻窪、世田谷，搬過很多地方，最後來到池袋。雖然常搬家，不過都是在東京的西側。」

「西側？」

「東側不是都給人不安全的印象嗎？例如小岩之類的。以前我打工送貨時，就負責那一帶，結果上午就被醉漢纏住，這很常發生。我是九州長崎人，表哥住福岡的小倉。不是有一套漫畫叫《高校太保》嗎？那套描寫不良少年的漫畫以小倉為舞台，雖然不太安全，不過我去小岩時，總覺得小岩比小倉還糟糕。啊，對了，我表哥是國一那年從長崎搬到小倉的，但半年後，我和我爸媽去看他們時，發現我那位人稱昆蟲博士的表哥，頭髮梳成飛機頭，還另外剃出幾道光溜溜的剃痕。眉毛當然也全都剃光，簡直把自己變得像昆蟲一樣……啊，對了。櫻子小姐，妳之前住哪？應該是剛搬來的吧？之前住哪呢？」

「住娘家。」

「娘家在哪兒？」

「小岩。」

世之介一直自顧自地說笑，這時迅速回神。每次他只要得意忘形說個沒完，最後一定會踩到地雷。

「啊……」

世之介慌了起來，就像要轉移話題似的，想再度替亮太擦乾身體。

「已經乾了。」

櫻子冷冷地補上一句。

「不，小岩這地方其實有各種樣貌，我負責的正好是那一帶最不安全的酒吧區，那裡的小酒館常傳出低俗的卡拉ＯＫ音樂。不過，只要去到住宅區，一樣可以感受到老街風情，很不錯呢！」

說到這裡，櫻子笑出聲來。

太好了，原來她來自小岩住宅區，世之介鬆了口氣，但他的安心維持不了幾秒——

「我娘家就位在酒吧區正中央。」

她給了世之介致命一擊。

「不過，橫道先生，你並沒錯，這是小岩自己不好。」

接著她又笑了起來。雖然是在笑，但眼角浮現的那股神韻，不知道該說是像小岩，還是像小倉，那是這種市鎮獨有的狂。

「不不不，怎麼說小岩不好呢……小岩沒有不好。它好得很。」

「不，它不好。真的很不好。」

「我認為它沒有不好。」

「不，它不好，才會造就出我這樣的女人。」

櫻子說「我」的時候，發音特別有家庭主婦的韻味。

這時就連世之介也明白是怎麼回事。

啊，她是正牌的……

在世之介的青春期那段時間，日本各地吹起一股不良少年的文化風氣，當時還有一齣熱門劇《積木崩塌》因而問世。現在或許很難想像，但當時還是國中生的世之介，週末和朋友一起去看的電影，正是《BLOW THE NIGHT!》。

簡單說明一下《BLOW THE NIGHT!》這部電影。主角是十五歲的少女，故事從她轉學到東京近郊一處地方都市的國中展開。她有一頭紅色捲髮，眉毛剃光，時常穿拖地長裙，在學校沒人理她，但她很快就和地方上的飆車族混熟。然後，和不良學生動用私刑、吸食強力膠、在保健室做愛等驚人場面，這位女主角全部包辦。事實上，這位女主角過去也確實做過抽菸、吸強力膠、飆車、鬥毆、和多名異性交往等多種不當行徑，是部寫實性十足的作品。

當然，世之介還留有眉毛，而且是籃球社社員，所以在班上算是運動類型，但還是在時代的影響下，週末和理小平頭的同學們去看這種電影。

光是看這種電影倒不算什麼，但他不想和太妹扯上關係。所以在學校為了不和這種學姊有任何目光交會，每當她們坐飆車族男友的摩托車來上學，跑進學校走廊時，他都會若無其事看著黑板。

這麼一提才想到，這些學姊當中，有一位長得很像人稱「小艾曼紐夫人」的美國女星布魯克．雪德絲。大家叫她明美學姊。世之介來東京後，第一次回長崎時，坐在從機場往市內的接駁巴士上，拿起座位網籃裡薄薄一本的《長崎導覽》雜誌，隨手翻閱。

「長崎的夜晚，包在我們身上」，在市內小酒館和酒吧的宣傳頁面上，刊出明美學姊的照片，她是「青蝶酒館」的媽媽桑。

順帶一提，世之介的國中同學當中，有人出於好奇，去了那家店喝酒。以前是人人聞之色變的學姊，現在卻是客人眼中的酒館媽媽桑——這位同學抱持這種心態上門光顧，明美媽媽桑想必溫柔招呼，但她的眼神仍保有當年的狂。這位同學從走進店內後，滿腦子都在擔心會被敲竹槓，一直到最後都沒能說出自己和媽媽桑念同一所國中，就這樣落荒而逃。

世之介猛然回神，眼前是櫻子的臉。

小岩→我→積木崩塌→BLOW THE NIGHT!→明美學姊，經過這一連串的聯想後，出現櫻子的臉，怎麼看都像是聯想的延伸。

「我……差不多該回去了。」

世之介突然說道，站起身。

「那麼，我們也回去吧。啊，對了。謝謝你陪亮太玩，我請你到附近的蕎麥麵店吃麵吧。」

櫻子也站起身。

沒錯，這種混過的女人，有能力嗅出只會當小弟的男人的氣味。世之介無比懊惱。

商店街裡去年一直都是蕎麥麵店的店家，曾幾何時已改成時尚咖啡廳。他們被帶往靠窗的桌位，打開菜單，店家正推出荷蘭、德國、丹麥、比利時等歐洲啤酒節活動。因為剛才一直都待在豔陽下的泳池裡，世之介覺得口渴。

「橫道，你喝啤酒吧。」

「日吉小姐，妳也喝啤酒嗎？」

「今天是我的肝臟休息日。」

肝臟休息日。年紀輕輕就如此坦然，看來只有從事特種行業的女人或是諸仔才會這麼說了。

不過，櫻子似乎也直覺敏銳，她發現世之介已聽明白她從事的工作。

「橫道，你是做什麼的？」她問。

「啊，我是打工族，白天的工作前一陣子沒了，晚上則是在新宿的波本酒吧工作。」

「嗯，這麼說來，我們都算是在酒國裡討生活。」

「不然也不會平日這時間在市民游泳池裡打混。」

今天理應是肝臟休息日的櫻子，似乎是個意志不堅的人，最後還是點了比利時啤酒。

「對了，亮太吃東西時還真是安靜呢。」

世之介不自主地談到這件事，亮太則是默默吃著他的鬆餅。

「你也覺得吧？靜得有點可怕呢。」

「這麼專注吃東西的孩子，我還是第一次見呢。」

「就說吧。我老家的朋友們都說：『妳有好好讓他吃飯嗎？』」

雙方都有許多對彼此好奇的事，要是停在這個話題上，就不會有下一步了。

「不過，他看起來吃得津津有味。」

「啊，你說對了，幼稚園的老師也誇他說：『亮太不會吃得滿嘴髒兮兮。』」

「那位老師有點年紀了，對吧？」

「是啊，為什麼你知道？」

「就只是感覺。」

「不是有時候會讓他吃糖嗎。像這時候，他就會一臉陶醉，擺出很幸福的樣子。對吧，亮太，你就只有吃東西才會安靜對吧？」

亮太沒理會母親的詢問，以陶醉的眼神將香甜的鬆餅送入口中。

「血緣真的是騙不了人。像他父親就很貪吃。」

「是喔。他是怎樣的人？」

「怎樣的人……說好聽一點，是人渣。」

「說難聽一點呢？」

「該死。」

櫻子臉上帶笑，但眼神不帶半點笑意，照這樣看來，這個話題還是別深入細究。

吃完鬆餅後，亮太說他想睡覺，直接躺在沙發上睡著。世之介點了第二杯啤酒後，櫻子也抬手道：「那我也來一杯。」

「橫道，你沒女朋友嗎？」

「我？沒有。要是有的話，也不會和諸仔在市民游泳池打混了。」

櫻子似乎還是不清楚諸仔是誰，但她對此並不在意，她點著頭應了聲：「嗯。」

「橫道……那你有駕照嗎？」

「汽車嗎？」

「是船。」

「我沒有……」

「開玩笑的，當然是汽車。」

「啊，那個我有。」

「下次要不要開車兜風？我現在被吊銷駕照，偏偏又沒時間去重新考照。」

「租車嗎？」

「我老家有輛車。」

世之介一時間想到壓低車身，加裝尾翼的飆車族用車，但他還是相信是「老家的車」。

「要去哪裡呢？」

已有好一陣子沒開車兜風的世之介，也很想握方向盤。

「橫濱如何？」

「哦，不錯呢。有兜風的感覺。」

可能是不好睡，亮太這時候醒來，開始吵著說要回家。

「要自己走哦。」

聽櫻子這麼說，亮太點頭應了聲「嗯」，但已經想著要人揹，雙手往前伸。

櫻子堅持不讓世之介付帳，並對他說，是我說要答謝，才邀你來這裡，所以由我來結帳。

這麼一來，世之介只能將亮太伸出的雙手環向自己背後。

話雖如此，試著揹起亮太後，背後儘管因盛夏的酷熱和孩子的體溫滿是溼汗，但感受到亮太輕盈的重量，傳來亮太舒服的打呼聲，走起路來無比愉悅。

「妳最好還是抽個時間重考駕照。」

走在一旁的櫻子，將亮太差點脫落的涼鞋拿在手上。

「妳是做了什麼被吊銷駕照呢？」

「就只是稍微超速、單行道逆向，還有違規停車。總之，我很倒楣。每次我違規的時候，警車就會從前面冒出。」

「先跟妳說一聲，我是個會令人坐不住的安全駕駛，連駕訓班教練最後都不耐煩。」

「什麼啊，哈哈哈。」

櫻子似乎當他是在開玩笑，世之介也沒刻意為此解釋。

八月　涼夏

今年是創下紀錄的涼夏。七月底，天氣陡然變熱，他抱持著「真正的夏天終於要來了」的心情，迎接八月，結果天氣卻急轉直下，有幾天甚至高溫只有二十二度。

他與櫻子說好開車兜風的約定成真，就是在這種沒勁的夏日，櫻子請世之介先去她老家取車，於是世之介前往她位於小岩的老家。

雖然已做好心理準備，但他與櫻子約在車站前碰面，前往不遠處的停車場後，看到停在那裡的，竟是一輛紫色的 TOYOTA MARK II。

「啊，這實在……」

世之介頓時焦慮失措。

「顏色是很華麗，但內裝完全沒改，你大可放心。而且也沒有會發射飛彈的按鈕。」

櫻子當然是玩笑話，但沒安裝飛彈反而感覺不太對勁。

「這是我哥的車。」

「咦？我們真的可以開？」

「沒問題，因為我也付了一半的頭期款。」

「妳哥不在嗎？」

「他在家，今天幫忙照顧亮太。」

本以為會加上亮太，三個人一起兜風，結果現在這樣，感覺就像在約會似的。儘管面對這樣的車子，世之介忍不住緊張起來。

「真的可以開嗎？」

「不是說了嗎，沒問題。」

櫻子喚了聲「喏」，將鑰匙遞給他。既然走到這一步，也只能硬著頭皮上了。世之介拿定主意，坐進駕駛座。實際上車後，便看不到車子突出的外觀，心情平靜不少。

櫻子馬上跟著坐進副座，開始在那些像是她哥哥會聽的ＣＤ盒裡翻找，並不忘出言碎嘴：

「品味還是一樣差。」

一旁的世之介忙著調整座位高度，怎麼調都不滿意。接著將後照鏡往右調三公釐，往左調一公釐後，再確認離合器和剎車的踩踏狀況。

「今天到得了橫濱嗎？」櫻子笑著道。

「我只要一握方向盤，就會變了個人，比平時還要小心謹慎！」

世之介說得口沫橫飛。

「竟然有人會變更謹慎？」

櫻子一臉驚訝。

幸好，可能因為世之介先打了預防針，在通往橫濱的首都高速公路上，儘管一再被超車，櫻子都沒像他事先猜想的那樣喊著「超過它、超過它」，慫恿他開快車。相反的，因為這輛車的紫色外觀，就算一路上低速行駛，還是有很多車不敢超車，不知不覺間，造成嚴重堵塞。

「我們又不是警車。」

就連櫻子也對其他不敢加速的車感到抱歉。

一如預期，他們在快正午時抵達山下公園。儘管一路上開很慢，但車窗全開，得以盡情吹著風，櫻子依然感到暢快。好不容易找到停車場，把車停好後，她在公園海邊伸了懶腰，看起來神清氣爽。

世之介坐在長椅上，想好好享受海風的吹拂，這時發現前方有一對小情侶。

雖然不清楚男生是開什麼樣的車，但他看起來有點純樸，帶點稚嫩。

「高志，你對圭子好冷淡哦。」

櫻子突然發出撒嬌的鼻音。一時間，世之介還以為她是哪根筋不對，聽起來是在替前面的女孩配音。

從她的語氣來看，高志指的是前面那名男生，但不知道圭子又是哪位了。

「圭子心裡應該喜歡高志你吧。」

這樣的距離聽不到對方的聲音，但櫻子的配音相當精準，看起來就像真的是那名女孩在說話一樣。

「咦，圭子喜歡我？這怎麼可能！」

世之介也配合演出，扮演起男生的角色，演技恰到好處。

「高志，你真遲鈍。」
「會嗎？不過，我現在有喜歡的對象。」
「咦？是誰？我認識她嗎？」
「嗯，妳也認識。」
「咦，是誰，到底是誰？」
演到這裡，櫻子突然恢復原本的聲音說：
「等一下，下次我要演比較有男人緣的女生。」
「明白。受歡迎的遲鈍男生，我也演不來。」
世之介馬上切換角色。
「停放在那裡的冰川號，是曾經載過卓別林的豪華客船，二戰結束後，還曾載過許多從中國撤退的人員，有這麼一段歷史。」
世之介說出他所知道的冰川號知識。
「啊～那種男人確實教人受不了。」
櫻子露出開心表情。就在這時，不知從何處傳來嘶吼般的男性歌聲。
那不是開心的歡唱，從那緊繃的音色聽來，顯然是在某人的命令下，被迫唱歌，有種殺氣騰騰。
「搞什麼？」
世之介不自主起身，這時映入他眼中的，一名身穿西裝的男子，在親子和情侶們熱鬧地享受夏季假日的花圃廣場，昂然站在長椅上，聲嘶力竭地引吭高歌。

「哦，那是潛能開發的研習課程。」櫻子一臉不耐。

「什麼？」

「你不知道嗎？那是一種要人徹底否定自己，成為服從公司的員工的研習營。他們接受十天左右的囚禁，期間不斷被灌輸「你是個沒用的人」，沒半點長處，被逼到絕境。然後在最後一天得到誇獎，說像你這樣的人，也能撐過這麼嚴苛的課程，於是眾人內心得到解放，連大人都放聲大哭。你沒聽過？」

「沒聽過。」

「在電車上總該看過吧。他們不斷主動向人搭話。」

「啊，如果是那個，我看過。還被要求自我介紹。」

「就是那個，那個就是啊！」

櫻子知之甚詳，她說明完後，那名嘶啞地唱完歌的男子大喊一聲「謝謝大家」，走下長椅。然而，本以為結束了，沒想到男子朝花圃奔去後，那裡站著十名身穿求職套裝的男女，一位像是二號的男子朝這裡全力飛奔過來。

世之介不經意看著對方。當男子跳上長椅時，「咦？」世之介不由自主地破音叫了一聲。那個站上長椅，一臉憔悴的男子，竟然是諸仔。

在說不出話來的世之介面前，諸仔像啦啦隊一樣抬頭挺胸，唱起跟剛才那個人一樣的歌。不過，可能是之前太用力嘶喊，聲音無比沙啞，他聽起來不像在唱歌，反倒像一隻無精打采的馬在嘶鳴。不過，要是他偏著頭，表現出「我今天嗓子狀況不好……」的樣子，再重唱一次的話，或許就不會讓人覺得他是瘋子。但此刻諸仔不顧喉嚨能不能發出聲音，都不斷地嘶喊。

真不忍心看。

這是世之介唯一的感想。而在花圃廣場的親子和情侶們，臉上的神情就像被迫看了什麼悲慘畫面般，紛紛默默離去。

發不出聲音的諸仔，不知從什麼時候起，改以流淚啜泣代替歌聲。可能是心裡非常難受，他抽抽噎噎、吸鼻涕，以那張被淚水溼透的臉唱著歌。

世之介實在看不下去，他很想奔向諸仔身旁，但不知為何，身體就是不聽使喚。

「那個人是……」

櫻子似乎也從世之介的異狀中察覺出這名破壞假日廣場祥和的男子，感覺是和他有關係的人，臉上的不悅更加強烈。

「我、我去看看他吧……」

如果想去，大可直接行動，但雙腳就是邁不出步伐。

就在躊躇不前時，兩名像是指導官的男子走來，站在諸仔面前，劈頭罵道：

「聲音太小了！」

「完全聽不懂你在講什麼！」

「你當我笨蛋嗎？你才是笨蛋呢！」

「哭什麼哭！是男人還敢哭！」

那不堪入耳的辱罵聲，將諸仔進一步逼入絕境。

雖然不知道原因，只見諸仔面對男子們的斥責，一面吸著鼻涕，一面道歉：

「對不起！對不起！」

世之介所認識的諸仔，是在池袋平價居酒屋裡喝著燒酒，一臉幸福的諸仔；結帳時，發現錢包裡有折價券，笑得比誰都開心的諸仔。當然了，他是社會人士，又在大型金融機構上班，肯定吃了不少苦。但諸仔是秉性善良的好人，不管有什麼原因，都不該這樣任人辱罵。

「我還是去一下好了。」

世之介終於邁開步子，這時諸仔那像在喘息般的歌唱已經結束。

「不及格！明天再一次。你不管做什麼，表現都是最差的。」

世之介聽著那位指導官辱罵，一路從花圃的步道上走去。另一頭的諸仔可能是瞄到他那驚人的氣勢，而注意到他，馬上神色驚慌起來。

已打算出面「解救」諸仔的世之介，就像要替自己打氣般氣勢凌人。

「諸仔！你在這裡做什麼？」

這是從他嘴裡冒出的第一句話。

指導官們可能早已習慣在公共場所聽人抱怨，擺出臭臉轉過身來。

諸仔大為慌張，從長椅上跳下來，擋在世之介和指導官之間。

「你來這裡做什麼？」

他吸著鼻涕，反問世之介。

「做什麼……我和日吉小姐開車兜風。」

諸仔順著世之介轉頭的視線望去後，馬上想起是櫻子，但他此刻沒時間細問他們倆的關係進展。

「總之，你先到一邊去吧，改天我再好好跟你說。」

他把世之介視為麻煩人物。

「可是你……」

「你別管我，快走吧！」

枉費世之介鼓起勇氣前來相助，卻受到這樣的對待。如果他夠冷靜沉穩的話，應該就能猜出諸仔背後的苦衷，但他現在滿腦子只為自己鼓起勇氣前來卻貼了冷屁股而大為光火。

「好啊！走就走！」

十足是個鬧脾氣的小鬼。

世之介出場這插曲彷彿沒發生過似的，接著又有一名研習參加者站上長椅高歌，指導官帶著沒通過考驗的諸仔回到隊伍裡。

世之介和櫻子結束兜風，回到小岩，將紫色MARK II停進停車場。返家後，諸仔這才打電話來。說研習還在繼續，他是趁就寢前一小時的休息時間打這通電話。

世之介一接起電話，諸仔便對他說：「對不起。」

「還好啦。」

世之介馬上讓步，但接下來諸仔說的事，更令他震驚。

原來諸仔已經從之前那家大型證券公司離職。

「我一直想跟你說，但又覺得，如果要說，得先跟我鄉下的父母說才對。」

簡言之，他已離職好幾個月，都還沒跟父母說。他的父母一直以兒子能在一流企業工作自豪，但諸仔沒有告訴他們真相。

「可是你不是都到公司上班嗎？之前我還和你約好，從公司下班後一起去喝酒。」

「其實是……我刻意換上西裝出門，其實我一直都待在家裡。」

「也太麻煩了吧！」

世之介在意的不是這件事，可是這句話卻不由自主地脫口而出。

聽諸仔仔細說明得知，他四處找工作，但偏偏處在求職冰河期，遲遲未果。不久後，他開始白天就在陽台（其實是晾衣台）喝酒。他嫌棄這樣的自己，認為不能繼續這樣下去，因而買來時下流行的勵志類書籍，閱讀後發現每本書都提到三件事：

只要真心祈求就能實現。

只要改變習慣，人生也會改變。

要相信自己的潛能。

甚至應該說，寫來寫去，就只有這三件事。這讓他逐漸產生正面思考，主動報名某本書後面介紹的研習課程。

「應該要問的是，你為什麼要辭職？明明好不容易擠進那樣的一流企業啊！」

現在說這些已於事無補，從遲遲無法取得正職的世之介來看，怎麼也看不懂。

「我工作能力真的不行……」

諸仔坦言道。然而，那口吻不像平時的諸仔。倒比較像白天時斥責諸仔的指導官所用的口吻。

「我自己……很清楚。和同時期的同事相比，我確實不如人。不管再怎麼努力，一樣沒用。業績總是墊底，公司不需要我這樣的人。再說，像你這樣的人哪裡能了解我的心情！打從一開始就捨棄人生的你，不可能了解我此刻的心情！」

●

先進國家的風景就算過了二十五年，也不會有多大變化；但若換作像越南這樣的國家，常走的巷弄，才短短一年就有巨幅改變，要是過了五年，整個市鎮根本就改頭換面。

市鎮的變化，指的是氣味的變化。

事實上，他在越南胡志明市已生活了將近十年。剛開始居住時，整個市鎮充斥著香料、汗水、肥皂氣味。自從外資的咖啡廳在主要街道上一家一家地開，行道樹被砍掉，道路鋪上柏油，大空地上建造購物商場後，那些氣味便從市鎮以及人們身上消失了。

當然，他並不是眷戀昔日那衛生條件極差的日常。只不過，他深深覺得，似乎有某個重要的東西隨著市鎮和人們的氣味一起消失了。

自從三年前回日本參加母親的喪禮後，直到現在才再踏進國門。當時是從成田直接趕回老家，仔細想想，已有十年沒像這樣走在東京街頭。

甫一走出池袋西口，他便忍不住說道：「根本就沒變嘛。」

實際從站前圓環走向Rosa會館，仍舊和以前的印象一樣。例如「世之介常去的柏青哥店還在呢」、「啊，我常去光顧的居酒屋也還在」、拉麵店的屋簷下掛著「拒絕米其林」的告示牌……這些都令他覺得「池袋還是老樣子嘛」，與其說懷念，不如說是慶幸它沒有改變。

走著走著，許多往事浮現。他先想到的是當時租的公寓，位於埼京線池袋站的前一站。如今回想，那還真是一棟不可思議的公寓。

一樓是對老房東夫婦的自用住宅，二樓和三樓各有兩間出租的單人房。他租的是三樓西側的房間，雖然空間小，但有個稱不上陽台的寬敞晾衣台。

如果天氣好，他會煮一盤毛豆，在陽台上喝著啤酒。大三那年，他在不合他個性的六本木酒吧打工，認識了優里，瞞著房東在這裡同居了半年。如今回想，像優里那種擁有亮麗又活潑的朋友圈的女生，和他這種有點土氣的男生交往，實在很神奇，但也許是她也喜歡在那晾衣台享受悠哉的夕陽吧。

後來才知道，當時優里已有喜歡的男生，和他交往，或許只是用來消解寂寞吧。然而，對他而言，他現在仍可抬頭挺胸地說，那半年正是他光輝的青春時代。

和優里共度的時光，正好與他求職重疊。可能是在不知不覺間產生了自信，很幸運地，他錄取了，是他最想進去的大型證券公司。從小就怕生又內向的他，當時感覺就像換了個人似的。

可是一旦開始工作，馬上就碰壁。他對自己的無能吃驚，氣勢輸人一截，與周遭的同期又拉大差距。在公司裡待了一整天，卻幾乎沒和任何人目光交會，自己的身影也沒出現在任何人眼中。

走出西口的商店街時，他原本打算吃碗蕎麥麵，但才回國第六天，他已開始懷念起越南的味道。不知不覺間，他被一張越南粽子的照片吸引，走進一家越南餐館。

店內坐滿了人，幸好吧台角落還有一個空位。他點了越南粽子和河粉，稍喘口氣。他發現這座位好像是員工休息的場所，牆邊擺著越南報紙和手機。

為了打發無聊，他拿起報紙來看。

上頭有這個月底即將在東京舉辦的帕拉林匹克運動會的報導，上個月在胡志明市的飯店舉辦選手餞行會的照片裡，穿著整套制服的權也在其中。

上肢殘障的權，以越南代表參加帕拉林匹克運動會的五十公尺和一百公尺仰泳比賽。若以個人最佳成績來看，他遠遠不及那些實力堅強的選手，預賽中可能就被刷掉。不過，當初他是為了緩解關節疼痛而開始游泳，就此愛上這運動。原本以游完十五公尺為目標，一路進步到如今獲選帕拉林匹克運動會的越南代表選手。他緊咬牙關所付出的努力不用說，對於一路支持他的和平村每一位工作人員、游泳學校教練們，以及和他一樣深受枯葉劑遺毒所苦的孩童們來說，他在東京奮戰的英姿，肯定能為他們帶來勇氣。一想到這裡，便覺得他貢獻卓著，比賽成績根本不重要。

不過，要是對權說這番話，他一定會大發雷霆。因為他是為了獲勝而一直拚搏的運動選手，絕不是受害者代表。

如今回想，和權的相遇，是他人生的轉捩點。

當初因為自己的一念，辭去好不容易錄取的大型證券公司。「這時候如果逃避，今後將一輩子都過著逃避閃躲的人生。」當時他雖然聽見內心的聲音，卻同樣無法捨棄想重新挑戰的念頭。

當然，找新工作吃了不少苦。也因為正好處在就業冰河期，所以之前他能錄取那家大公司，他一直覺得是個奇蹟。

後來他改變想法，認為這是老天賜予的難得的機會，於是去美國展開為期兩週的旅行，接著情勢起了轉變。

起初他認為獨自一人旅行不錯，但也明白很快會玩膩，所以邀世之介同行。他們先開車遊西岸，玩遍拉斯維加斯、大峽谷，接著飛往佛羅里達，享受西礁島風情，最後漫步紐約街頭。

他記得旅行途中，和世之介一如往常聊著傻事，腦袋慢慢清晰起來。

回國後，他馬上展開行動，決定到美國大學攻讀投資學。英文原本就是他的拿手科目。除此之外，就是做好「以二十四歲的年紀重回起點是否太晚」的心理準備。

他在紐約的語言學校上了一年課，順利考上心中理想的大學。接下來卯足全力，成天坐在教室課桌前、圖書館桌前，展開五年苦讀。

畢業後，在指導教授介紹下，以優渥條件在香港的投資公司任職。那工作絕不輕鬆，那十年間，多次因胃潰瘍、十二指腸潰瘍等毛病而住院、跑醫院就診，但運氣和時代還是站在他這邊。四十歲不到，他已累積了不小的財富。

第十年，他第一次給自己放了長假，在中國同事的邀約下展開越南之旅。當初原本預計和女友在渡假村長住，但待在那短短三天，兩人便吵架分手，只剩他獨自一人留著閒散度日。

吵架的原因是空調的溫度設定。

他在偶然的機會下來到權他們居住的和平村機構。他在胡志明市的飯店泳池，邂逅了一位與他年紀相近，在聯合國工作的日籍女子。

雖然兩人沒發展成肉體關係，不過對方笑口常開，個性也合得來，常一起共進午餐。後來女子邀他去參訪權居住的和平村。

一九六〇年代，美軍四處噴灑枯葉劑，危害了一代代越南人，災情慘重。當時才十歲，正值調皮年紀的權，是第三代受害者。

來到機構內一看，他驚訝得說不出話來。當然，這情況他時有耳聞，但親眼目睹受害者的痛苦，卻是第一次。

邀他前來的女子，已多次造訪這裡，很快就被認識的孩童們包圍，可能是有工作要談，她迅速走進辦公室裡。

第一次見到權時，他躺在床上，壓低聲音啜泣。

一名忙碌的工作人員告訴他，這孩子雙腳的關節非常痛。

「我們很想幫他按摩，但又不能老在照顧這孩子。」

權沒有手臂，就算想按摩也辦不到。

不知不覺間，他已按摩起權他那瘦小的雙腳。

怎麼按摩才能舒緩疼痛，不會反過來讓他更痛，他戰戰兢兢地施力，始終按摩著權瘦小的大腿、膝蓋、小腿肚。

不知按了多久，權這才緩緩抬起他原本緊靠在枕頭上的臉龐。

第一次看到權，他那雙烏黑的雙瞳炯炯發光。

「Feel good?」

詢問後，權的雙眼泛起笑意。

當他悠哉地等候店家送河粉上桌時，手機響起。

是越南的奧委會打來的，詢問他在東京的場勘是否順利。

權成為比賽選手時，他因為隨行照料而常出入運動協會，結果不知不覺間，擔任起像理事的工作。

這次之所以和協會成員一同來到東京，是為這個月底即將展開的帕拉林匹克運動會做最後準備。他們已分頭確認過住宿地點與行程，也和越南大使館及相關人員討論過餞行會的舉辦方式。

「今晚是奧運的閉幕式，對吧？那邊很熱鬧嗎？」

聽到電話那頭提問，他才想到，對哦，今天是奧運最後一天呢。

行程他當然全記在腦中，但自從來到日本後，因為一直匆匆忙忙，連從電視上看奧運賽事轉播的時間都沒有。

掛斷手機後，河粉送來了。

「您越南話說得真好。」

可能是聽到他講手機，一名像是老闆娘的女生同他搭話。

「我住在越南。」

「難怪。」

她像是日本人，但似乎聽得懂越南話。

「我開電視給您看吧？現在正在比男子馬拉松呢。」

她打開牆上的電視。

他不經意抬頭看向電視。似乎才剛起跑沒多久，畫面中有一群人跑在前面，約二十人之多。

趁河粉還沒涼掉，他趕緊吃了一口。播報員和解說員的聲音傳入耳中。

「森本選手、大野選手、日吉選手，三位日本代表選手全都在領先群中。」

「三位選手都佔了很好的位置，都跑得不錯，不過到了十公里處，就會再分成二到三組，希望他們到時候能想辦法待在領先群裡。」

「目前領先的三人，是肯亞的姆泰選手、肯尼亞塔選手，以及英國的史密斯選手。」

「史密斯選手從起跑後步調就很快，感覺所有選手像被他拉著跑一樣。不過，如果以他的最佳成績來看，史密斯選手要一直維持這個配速跑完全程恐怕有困難，而且，以這麼快的速度跑下去，所有選手肯定都會打亂自己原本的配速。」

「對每位選手來說，這是一場意想不到的比賽吧？」

「是啊。」

「這麼曲折的情勢，您認為這場比賽對哪位選手比較有利呢？」

「這要看是哪種曲折了。不過，像日吉亮太選手倒是常在意想不到的賽事中展現佳績。」

「例如呢？」

「像天氣惡劣時，不好跑的賽道，他往往都表現不錯。」

「啊，領先群這時候要散開了。」

「沒錯。史密斯選手突然變慢了。日本的三位選手要是再不超越史密斯選手，往前的話……」

「啊，超過去了！三位選手都閃過史密斯選手，留在領先群裡。」

他一面將小碟子裡的香菜拌進碗裡，一面聽轉播。

「嗯？」這時他突然側著頭感到納悶。不過，連他也不知道自己是對什麼感到納悶。

他從碗裡抬起頭，環視四周。

店內一樣擁擠，聽見熱鬧的笑聲。

「日吉亮太選手……？」

殘留在他耳中的播報聲，突然浮現。他像要確認似的，再次回想，但果然清楚地留著「日吉亮太」這名字。

他急忙看向電視。畫面裡果真和播報的內容一樣，從空中拍攝到兩個分開的跑者群。

正好這時候老闆娘來倒水。

「不好意思，剛才電視上說是日吉亮太選手嗎？」他問。

老闆娘剛才似乎沒在聽轉播。

「您是說馬拉松選手嗎？好像有個人就叫這名字。啊，有了。我記得今天的體育報有報導……」

她從越南報下面抽出日本的體育報。

攤開一看，在「本日開跑」的斗大標題下，大大登出三名選手搭肩的照片──是「日吉亮太」沒錯。

他不禁將河粉推向一旁，在吧台上攤開報紙。

一九九〇年生，東京人，三十歲。

他屈指細數。想像當初那個模仿吸塵器，結果彈珠卡在喉嚨，驚訝地瞪大眼睛的男孩，與照片上的選手比對。

看得出昔日的神韻。當時他應該才三歲，這樣算來，年紀差不多。

電視切換畫面，出現領先群裡的三名日本選手。日吉亮太落後另兩名選手，不時可以隔著他們的肩膀看到他的臉。

不知是個性使然，還是習性使然，亮太不同於另外兩名表情嚴肅的選手，始終顯得游刃有餘，灑脫自在。

「請問，這位日吉亮太選手很有名嗎？」

他向仍在一旁的老闆娘詢問。

老闆娘看著電視說：

「抱歉，這我不太清楚。不過，那個森本選手很有名。另一個大野選手，我曾經看過他。」

就在他抬頭看向老闆娘和電視時，背後桌的一名男客道：

「日吉選手是臨時入選為代表選手。因為有位不知道什麼名字的選手，騎機車發生車禍。」

那起車禍，老闆娘似乎也知道。

「對對對，我在電視新聞上看過。」她點頭。

體育報的照片下，刊出這次的馬拉松路線圖。以神宮外苑的新國立競技場當起點的賽道，會繞過銀座等地，最後回到新國立競技場。

地圖上各個地點，都很貼心地寫上領先群抵達的預估時間。他看著時鐘。如果從池袋這裡趕去，還趕得上觀賽。

他突然站起身，從錢包裡掏錢。

「抱歉，我沒吃完。」

「沒關係，怎麼了嗎？」

老闆娘擔心問道。

「這個在場上跑的日吉選手……不，亮太他當初在我啟程前往美國時，曾到機場來送過我。

對我說『諸仔，加油！』。」

他已邁步想趕去對亮太加油。

他衝出店外，猶豫該坐計程車還是電車好，最後走進地鐵入口。他年輕時常在這一帶遊盪，不管是地面還是地下，他都很清楚哪裡有捷徑。

衝下樓梯時，往昔種種鮮明的回憶浮現腦海。

原本理應獨自落寞自成田機場出發，沒想到世之介和亮太說要替他送行。

世之介向櫻子的哥哥借來的紫色 MARK II，果然在機場管制站被攔下。從儀表板開始檢查，後車廂就不用說了，就連旅行背包也一併打開來檢查。

「這孩子是誰？你的孩子嗎？」

在員警的質問下，世之介為了避免無謂的麻煩，扯謊應了聲：「是的。」

「才不是呢，他不是我爸！」

亮太叫嚷起來，情況變得更糟。

「不，我的意思是，他就像我的孩子一樣……如果要解釋得更清楚的話，他是我女友的兒子，今天輪到我照顧，所以帶他一起來。至於這位，我叫他諸仔，他今天要出發去美國留學。因為他要獨自踏上旅程，我想他應該會覺得寂寞，所以來送行。」

員警倒也不是不相信世之介的解釋，但以最糟的情況來看，這可能是樁國際綁架。

最後，在諸仔出發前三人被帶往管制站盤問。一下子查證身分，一下子聯絡櫻子，原本時間還很充裕，走進機場後，起飛時間迫在眉睫。

「那我走囉！」

諸仔手握機票，在安檢處前與他們告別。

「一路順風。」

世之介往他肩頭一拍。

正準備走進安檢處時，背後傳來一聲響亮的叫喊，令他很難為情。

「諸仔，加油！」

叫喊的人是亮太，而世之介也和亮太一起高喊三聲萬歲。

●

在鋪滿沙石，很一般的月租停車場內，世之介坐進少見的紫色MARK II內，神經質地調整座椅位置。

前些日子彩虹大橋剛開通，正在舉辦眾人過橋活動。櫻子知道世之介在出發前光是調整座椅和後照鏡就會花很多時間，所以趁這段時間帶亮太去便利商店繳電費。

今天還邀了諸仔和小濱一起去。之前他直接打電話問諸仔，至於小濱則是專程跑到銀座的店裡去見她。

世之介看準打烊時間，在店門前等候，正巧小濱穿著廚師服走出店外熄去招牌燈。

「小濱！」

看到世之介從電線桿後方衝出，小濱相當驚訝。

「妳聽我說，諸仔辭去了好不容易錄取的那家公司，說什麼要重新省視自己，還沉迷某個古怪的研習課程。之前我碰巧在橫濱公園遇見他，仔細問過後才知道，他上過各種類型的潛能開發的講座，那個古怪的研習課程已是第三家，再這樣下去，他會變成一個研習狂啊！」

世之介突然一開口就說個沒完，小濱想逃也逃不了。

「等、等一下，我還在工作。」

小濱想打斷他。

「小濱，我知道妳現在很忙，但可以和諸仔談談嗎？」

世之介說得口沫橫飛。

「我、我知道了。我再打電話給你。」

「你根本不知道我電話。」

「說的也是。總之，我不能再講了，我得趕快回去工作。」

「這我知道，所以我今天是來邀妳一起去兜風。」

「不可能，現在不可能。」

「你們禮拜天店裡不是休假嗎？」

「是休假，但一樣不可能。我沒心情去兜風。」

「我也沒心情啊。說是兜風，卻開著一輛紫色 MARK II，而且車身改低，加裝了尾翼。」

說到這裡，小濱更覺得要趕緊回到店內才行。

「我知道啦，我去總行了吧。」

她明顯在說謊。

「太好了。那麼，星期天上午十一點，小岩站見。」

「好好好。」

「從小岩站北口走一小段路，有一家『圓福超市』，正前方有一座月租停車場。大老遠應該就認得出來。因為那輛車在住宅區裡就像孔雀一樣顯眼。是『圓福超市』哦！」

「好好好。」

孔雀的事，小濱幾乎沒在聽，直接返回店內。

就連駕訓班老師也會受不了的繁複檢查結束後，世之介已滿身大汗。這時他才喊了一聲：「啊，對哦！」打開冷氣，但汗水可不會說停就停。

第一個準時到停車場的是諸仔。在電話中，世之介認為這類研習沒半點價值，因而讓他對世之介很生氣。但就像對雅子妃、J聯盟開幕戰等熱門消息一樣，他那顆沒跟上最新流行趨勢就靜不下來的熱情，似乎也停不下來。當世之介一提到「要開車去彩虹大橋兜風」，他馬上一口答應。

「咦？只有我一個人到嗎？」

諸仔來到地上鋪砂石的停車場內，環視四周。

世之介走下駕駛座。

「諸仔，你果然不簡單。看了這輛車竟然沒任何感想。」世之介一臉佩服。

「啊，真的耶……這什麼啊？」

「反應太慢囉。」

正當兩人你一言我一語時，櫻子和亮太走了過來。亮太似乎又在超商裡吵著要買點心，挨櫻子一頓罵，雖然只是個三歲孩童，但他露出宛如狙擊手般的眼神，瞪著世之介。

諸仔對第二次見面的櫻子簡短地問候，突然將世之介拉向一旁。

「什麼事？」

「這是櫻子的車嗎？」

諸仔這時才一臉驚訝。

「正確來說，是櫻子她哥哥的車，櫻子出了一半頭期款……」

「應該說，你和櫻子在交往嗎？」

「這個……之前我們喝酒的時候不是說過嗎？我後來和她在泳池裡不期而遇，還一起開車到橫濱兜風，之後便不時會見面。」

「你說過？」

「我早就知道，你對我的事真的很不感興趣。」

這時候一般都會趕緊回一句「不不不」，極力否認，但諸仔卻沒特別這麼做。

「哦，原來你們在交往啊！」他一臉感嘆的模樣。

在車子的另一側，堅持要坐副座的亮太與櫻子間的激烈爭執看似結束了。雖然亮太不是很服氣，但騙他說：「副座是女人坐的哦！」真的唬住了他，他乖乖坐向後座。

櫻子算是母親，應該和孩子一起坐後座才對，但她習慣坐副座。

「喏，你要是坐諸仔腿上，可以清楚地看見窗外風景哦。」

她馬上把孩子託給諸仔照顧。

低頭看錶，約定的時間已過了十分鐘。看來小濱是不會來了，正當世之介準備放棄時——

「喂！」

怎麼看都像是小混混的小濱，一身運動服站在車外，朝他喚了一聲。頭髮稍微長了點，但一樣是平頭。

世之介說過這件事，所以櫻子一點都不慌亂。相對的，可能是從小濱身上聞到和自己一樣的氣味，櫻子本能地認定她是同類。

「後面有點窄，沒關係吧？」

櫻子似乎沒有要讓位的意思。

「副座是女人坐的。」

對櫻子的謊言信以為真的亮太，看到同伴增加，似乎相當開心。小濱早習慣被誤會是男的，況且也沒人出聲糾正，一行人就這樣出發。

車子離開小岩後，從京葉道路進入首都高速公路，駛過剛開通的彩虹大橋，朝台場而去。這趟兜風是否很歡樂呢，其實不然。

世之介完全照規定速限行駛，坐他的車感受不到兜風的暢快，而是其他車將他們甩在後頭的強烈焦慮。為了紓緩心情所播放的音樂，卻風格雜亂不一。這種情況下，理應可以帶動氣氛的三歲幼童，偏偏又習慣一上車就睡，才剛出發沒多久，他就坐在諸仔腿上打起鼾來，更沒想到竟然連諸仔也有同樣習慣。當真一大失策。

儘管如此，世之介還是很專心開車。一旁的櫻子和小濱沒理會他，兩人倒是很談得來，各自聊起自己以前是怎樣的國中生，無比熱絡，不時會聽到「我學姊去過少年感化院」、「有個和我同屆的，被送去戶塚航海學院呢」。

通過目的地彩虹大橋時，亮太和諸仔全自動醒來。這座橋也算是高速公路，所以嚴禁在橋上暫停，一路上不時可以看到停在路肩的車輛。而且車上這兩個女人一談到違法的事馬上顯得很興奮，所以最後他們決定「暫停一下吧」。

剛開通的彩虹大橋詩情畫意。他們車停路肩，一望東京灣的美景。

就連世之介都忍不住率真讚嘆：「哦，東京果然很大，不是蓋的！」

過了一會兒，傳來警方廣播，要大家別停路肩，馬上把車開回車道上。似乎每隔一段固定時間就會廣播，世之介他們當然也和其他車輛一起回到車道上。

世之介在池袋讓隔天一早還要上班的小濱，以及只對彩虹大橋感興趣的諸仔下車後，開車回到小岩，正好是晚餐時間。原本打算停好車後，三個人要一起去商店街的餐廳用餐。

「亮太想睡覺了，就回我老家吃吧。我煮點什麼給你吃。」

櫻子的視線投向前方的「圓福超市」。

既然這樣，那就嘗嘗她的手藝吧。正當世之介才悠哉地想像時，他馬上意識到眼前的情況。

「妳說老家，應該有其他人吧？」他問。

「有啊，就我爸和我哥。煮三人份和煮五人份，沒什麼差別。」櫻子巧妙轉移話題。

附帶一提，櫻子的父親和哥哥經營小型汽車維修廠。他哥哥開的車就是這輛 MARK II 。

「不，今天還是算了吧。」

世之介想打退堂鼓。

「這不過是今天見面或是下禮拜見面的差異，反正他們也不歡迎你。」

櫻子已在超市入口挑起了蔥。抱著熟睡的亮太，手裡被塞了菜籃的世之介，現在想逃已經太遲了。

櫻子的哥哥有位朋友在這家超市鮮魚賣場上班。

「小櫻，妳現在住哪兒啊？」

從透明冷凍櫃後方出聲叫喚的男子，絕不是個親切和善的店員。

「要你管。這塊鱈魚算我便宜一點！」

回應的櫻子，也絕不是個高雅的客人。

世之介心想，這樣一定會讓其他客人不高興，擔心起來。

「喂，這位小哥，你要是算這位小姐便宜，那也要算我便宜才行哦。」其他客人也毫不客氣。

買了大量食材，他們前往櫻子老家。明明才八月，但今年的涼夏果然不太一樣，太陽下山後，甚至有寒意。

櫻子父親經營的汽車維修廠，位在密集的住宅區外。眼前是河堤，遼闊的夜空橫陳眼前，有種開闊感。

鐵捲門打開的維修廠裡，看起來空無一人，但裡頭點著亮晃晃的燈光，廠內頂立著一輛計程車，似乎正在修理。

這種情況下，世之介已做好準備，心想，或許她那一臉嚴肅的父親或一臉凶惡的哥哥會從車子底下鑽出來。

「晚餐吃什麼？」

背後突然傳來聲音，世之介不由自主地慌了起來，連忙回應：「吃火鍋，用殺價買來的鱈魚。」

背對著河堤站在他面前的是櫻子的哥哥，任誰看了，都會覺得這個汽車維修員以前肯定混過幫派；也明顯看得出來，他並不歡迎世之介。

「啊，今天向您借車，非常謝謝。不過……幾乎沒開多少路……」

櫻子的哥哥朝結結巴巴的世之介走近。世之介滿心以為，他應該是要一把揪住他胸前的衣襟，或是要打他頭。正不由自主地把頭往前伸時，櫻子的哥哥卻是打開他拎在手上的超市袋子，翻找東西。

「桔酸醋買了嗎？」他問櫻子。

「啊，忘了！」

「搞什麼啊！冰箱裡已經沒了耶。」

這位哥哥的失望神情很誇張，而櫻子忘了買的懊惱模樣也不遑多讓。

「那……我去買好了。」

與其說世之介機靈，不如說他想先離開這裡。

他正準備衝向超市時，維修廠深處傳來一個聲音將他叫住。

「喂喂喂，這位小哥。」

轉頭一看，感覺像是櫻子父親的大漢昂然而立，展現出不同於櫻子哥哥的另一種壓迫氣勢。他手上沒拿著帶骨的長毛象肉塊，反而很不自然。

「小哥，順便買啤酒回來。叫店員給你最冰的。」

父親正準備拿出錢包。

「不不不，我出就行了。」世之介馬上奔回超市。

離開櫻子家後，可能是剛才太緊張，此刻感受到的解放感幾乎令他雙腳顫抖起來。

「太好了。」

他不禁暗自低語，但緊接著下個瞬間，他才猛然驚覺：

「不不不，一點都不好，待會兒要跟他們兩人一起吃火鍋啊。」

九月　美國

世之介以熟練的動作擦拭一整排波本酒杯，店長闕哥熄去門口的招牌燈。

「真閒——」闕哥伸了個懶腰。

「啊，闕哥，不好意思，突然提出這樣的請求。我接下來想請兩個禮拜的假，可以嗎？」

「可以啊。」

「咦？是兩個禮拜，不是兩天哦。」

「可以啊。」

「為什麼？」

明明是世之介提出的請託，自己卻又無法接受似的。

「其實是……這家店或許會在這個月歇業。我原打算找個時間告訴你，不過你之前不是說找到一份派遣的會計工作，時薪還不錯嗎？所以我才想，不必那麼急著告訴你。」

「那種工作沒能做太久。雖然我在大學時取得簿記二級的證照，但他們當我是個經驗老手，把我送去會計部門，結果不出一天就穿幫，他們看出我根本就沒經驗。」

「咦？那工作泡湯了嗎？」

「我告訴過你了呀！到職訓練第一天就被革職。我想說，光講一次你大概會忘，還故意講了兩次呢！」

順帶一提，這家波本酒吧「肯德基」，老闆是和歌山縣的山林王。說得更詳細一點，這位山林王的家族，運用手中閒置的資金，在東京推展的加盟連鎖餐飲店相當成功。當時設立的公司接下來想經營站著喝酒的酒吧，開了幾家店，波本酒吧就是其中之一。但也不知道是站著喝酒這種風格不合日本民情，還是員工沒有上進心，自開業以來赤字連連。

「這一帶不是要都更嗎？我們因此得到一筆遷移費，上頭似乎打算放棄這家店。」

關哥一副事不關己的口吻，世之介心想他或許另有出路，因而試探性詢問。

「我嗎？我被挖角去千葉的『肯德基』。還不是因為之前你跟我說，你找到一份時薪不錯的會計工作。」

人的耳朵只會挑自己想聽的話聽。

「你說千葉的肯德基，和這裡一樣是波本酒吧嗎？」世之介問。

「不，在新宿紅不起來的店，在千葉肯定紅不起來。是真正的肯德基。」關哥說。

「炸雞？」

「你不知道嗎？我們老闆在全國還加盟了不少家肯德基呢！」

「是喔，我都不知道呢。啊，就是因為這樣，這家店才取名叫肯德基啊？」

「不，那是因為波本產地的關係。」

他們已完全偏離話題，不過，世之介之所以要請兩個禮拜的假，基於以下緣由：

去彩虹大橋兜風後過了幾天，諸仔邀他一起去美國旅行。

「不可能啦，我又不是背包客，我沒他們那麼有錢。」他馬上回應。

不過，旅費和住宿費由諸仔出，諸仔還說，如果旅途順利的話，他還打算補貼一天三千圓給世之介。

「我要去！」

諸仔話還沒說完，世之介已做出答覆。

據諸仔說，像這樣的長假，今後一輩子大概再也遇不到，既然要度過這段沒有貢獻的時光，不如在這段時光裡有些貢獻。這是他在研習期間的突發奇想，幸好工作領的獎金都存著沒花。當初原本打算一個人旅行，但自己一個人太無聊，既然機會難得，不如找世之介一起同行，因為他同樣也正過著沒有貢獻的時光。

「這理由很爛，對吧？」

世之介想尋求關哥的認同，但關哥回了一句：「哇，證券業者短短一兩年就能領這麼多獎金啊！」他感興趣的是別件事。

「總之，這理由實在太爛了。有個朋友聊到諸仔，說他之前參加馬拉松，跑得很痛苦，最後停下來。這時諸仔走到他旁邊，陪他一起邊走邊調整呼吸，結果諸仔自己呼吸調好後，就拋下他跑走了。你不覺得很過分嗎？」

「可是，你不是馬上答應說要去嗎？」

「當然要啊。因為那可是餐費、交通、住宿全包的美國豪華之旅啊，況且我又沒出過國。」

「你朋友說的意思，我大概懂……人生低潮時，如果有像你這樣的人在身旁，確實可以派上用場。」

闞哥的意見，世之介自然無法接受，但末班車的時間就要到了，他趕緊整理好酒杯，打卡下班。

搭山手線回到池袋後，已過了半夜一點。從車站返回住處途中，來到可以在店內用餐的超商裡，他混在那群中南美來的妓女當中喝著罐裝咖啡。過沒多久，下班後的櫻子頂著濃妝現身。

「辛苦妳了。」

他丟掉空罐，走出店外。在前往亮太的夜間幼兒園的路上，櫻子提議：

「我有點餓，要是『阿倍鐵板燒』還開著，我們就去那裡吃個大阪燒再回去吧！」

從池袋站到幼兒園、從幼兒園到「阿倍鐵板燒」、從「阿倍鐵板燒」到櫻子的住處，剛好都是五分鐘路程。

世之介輕敲公寓型幼兒園大門，里美老師輕輕打開門。

櫻子和里美老師在談聯絡簿的內容時，世之介自己熟門熟路地走進裡頭房間，將人在墊被上躺成大字形的亮太一把抱起。才一抱起，便聞到一股孩童晚上特有的氣味。

他小心翼翼不吵醒其他孩童，回到門口。

「明天見。」

「謝謝。」

他小聲地向里美老師告別後，和櫻子一起走出屋外。

剛才接亮太時，亮太睡了一身汗，現在夜風已透著寒意，才走沒幾步，櫻子便將自己的披肩披在亮太身上。順帶一提，世之介不在時，櫻子都是硬把亮太叫醒，讓他自己走。

很不巧，「阿倍鐵板燒」裡座無虛席。雖然吧台有空位，但總不好讓亮太睡在吧台上吧。最後他們決定繞點遠路，去一趟超市，買食材回家炒麵。

「對了，那件事後來敲定了。」

世之介將快要從臂彎裡滑落的亮太重新抱好。

「哪件事？」

櫻子邊走邊看里美老師給她的聯絡簿。

「和諸仔一起去美國的事。」

「咦？真的要去？」

櫻子擺明反對。不過她因為工作太累，懶得爭論，視線馬上又移回聯絡簿上。

回到家後，先讓亮太躺好。櫻子看起來很餓，馬上開始炒麵。

世之介一面望著她的背影，一面偷吃亮太的《聖魔大戰》巧克力。

「啊，對了。剛才那件事。你們要去兩個禮拜對吧？」櫻子邊說邊在炒麵上淋醬。

「正確來說，是十七天十五夜。」

「諸仔出錢？」

「對。」

話題中斷，傳來可口的醬香。

「難道我身上會散發吸引人渣靠近的費洛蒙嗎？」

「妳說的人渣是指我嗎？」

「難道不是嗎？你幾乎無業，而且有一半是靠打柏青哥維生。還在女友家偷吃女友兒子的《聖魔大戰》巧克力，像這種男人還有別的稱呼嗎？」

世之介不禁偷偷藏起手中的包裝紙。

「嗯，或許真的算是人渣。」

這點他承認。

「順便告訴妳另一個壞消息。」

世之介想讓櫻子對他留點好印象，因而站向她身旁，從碗櫃裡取出兩個盤子。

「我打工的那家波本酒吧……要歇業了。」

「那不就糟透了——這炒麵倒是炒得棒透了。」

飄散出香氣的炒麵，盛在白色的盤子上。早已久候多時的世之介，馬上撒上海苔粉。

「你該不會其實是有錢人家的少爺吧？」

櫻子就像等不及似的，很快地將盤子端向餐桌。

「我看起來像有錢人家的少爺嗎？」世之介也端著盤子跟著走來。

櫻子朝他上下打量了一遍。

「完全沒有有錢人的氣場。」立馬斷言。

世之介倒沒反駁。

「不過……我可不想養你哦。」

櫻子說的這句話，令世之介不由自主地抬起頭來。

吸著炒麵的櫻子，顯得一臉認真。或許沒人可以嬉皮笑臉地吃著炒麵，但櫻子的表情，顯示她是認真地思考這個問題，認為世之介是這樣的男人。簡單來說，就是有可能會吃軟飯的男人，不知為何，這令世之介心裡大受打擊。

雖然世之介也不認為自己是個能給人安定感的男人。不過，吃軟飯的男人要嘛是天生就沒肩膀，要嘛是自己選擇要走這條路的。

但世之介並不想成為這種沒肩膀的男人。他明明是個以追求安穩為目標的男人，但不知為何，看在別人眼裡完全不是這回事。

舉例來說，如果將沒肩膀和有擔當替換成流氓和正經人，就容易理解多了。

世之介別說是正經人了，根本就是個不折不扣的小老百姓。但看在世人眼裡，卻覺得他是流氓。

原本這時候他應該否認：「不不不，我不是流氓，我只是個小老百姓。」才合理。不過麻煩的是，愈是個不折不扣的小老百姓，愈高興被人看作是流氓。而愈是追求穩定的人，愈會被這樣誤會，而變得更加不穩定。

眼前大排長龍。最後，世之介在飛機上整晚沒睡。因為第一次出國，他興奮地睡意全消。打從下飛機那刻起，機場內的招牌、表情嚴肅的警衛、廁所標誌，甚至是垃圾桶，每樣映入他眼中的事物，他都想拍進相機裡，諸仔只得將他連同背包一起拖著走。

所以才會陷在長長的人龍中。

世之介他們此刻在租車櫃台前排隊，櫃台是位氣勢十足的黑人女性。世之介的前後各有約五組客人，但這位櫃台小姐還在講私人電話。

那明顯是私人電話，只見她用空出的一隻手辦理租車事務，另一隻手拿著電話，不時開心朗聲大笑，所以辦理速度停滯不前。

好不容易有一組人辦完手續，世之介心想，總該有人抱怨一下吧，朝他前後的客人投以催促的目光，但都沒人反應，每個人都處之泰然。

窗外是無比蔚藍的加州天空。

順帶一提，租車時諸仔洩露了一直到了出發前幾天才邀世之介旅行，甚至不惜付津貼的真正盤算。

說到美國，它就像是在廣闊景致中，一條無限綿延的道路──偏偏諸仔沒駕照。

「不可能啦，不可能、不可能。要我在美國開車？不可能啦！」

世之介一開始當然死命抗拒，但諸仔也不讓步。

「沒問題啦。美國和日本相比，道路寬上一倍，絕對不會撞車。」

「不不不，他們的車子也大上一倍啊。」

經過一番爭執後，當天晚上諸仔強迫他看了三部片，分別是《逍遙騎士》、《末路狂花》、《炮彈飛車》。

前面那兩部片沒打動他，但看了最後一部《炮彈飛車》後，不知為何，他突然覺得自己辦得到。

終於輪到他們在櫃台前辦理了，世之介戰戰兢兢遞出國際駕照。不過，櫃台小姐還在講私人電話。

她拿起世之介的國際駕照，朝世之介瞄了一眼。世之介將不清楚究竟是證明自己什麼的文件，遞給一個公然在工作時間講私人電話的人，他很不安。

「Yes! Vacation! Two weeks!」

對方提問時的答案，早已來到他喉頭。附帶一提，入境審查時他已講過一次，所以駕輕就熟。但緊接著下個瞬間，顯然問到入境目的以外的問題。

世之介本能裝作沒聽見。但這位櫃台小姐明明在講私人電話，卻又很講究地確認事項，同樣的問題再問了一次。

「No! ※●△□○、○▲※◎」

這時，諸仔在一旁插嘴。

他沒理會愣在一旁的世之介，與櫃台小姐爭論起來。說英語時的諸仔，就像另一個人格上身似的，而且是從平時講日語的諸仔身上完全想像不到的堅定。

「All right, all right.」

最後，諸仔講贏了那位看起來不太好惹的櫃台小姐。詢問後得知，他們原本預訂的同等級車已經沒了，所以改派降一規格的車。

「這我不能接受。」諸仔悍然拒絕。

絕不能忤逆講英語的諸仔……

世之介暗忖，終於來到機場外。

遼闊的天空下，有一座不比天空小的廣大停車場。世之介朝蔚藍的天空伸了個懶腰。這片天空，與在日本看到的天空應該是連成一片才對，但感覺像是第一次見面般，無比陌生。

說到為期兩週的美國之旅，本以為是一趟優雅的旅程，但諸仔的計畫卻無比緊湊，就連運動社團的夏季集訓都比它寬鬆。諸仔拿給他的行程表上，寫著五點起床，十點就寢，簡直就跟僧侶的生活沒有兩樣。

話雖如此，世之介一開始倒不當一回事，因為他認為他們應該很快就會大喊吃不消。然而，講英語的諸仔相當堅持他的安排，例如在投宿的汽車旅館，諸仔請櫃台五點 morning call，結果四點五十五分他就先醒來，等到五點五分一過，他就專程打電話客訴，質問：「你們還沒打來 morning call 呢。」

不過，實際旅行後，世之介發現，諸仔的計畫並不全然瘋狂。

他們開車從洛杉磯出發，要在短短幾天內走完優勝美地國家公園、大峽谷、死亡谷。就像每天往返於東京和名古屋之間一樣，相當吃力。加上世之介那謹慎又重安全的駕駛方式，簡直到令人傻眼的地步，油錢倒還其次，但不管去哪兒都特別花時間。

不過，志趣相投的朋友一起旅行，自然滿是歡樂。就像是在諸仔家的晾衣台喝啤酒配毛豆，望著美國那雄偉的景致一樣，就算沒睡飽也沒關係。開了兩個小時的車，結果眼前還是一成不變的沙漠景致，他們笑了；看到像太空船般的大型拖車超過他們，他們笑了；看到滿天星斗的夜空，他們笑了……每天都過得無比幸福。

世之介拿出這幾年完全收在壁櫥裡束之高閣的相機，將看到的一切景物都拍進底片裡。從沙漠上奔跑的蜥蜴，乃至於諸仔點錯的巨大牛排。

這趟西海岸國家公園之旅，在優勝美地享受潔淨的森林浴，感覺很新鮮；大峽谷呼嘯而來的風，給人一股說不出的快意。但如果問世之介印象最深刻的是哪個地方，他的答案是「死亡谷」。

死亡谷是位於內華達山脈東部的一座遼闊沙漠，氣候酷熱。

雖然同樣用酷熱形容，但與東京那種「我實在熱得受不了，去市民游泳池玩水吧」的酷熱完全無法相提並論。這裡還曾在一九一三年以五十七度創下世界最高氣溫的紀錄。

世之介他們前往時，上午就已高達四十多度。諸仔覺得好玩把車窗全部打開，結果襲向他們臉頰的，教人分不清究竟是熱風，還是體育老師呼來的巴掌，總之，有一股殺意。

「哇～好熱！」

世之介喊出理所當然的話，他張開的嘴巴，馬上因為熱風而乾巴巴。

「這會死人吧……難怪叫死亡谷。」

世之介在駕駛的過程中產生這想法，到了晚上，這想法突然改變。

的確，太熱要人命，所以才叫死亡谷，但當他在廉價的汽車旅館以水壓微弱的蓮蓬頭沖澡時，隨著太陽燒灼的肌膚逐漸冷卻，白天時看到的死亡谷風景浮現腦中。

他們理應在沙漠裡開了整整三小時的車，但景象沒任何變化。遠方的地平線依舊在遠方，就連沙丘也完全沒靠近的跡象，唯一會動的，就只是路旁乾枯的仙人掌。

哦……世之介因流進眼睛裡的洗髮精皺起眉頭，發現了這點。

它不是因為會熱死人，才叫死亡谷，而是因為不管開再久的車，景色都一樣，所以才叫死亡谷。死亡一定就像這樣。

他馬上衝出浴室，要分享他的發現，但諸仔似乎沒有同感。

「重要的是，我們省了不少餐費，所以等明天抵達拉斯維加斯後，就去買本無碼的黃色書刊吧！」他笑咪咪說道。

「可是，我在洛杉磯說要買的時候，你不是說回國時在成田機場會被沒收，浪費錢嗎？」

「就碰碰運氣吧。」

這句話很帥氣，但因為他很小聲嘀咕，感覺有點蠢。

「聽你這樣描述，感覺是一場歡樂又輕鬆的旅行呢！為什麼最後會大吵一架，分道揚鑣，你一個人被丟在紐約呢？」

這時候已結束為期兩週的美國之旅，回國後來到櫻子的公寓。

星期天下午，世之介在陽台向陽處鋪上毛毯，和亮太一起躺在上頭午睡。

「所以才說嘛，說英語的諸仔感覺就像被什麼附身似的，不知道該說是嚴厲，還是可怕。」

「又不是《大法師》。」

「不，要是惹他生氣，他真的會口吐綠色汁液。」

櫻子似乎懶得陪世之介鬼扯，她在飯後點了根菸。

「待會兒我要回老家，你要來嗎？」

面對櫻子邀約，世之介想馬上回答「我要去」，但還是停頓了一下子。

那次開車去彩虹大橋兜風後，拜訪完櫻子老家，已是日本暮蟬鳴唱的夏末時節。那天，面對櫻子那看來頑固的父親，以及看來凶惡的哥哥，他很周到地陪他們喝酒。原本打算看準時機，早早告辭離去，但他們互相替對方斟酒，邊喝啤酒邊吃鱈魚火鍋，不知為何，讓他覺得很自在。

從事同一份工作，二十四小時都待在一起的父親與哥哥，當然不太會感情融洽地談天說笑，但這樣的沉默寡言中，卻帶有一份親密，就像認同彼此勢力範圍的公野貓一樣，而他們也以同樣的親密對待世之介。

「喏，世之介，嘗一下這金平牛蒡吧。」

他們不但這樣招呼世之介，甚至還一再使喚他。

「喂，去冰箱拿一瓶啤酒來。」

儘管如此，身為一隻新來乍到，飢腸轆轆的野貓，一樣可以分到食物，光是這樣他就心存感激了。

「那……就去吧。」

世之介露出猶豫良久的模樣，才做出答覆。櫻子原本滿心以為他會拐彎抹角拒絕，只見她驚訝地問：「咦？你要去？」

望著櫻子口中呼出的白煙，世之介想起浮泛在佛羅里達西礁島上的夏日白雲。當時和諸仔關係交惡，在汽車旅館後方空無一人的海灘上聆聽浪潮聲的那段時光，真教人懷念。

其實西礁島上不能開車，生活的節奏瞬間大亂。島上到處都是酒吧，諸仔大白天就窩在酒吧裡。喝醉酒說起英語的諸仔，顯得很有社交能力，乍看之下頗具魅力。他在日本不管喝得再醉，也不會替隔壁的客人拿醬油瓶，但一說起英語，就變得莫名友善。他和一對德國來的老夫妻談到華爾滋，聊得無比熱絡，還請一對加拿大來的新婚夫妻喝酒。後來喝得更醉，索性和一群希臘大學生勾肩搭背唱起歌來。

世之介和他吵架的緣由就在這裡。

世之介英語不好，就算待在酒吧裡，也無法像諸仔那樣樂在其中。

「你們聊什麼？」

世之介一一詢問，打斷人們愉快的交談，而更重要的是，諸仔被問到不耐煩。

「所以我才說嘛，我自己一個人悠哉地待在房裡就好，你自己一個人去。」

聽世之介這麼說，諸仔面露不悅的神情說：「既然都來到這裡，不去太可惜了。」最後甚至開始說教起來。

「世之介，你就是沒有上進心。」

看在提供餐費、交通費、住宿費，每天還有津貼的份上，世之介已做好心理準備，盡可能忍耐，但每天都被這樣叨唸，他最後還是動氣了。

「那麼，我們就在紐約分開行動吧！」

也不知是誰先這樣提議，總之，就連在佛羅里達飛往紐約的班機上，他們也刻意不坐在一起。

傍晚，從小岩站回櫻子老家的路上，世之介和櫻子讓亮太一直玩後空翻，最後好不容易才抵達。明明是星期天，但維修廠的鐵捲門仍開著，櫻子的父親在工作。

雖然是櫻子開口邀約，但她似乎有事要處理，直接就走進裡頭的主屋。世之介只好一面陪亮太玩，一面看她父親工作。

「喂，把那邊的扳手拿過來。」車下傳來叫喚。

「這個嗎？」

將擺在圓椅上的扳手遞上後，父親回了一聲「謝啦」，再度鑽進車下。

亮太蹲在維修廠前的空地上，在那裡疊起了專門讓他遊玩的樂高積木。

陽光照向對面的河堤，無比耀眼。長滿已開始變色的芒草。

「喂，小哥，你現在很閒對吧？那裡有螺絲釘，幫我依照大小分類一下吧。」

仔細一看，麻袋裡有許多髒汙的螺絲釘。

「那裡有全新的工作手套。」

世之介正準備找尋時，亮太告訴他「是那個白色箱子」。

世之介戴上工作手套，伸進麻袋裡。從小他就不排斥這種單純的工作。

騎摩托車路過的鄰居，和玩樂高的亮太打招呼。對方穿工作服，似乎也在這附近的工廠工作。

「弟弟，你在做什麼？」對方向亮太詢問，但亮太玩得正專注，沒空回答。這位鄰居似乎也不是真的要亮太回答，他轉為向櫻子的父親問：

「重夫，信用金庫的多部先生要調去別的單位了，你聽說了嗎？」

「哦，聽說了。這次來的負責人好像是個高傲又惹人厭的傢伙。」

「聽說是。多部先生真是很有意思。雖然被他拒絕融資，但離開的時候還是可以保持好心情。」

在他們兩人有說有笑的期間，世之介一直忙著將螺絲釘分類。他對這鄰居完全不感興趣。某處傳來烏鴉的叫聲，池袋和新宿的烏鴉顯得殺氣騰騰，但河堤這邊的烏鴉叫聲卻帶有一絲悲涼。

鄰居再次跟亮太說話，然後又再一次被漠視，但他依然不以為意，跨上摩托車離去。

明明是櫻子主動邀約，但在晚餐前她一直都沒露面。這段時間當然得由世之介幫忙維修廠裡的事務。他不具備汽車方面的專業知識，所以都是按照櫻子父親的吩咐行事，不過，他在幫忙更換雨刷，清洗踏墊的過程中，意識到維修比駕駛更適合他。

櫻子準備的晚餐，在六點半時端上桌。世之介忙了三個小時，此刻正好也餓了。

不過，上次雖然不到隆重歡迎的程度，畢竟是待他如客人。但今天第二次上門，就沒有任何特殊待遇了，醃黃蘿蔔沒切開，剛泡完澡的父親只穿著一件內褲，如果說這不是自己老家，那才不可思議呢。

這天晚上，世之介滿心以為會和櫻子一起回池袋，但吃完晚餐後，櫻子突然對他說：「我們今天要留下來過夜。」

仔細一看，亮太似乎也睏了，而櫻子想趁明天上午對這間雜亂的屋子大掃除。

世之介當然不好意思說「那我也留下來過夜吧」。他朝已經躺在客廳榻榻米上看猜謎節目，拿坐墊當枕頭靠的櫻子父親告別，走出家門。

櫻子送他到門口，世之介以為她會吻別。

「我應該會辭去池袋店裡的工作，回老家住。」櫻子將世之介推開。

「為什麼？」

「我和老闆吵了一架，有點待不下去了。」

「哦，妳幫那位被挖角的女孩說話的那件事啊。」

「那是原因之一，但還有許多其他事。」

櫻子似乎無意多說，她說了聲「再見」，返回屋內。

「再見。」

世之介也朝她揮手，雖然會繞點遠路，但他打算沿河堤走向車站。夜空遼闊無邊，電車車窗透射出的亮光猶如流星一般，從遠處的橋上通過。

他走下河堤，來到通往車站的拱廊商店街時，馬路對面有人朝他叫了聲「喂」。定睛一看，前方是一臉醉意的櫻子哥哥。

「啊，是哥哥啊。」

「不是說過了嗎，別叫我『哥哥』。」

「啊，抱歉。那我叫你隼人兄。」

好在還記得他的名字，世之介暗自慶幸。

「對了，你在這裡幹什麼？」隼人跨過馬路護欄走來。

「剛才我到府上叨擾。」

「你要回家了嗎？」

「對，櫻子……小姐，今天要留下來過夜。」

「嗯。啊，陪我去喝一杯吧，晚點應該還有電車可搭。」

哥哥半強迫地帶他從商店街轉進一條巷弄，來到一家名叫「夢心地」的小酒館，坐滿了人。店裡有一位五官與化妝都不太協調，充滿市井風情的媽媽桑，以及另一位讓人看了會想：「為什麼會在這種店裡？」而忍不住多看一眼的大美人。與其說像美女演員，不如說像美女特技員，屬於精悍的類型。

吧台坐滿店內常客，世之介他們坐進裡頭的包廂。他們很幸運，來招呼他們的是那位美女特技員。

「這位客人是第一次來吧？」她一派輕鬆地攀談。

「就這小子，小櫻的男友。」

聽聞隼人粗魯的介紹，她毫不顧忌地應道：

「小櫻對男人的品味還真古怪呢！」

俐落地調完兌水威士忌後，這位說話毫無顧忌的美女特技員很快便回去招呼吧台的客人。

「她和我國中同屆，名叫由香里。」隼人說。

「是個美女呢。」

「她們家有三姊妹，三位都是美女。不過，三個人個性都很兇悍。」

附帶一提，最小的妹妹好像是櫻子的姊妹淘。

「對了，聽說你去了美國旅行啊？」

將兌水威士忌一飲而盡的隼人，看世之介的眼神，就像在看一名去過月球旅行的人似的。

「對。從洛杉磯入境，然後去了佛羅里達、紐約。」

「我聽過『佛羅里達』，但這是第一次開口說呢！」

「應該說是陪朋友去……」

「這我聽櫻子說了。旅費之類的全是對方出，對吧？然後中途吵了一架，身無分文地被丟包。不過你真厲害。身無分文，又不會講英語，這樣竟然還能活著回來。在紐約的時候一定很害怕吧？」

世之介也將那杯偏烈的兌水威士忌一飲而盡。此時浮現他腦中的，是二十四小時營業的麥當勞。

兩人刻意分開坐的那班飛機抵達紐約後，世之介心想，分開行動怎麼想都不划算，隨即將態度放軟，但諸仔竟然就這樣擱下他，快步離開機場。

有好長一段時間，快三個小時左右，世之介在機場裡不知如何是好。既然到了這地步，他大可自己行動，但他沒有足夠的錢。雖說是花費全由諸仔包辦的豪華旅行，但世之介也算個大人，理應事先準備好一些現金以備不時之需，但世之介完全相信諸仔，而且諸仔答應會給他津貼，結果他錢包裡只有一百美元。一百美元相當於一萬日圓，他勢必得靠這點錢撐到五天後回國那天。

如果是在日本，總會有辦法解決，但這裡可是紐約。把一百美元分成五天份，一天只能花二十美元，吃飯不成問題，但在楓葉已轉紅的紐約，露宿街頭會活活凍死。不，凍死前，一定會有人拿槍抵著他喊：「把手舉起來！」威脅他把所剩無幾的現金交出來。

這時世之介想到的辦法是：五天都待在機場裡度過。這麼一來，就不需要花上街的巴士費，也不需要旅館住宿費，而且還有暖氣和廁所。

事實上，在歷經三小時的不知所措後，他幾乎已決定要執行這項計畫。然而，就在他四處找尋適合躺下來休息的長椅時——

「不好意思……」

出聲叫喚的，是一位看起來不常在外旅行的日本女子。順帶一提，她給人清新脫俗的感覺，第一次出國旅行，既興奮又期待，活像是八〇年代的偶像歌手。

這位「偶像歌手」說：「我一個人坐車去曼哈頓不太放心，你可以和我共乘嗎？」

世之介第一時間想基於經濟因素拒絕，但這位偶像歌手一副泫然欲泣，而且她說會代出計程車費。

她的模樣實在引人同情，所以世之介拿起旅遊書查看後，得知要是去程由女子出計程車資，回程搭地鐵回來只要花七美元就夠了。

在助人為快樂之本的念頭下，加上他也想在約紐街頭走走，結果就得意忘形，鑄下大錯。

後來才知道，這名外形清秀，長得像偶像歌手的女子，其實是利用計程車共乘詐欺的慣犯。她和看著曼哈頓夜景看得目瞪口呆的世之介一起坐計程車來到市內後，剛從後車廂拿出行李，便突然大叫一聲「啊」，像看到熟人般，朝某個人追去，並大喊：「不好意思，可以先幫我代墊車資嗎？」就此一去不返，消失無蹤。

這下世之介可傷腦筋了。他幾乎把所有財產都給了司機，不管再怎麼等候，女子都沒回來，不巧這時又下起了雨。

儘管如此，他還是認為自己不會被對方拋下（明明已經被拋下了），這時出現他眼前的，是二十四小時營業的麥當勞。他走進去躲雨。

世之介在那裡度過一晚。這家店規模大，客人進出多，不必擔心被趕出店外。等到天亮時，他才接受自己受騙上當，頓時怒火中燒，明明沒錢，肚子又餓了起來，更令他惱火。

他近乎自暴自棄，用剩下的錢買了大麥克，大口咬下。待回過神來，才發現自己莫名地流下淚水，溼透雙頰。

他覺得這並非全是被那女子欺騙的委曲。一方面也是求職失敗的這些年來，他一直不去正視自己的沒用，對這樣的自己感到不甘心。

淚水停不下來，儘管這樣，他還是想吃，結果噎到了，模樣著實可憐。

「您是日本人嗎？」

就在這時，有人出聲問道。抬頭一看，一對坐在不遠處的日本情侶看了於心不忍，走近關切。

「抱歉……」

雖然店內沒多少客人，但世之介仍覺得羞愧，猛吸鼻涕。

那名女子或許該說是已被美國同化，穿著和化妝都很誇張，也確實亮眼，而站在她身旁的男子則和她不太匹配。

一朵豔紅的朱槿，配上棕櫚刷。或是像《凡爾賽玫瑰》裡的奧斯卡配上赤塚不二夫畫的喵樂梅。兩人沒去在意狼狽的世之介，直接坐在他旁邊，問道：「你來紐約旅行嗎？」

接著在「你怎麼了？」的詢問下，世之介道出緣由。

計程車詐騙以及他和諸仔吵架的事就不用說了，就連他在佛羅里達、死亡谷的快樂回憶，以及他沒能找到正職，當起打工族，結果打工的地方也快歇業的事，他一口氣全說了。

說完後，心裡舒暢不少。就像問題全部解決了似的，世之介喝起了那摻了水的可樂。

相反的，聽他說完經歷的那對情侶變得心情沉重。

世之介很滿足地喝著摻水可樂，簡單來說，他就像是個上了年紀的走失兒童。

世之介說完自己的遭遇後，多虧直美小姐和護先生幫忙，世之介才得以平安活到搭機回國那天。別說活到那天了，他甚至還充分體驗了紐約風情。不過，直美小姐與護先生的關係，可不是三言兩語就能說明清楚。

原本以為他們是夫妻，但直美小姐很明確地說：「我們之間沒有男女之愛。」不過，就他們兩人給世之介的印象，怎麼看都覺得護先生對直美小姐有意思。

兩人在蘇荷區的公寓同居，直美小姐是藝術家，護先生是她的經紀人。

「藝術家？」

自己周遭沒有這麼時髦的人物，所以世之介暗自思索這究竟是怎樣的職業。

「其實也可說是表演家，在街頭或舞台上以舞蹈做各種表演。去年我還在外百老匯演出呢。」

簡言之，她算是街頭藝人，或是還未成氣候的演員。不過，雖然這位藝術家還沒站穩腳步，擔任經紀人的護先生卻待她無微不至。恐怕連梅莉・史翠普的經紀人都沒這麼用心。

看過他們兩人住的公寓後，世之介馬上知道護先生是有錢人。熟識之後，世之介從他口中得知，直美小姐當初在日本出道時就是女演員，但始終默默無聞。後來改變目標，想在世界級舞台出道。準備遠渡重洋前往紐約時，櫪木縣大地主之子的護先生說，既然這樣，那我就全面資助妳，跟著她來到紐約。

只要沒在街頭表演，直美便完全沒工作，所以兩人多的是時間。或許是成天只有兩人獨處而覺得無聊，也可能是想讓人知道，他們有多麼享受紐約，如何融入這個城市。在世之介回國前這五天的日子裡，他們讓世之介睡在他們時髦的公寓沙發上，從早到晚帶他四處參觀。今天看自由女神像，明天到流行的義大利餐廳以及哈林區的爵士俱樂部光顧。

「哇，感覺好像連我也成了紐約客呢！」

世之介很開心。

「嗯，世上真是什麼人都有呢。」

這是隼人聽完世之介的紐約奇遇後，心中的感想。在小岩這家「夢心地」酒館，要想像有這麼一對實際在美國從事演藝活動的情侶，似乎很困難，雖然他一臉敬佩地喝著兌水的威士忌，但表情明顯透著納悶。

「不過，他們要是能成功的話，你應該也會替他們開心吧！」

世之介滿心以為紐約的故事已經說完了，他反問：「你說的他們是……？」

「就是直美和護啊。搞不好日後去錦糸町的電影院看洋片，會看到直美出現在大銀幕上。」

隼人似乎是說真的。

「這個嘛……嗯，要是在錦糸町的電影院看到直美小姐出現在大銀幕上，或許會很高興吧，雖然我不認為他們會成功。」

「你這個人也太過分了吧！枉費他們還那麼照顧你。」

不知何時，吧台有一組客人離去。

「隼人，你們過來坐吧。」比直美更豔麗的由香里向他們叫喚，兩人於是拿著酒杯和溼紙巾移往吧台。

「今天稍早，光司的父母來過呢。」由香里說。

「我知道。因為他們出門時，我就在光司家。」隼人說。

「啊，原來是這樣。」

「可是，他們當時說要去扇屋吃飯。」

「嗯，他們說回家前才要去。他們倆唱了幾首卡拉ＯＫ後才走的。」

「那我不就剛好和他們錯過嗎？」

就座後，他們無視於世之介的存在，持續展開同學間的閒聊。世之介拿起筷子品嘗媽媽桑親手做的醋漬章魚時，隼人離席去上廁所。

「要再來一杯嗎？」

「麻煩妳了。」

世之介將酒杯遞向由香里，雖然不是很感興趣，還是開口問：「妳剛才說的光司先生，也是跟你們同一屆嗎？」

由香里聽了，為之一愣。

「啊，對哦。你是小櫻的新男友，所以不知道。」

世之介跟著一愣。

「光司國中時，像個笨蛋似的跟人逞凶鬥毆，從河堤滾下來時傷到要害。後來成了植物人，已經不知道多少年了。」

世之介維持愣住的神情，表情為之一僵。他急著想拉回話題，但愈是焦急，表情愈是僵硬。

「光司是第四中學的老大，隼人是第二中學的老大。兩校人馬火拚，拿木刀在江戶川的河堤上決鬥。現在回想起來，真是一群幼稚的小鬼，但當時我也很認真地替他們加油……」

「請、請問……」

由香里的說話口吻，跟說到自己紐約奇遇時的世之介沒什麼兩樣，所以世之介腦中更加混亂。

「妳說的植物人是？」

「嗯……正式的名稱好像叫作持續性植物人狀態。」

說到這裡，原本在招呼其他客人的媽媽桑也一臉擔心地插話：

「光司他怎麼了嗎？」

「不，沒什麼。因為小櫻的新男友說他不知道這件事。」

今天稍早，那位叫光司的父母還到這家店喝酒。照這樣看來，不光這家店，這一帶的人應該全都知道這件事。

「那麼……他是被隼人哥……」

這時由香里已調好一杯兌水威士忌，遞向結結巴巴的世之介面前。

「他們拿木刀互砍，所以雙方都有錯，只是最後光司變成那樣。不過，起先光司完全失去意識，是連續好幾個月不放棄地跟他說話，並施以電療，現在他才聽得到我們的聲音，還能用眼神和手指的動作表達意思，所以光司真的很不簡單。」

「請問……」

世之介已搞不清楚自己究竟想問什麼。不過他持續追問，不讓這個話題溜走。

「照剛才說的來看……今天隼人哥去了光司先生家對吧？還說他跟光司先生的父母錯過了。」

「沒錯。不光今天，只要沒其他事要忙，星期天他都會去看光司。高中畢業後的這十年來，他幾乎每個禮拜都去。」

由香里的口吻顯得很輕鬆，所以一時想像不出那位臥床的人是何模樣。

「每個禮拜？」

世之介只能如此反問。

「那件事發生後，隼人進了少年觀護所。回來後，還是領到了高中畢業證書。後來才聽說，他高中時好像都會去光司家。光司的父母終於原諒他，在他高中畢業後才讓他和光司見面。」

說來慚愧，故事中登場的人物是什麼樣的心情，世之介別說理解了，連想像都沒辦法。從國中時代就臥床不起的光司、因為自己害某人變成那副模樣的隼人、每個禮拜都去看光司的隼人、原諒隼人的光司父母。

「隼人先生每個禮拜都去嗎？」

他又問了同樣的問題。

「我也問過他，你每個禮拜都去幹嘛？他說，陪光司一起看電視。明明全是隼人錄下的拳擊或摔角節目。很笨對吧，那種狀況還看格鬥技。」

世之介想體會他們的感受，但他們背上扛的擔子，與現在的他完全無法比，雖然他不是隼人，但此刻也只能說一句：「嗯，世上真是什麼人都有呢！」接受這一切。

世之介顯得慌亂無措，就在這時，隼人回到座位。

「搞什麼啊，廁所的芳香劑氣味太重了吧！」

確實從他身上飄散出那股氣味。

「我也這麼覺得。媽媽桑說，在『圓福』買只要半價，一次就買了三包回來。」

「玫瑰香確實香，但感覺就像玫瑰花直接插進鼻孔裡似的，一走進廁所就覺得待不下去。」

隼人誇張地深呼吸。

這與剛才談到植物人的話題落差太大，世之介忍不住差點做起了深呼吸。他不知道自己接下來該談哪個話題。就算回到光司，他也不認為自己做好了聆聽的心理準備。不過，要是就這樣順著隼人的話，轉移到玫瑰芳香劑的話題，又未免顯得刻意。

「對了……剛才我走在河堤上，發現開滿了花，那是什麼花啊？」

幾經苦思，他選擇折衷方案，融合了他們倆決鬥的河堤，以及芳香劑的玫瑰。

「哦，那個是大波斯菊。」

告訴他的人是由香里。

「現在正好是花季呢。」並朝他已經空了的盤子補上柿種米果。

十月　二十五歲

「你們中午不是要去烤肉嗎？把那邊的皮帶零件整理好，就可以先走了。」
昨晚有位常客的車子引擎突然無法發動，櫻子的父親在那輛車身下方，如此說道。
「那我來整理吧。」
將割下來的皮帶裝進垃圾袋裡的，是世之介。他上禮拜買的全新連身工作服，已沾滿油汙。
「不過，你們說要在河堤上烤肉，但水怎麼解決？那裡又沒自來水。」
工作告一段落後，櫻子的父親從車下鑽出。
「水就裝那個塑膠桶裡，直接搬去。」
「那可吃力了。」
「因為隼人哥說他會帶光司先生來。相較之下，搬水反而小事一樁。」
「推輪椅怎麼下河堤啊？」
「用揹的。」
「沒問題吧？」
「之前他好像揹過。途中還滑倒，搞得人仰馬翻。」

將垃圾袋搬出維修廠外後，世之介打開衣櫃，換下工作服。出外採買的櫻子和亮太差不多快回來了，他打算等他們回來後，先將烤肉架搬往河堤。

今天參加的人遠比當初預定的人數多。首先是櫻子和亮太，隼人邀由香里參加，連同光司一起帶來。世之介則邀了諸仔和小濱，但諸仔似乎對美國行餘恨未消，不想參加——但至少現在肯跟世之介說話了。聽諸仔講起近況，得知他考慮要去美國留學。

「這比參加奇怪的潛能開發研習好多了。」世之介聽了放心許多。

「我還不知道能不能去。」

小濱聽說還是老樣子，世之介感覺她會來。

另外，隼人的朋友會帶妻子和兩個孩子一同前來，所以最後足足有十一人。

順帶一提，櫻子的父親不參加。

「在那種像貓狗撒尿拉屎的地方吃飯，哪會好吃啊！」

他毫不客氣地說，下午和平時一樣跑去江戶川。雖然一樣是在河岸邊，但他是去看賽艇。

「那是什麼？」

世之介換好衣服，正要離開維修廠時，在外頭抽菸的父親叫住他。

「是照片，在美國拍的。」

世之介讓他看一個大信封。

「那裡……有郵筒吧？我要參加攝影比賽，獎金一百萬日圓。」

「一百萬？真多呢！」

「對吧？並不是我有多大信心，只是有不錯的預感。」

「對了，你一直帶在身上的相機，應該挺高檔的吧？好像叫徠卡什麼的。」

「是我拜託大學認識的朋友便宜轉賣給我的，有一陣子都拿它拍照，但後來不知不覺就忘掉它了。直到上次美國行，才又拿出來。」

就在這時，他看到故意穿外公涼鞋的亮太，踩著外八的步伐從超市回來，亮太身後的櫻子催促：

「烤肉架搬過去了嗎？」

「還沒，我這就搬。」

世之介跑到馬路對面的郵筒，像在朝神社膜拜般，兩次鞠躬，兩次拍手，最後再深深鞠躬，恭恭敬敬地將信封投入郵筒。亮太覺得有趣，朝他跑來。

「喏，亮太也拍手。然後說『只要有佳作就好了』。」他讓亮太跟他一樣行禮致意。

上午遮蔽太陽的浮雲已散去，下午是怡人的秋日晴空。世之介請亮太幫忙將烤肉架和水桶搬往河岸，不知不覺已汗流浹背。

總武線的黃色電車，在不遠處的鐵橋上來回行駛。一有電車經過，亮太就會朝電車揮手，但速度太快，看不見車內。

「喂，世之介，來幫個忙！」

河堤上傳來叫喚，世之介正架好烤肉架，抬頭一看，推著輪椅的隼人朝他揮手。

坐在輪椅上的人似乎是光司。坦白說，病情比世之介想像的嚴重。

「來囉。」

他應了一聲，衝上河堤。

站在光司面前，感受得到他很期待這場秋日晴空下出遊的眼神。

「幸會，我是橫道世之介。」

他向光司問候。

「你叫橫道世之介？這名字真像說相聲的。」

隼人放聲大笑。

「我來揹他，你幫我搬輪椅。」隼人正要揹起光司。

隼人說得輕鬆，但這坡度，要揹人走下河堤一點都不簡單。

「沒問題吧？」

世之介不由自主握住任人處置的光司手臂，那手臂細瘦得嚇人。

「應該可以吧。不，可能還是太吃力。這樣的話，輪椅待會兒再搬，下去時你在一旁撐著我，以防我們跌倒。」

隼人一把揹起光司。

「這時候……或許倒退走比較好走。」

一聽隼人這麼說，世之介馬上繞到他身後，伸手撐住光司的屁股。

「要下去囉。」

「好。」

隼人小心翼翼地一步步走下河堤。光司那纖瘦的腳隨之晃動。在秋日的晴空下，又一輛總武線電車從鐵橋上疾馳而過。

「一、二、一、二……」

世之介的叫喊聲，與電車發出的咔噠咔噠聲響相互應和。

隼人幫光司戴上NIKE的帽子，將輪椅固定在可以清楚看到河川的位置後，正好看見小濱從河堤上走來。代替忙著升火的世之介跑向前迎接的，是亮太，他高喊著：「師傅！」

順帶一提，上次一起開車兜風時，櫻子知道小濱在壽司店工作後，就一直這樣叫她。

「亮太！剛才你在那裡揮手時，我從電車上就看到了！」

小濱也大聲回應。亮太那近乎偏執的辛勞，總算得到回報。

河堤上，小濱遞給亮太一個塑膠袋，亮太看向袋子裡，朗聲歡呼。

「我帶蝦子來慰勞你們！」小濱說。

「咦？銀座的蝦子？」世之介不禁站起身。

「怎麼可能！是在池袋的赤禮堂買的。不過，牠們還在木屑裡活蹦亂跳呢。」

她笑著說道，牽著亮太的手走下河堤。

接著隼人的朋友現身，以車身特別高的鈴木Jimny載著妻子和兩個孩子，一路駛進禁止進入的河岸上。

與紫色的MARK II相比，這輛車顯得沉穩多了，只見他開著車子在河堤斜坡處忽上忽下，就像要特技一樣，樂此不疲。從這點看來，果然不愧是隼人的好友。

從休息室的窗口往下俯瞰，眼前是在形狀如蝴蝶展翅的運河上緊鄰而建的磚造別墅群，以及蓊鬱的樹林，遠處是仿效阿姆斯特丹街道而蓋的街區。

這處去年才在長崎開幕的豪斯登堡，佔地比東京迪士尼大，以重現荷蘭景致為概念。但在之前泡沫經濟的刺激下，他們不只重現，更想青出於藍，勝過正牌的荷蘭，這樣的企圖心一覽無遺。

當然，所謂的冒牌貨就是因為模仿正牌。但這豪斯登堡卻展現十足霸氣，明明是冒牌貨，卻不打算屈居於模仿的地位。

這棟建築重現荷蘭碧翠絲女王居住的宮殿，從窗戶環視這座霸氣輝煌的主題公園，令世之介覺得可怕。

這房間是婚禮休息室，但因為是宮殿場景重現，即便只是休息室，大小也足以舉辦一場小型婚宴。甚至從剛才就陸續有來參加婚禮的人誤闖，還說：「今天的婚禮場地可真氣派！」

在這樣的休息室角落，世之介刻意躲在洛可可風的厚實窗簾後方，耳中傳來那些三姑六婆親戚們毫不客氣地說長道短。

「世之介好像也從東京回來了，但多惠子吩咐說，關於他在東京做什麼、娶老婆沒，這類的問題都不准問。」

多惠子是世之介的母親。

原本世之介不打算出席表哥清志的婚禮。但清志以好玩的心態參加豪斯登堡婚禮抽獎活動，意外抽中大獎。

為中獎者舉辦婚宴的場地，竟是在碧翠斯女王的宮殿。消息馬上傳遍每位親戚。不管是在東京，還是在北海道，只要是三等親內，能走能站的，都二話不說全員集合。如果這樣人數還不夠，聽說連清志父親經營的那家小計程車行的司機們都要全員出動。

「不不不，不可能啦。清志哥打電話來跟我說他要結婚時，還特地跟我說『你不來沒關係』。我一沒旅費，二沒禮金，三沒禮服。」

都已經二十四歲了還這副德行，說來窩囊，無奈事實就是如此。

「就算他真那麼說，也不能只有你一個人沒回來啊！我們家這一邊原本就已經夠少了。」

「就算我去，也一定是一大堆親戚湊過來碎唸，質問我在東京不上班，在鬼混些什麼。」

「這一點，媽媽會先交代好。要他們別問。」

事前確實聊過這件事，但現在原封不動地以這種形式傳進世之介耳中。

不可能一直這樣躲下去，世之介做好心理準備，從窗簾後走出。眾阿姨們的視線全往他身上匯聚，每個人一看到世之介，都緊咬著嘴唇。

「夠了。想說什麼就說吧！你們這樣沉默，反而讓人難受。」

世之介已看破一切，坐上沙發。

「關於你怎麼了，阿姨們不是真的那麼在乎。只不過，我們很擔心你媽，怕你無法讓她放心。」

這是世之介想得到的關切中，最教他心頭沉重的一句話。

「說吧。你在東京到底做什麼工作？」
「該不會是向高利貸借錢吧？」
「多惠子好擔心你，整個人瘦了三公斤呢！她原本是那種上健身房也瘦不下來的人。」
之後她們的話題轉到各自的減肥法上，世之介乘機悄悄離開。
雖稱不上事態緊急，但一個傳一個之後來了這麼多人，休息室角落已完全成為計程車行的休息室。
因為昨晚很晚才回到老家，世之介這才發現還沒跟主角清志打招呼，於是趕緊前往新郎休息室。
既然連休息室都這麼豪華，走廊當然是高格調的裝潢。就算在這裡搞笑，只要能擺出王子的架勢，還是一樣有看頭。不知不覺間，他已走在走廊上的一端。
他戰戰兢兢打開新郎休息室房門，只見清志身穿白色燕尾服，看起來和他一樣靜不下心，正站在鏡子前練習致詞。
「噢，是世之介啊。你來得正好，你站那裡聽我致詞。」
清志馬上攤開手中的小抄。
「清志哥，你穿燕尾服很不搭耶，活像是老一輩的漫才師。」
「不，就得穿成這樣才行。這裡可是婚禮場地呢！」
「為什麼你要參加抽獎活動？」
「因為我沒想到我會中啊。」

「既然這樣，當初別參加不就好了？」

「呃，這樣說也沒錯啦。」

據清志所說，其實他原本就打算在豪斯登堡辦小型婚禮。所以這次他提出的條件，是希望搭遊艇環遊運河，這在豪斯登堡算是很單純的婚禮方案。

「對了，你在東京做什麼工作啊？」

清志一直在調整脖子上的白色蝴蝶結，結果弄得像螺旋槳一樣。

「什麼工作……就打工啊。」

「打工？你也太……」

「清志哥，你自己不也是說要當小說家，大學畢業後蹉跎了好一陣子嗎！」

「可是我再怎麼沒出息，好歹有我老爸的計程車行。而且打從一開始我就拿定主意，如果花三年的時間還闖不出名堂，就放棄夢想。」

「感覺光是聽你這樣說，就覺得夢想不可能實現。」

「你這話真毒。」

「真的就是這樣嘛。」

「不過，或許真的就像你說的，打從一開始就設下放棄期限的人，不可能當小說家。」

那位古怪的清志，似乎人生變順遂後，就連個性也變坦率了。

「對了……我之前去上小說教室，認識一個五十多歲的人，他二十五年前好像曾經在雜誌的小說投稿比賽中得到佳作，但之後一直都靠打工維持生計。明明沒人邀稿，他卻常把『這個月月底要截稿』掛嘴邊。還每年寫兩部小說，勤筆不輟。」

「哇，真厲害。」

「是很厲害，但我覺得毛骨悚然。」

之所以覺得毛骨悚然，或許多少有些不服輸，那個人明明沒人邀稿，卻還不斷地創作，這不僅已超乎嗜好的程度，就算是工作也不會這樣拚命。就某個層面來說，這幾乎可說是一種惡業，一種恨意。這樣看來，抱持「如果三年闖不出名堂，我就繼承老爸的公司」想法的清志，確實不適合作家這職業。

「啊，對了。世之介，你有沒有什麼才藝可以在宴會中表演？不要低俗的那種。」

「沒有。我連低俗的才藝都沒有。為什麼這樣問？」

「我高中的同學們原本要在餘興節目時上台表演裸舞，但一看是這種婚宴場地後，突然打退堂鼓。」

「在宮殿裡大跳裸舞，當然不恰當啊。」

清志或許真的很傷腦筋，但比起裸舞，他似乎更擔心自己的致詞，他又開始在草稿上畫起紅線。

世之介注視了他半晌，只見清志一下子將「不成熟的兩人」改成「不夠成熟的兩人」，一下子又改回來。

「選哪個都一樣吧，意思完全沒任何不同。」

連世之介也看不下去地插嘴。

附帶一提，願意下嫁清志的，是在當地市民醫院工作的護士。聽說當初是因為清志被精靈流祭典的鞭炮炸傷，替清志處理傷口而結識。

「提到不成熟又讓我想到你，你就別再讓姨丈和阿姨操心了。我勸你好好認真找工作吧。」

最後，清志在「不成熟的兩人」強調了兩次，突然改變話題。

「我媽是很擔心，但我老爸還好。果然父親就是不一樣，面對這種事始終不為所動。每當我媽心慌時，他就會說：『年輕時磨他個兩、三年，之後總是能討回來的。』」

似乎事實真是如此，世之介這時也坦然地相信父親說的話。

「姨丈之前好像來找過我爸。」

清志這時候提起一件事。

「找你爸做什麼？」

「問他能否雇用你在我們公司上班。」

「雇我當計程車司機？」

「一下子就要當司機，不可能吧！」

雖說是計程車行，但只是一家小公司。這場宮殿的婚禮宴會上，就算所有司機全員到齊，也坐不滿一桌。社長是清志的父親，副社長是他母親，同時負責無線電聯絡。因此，如果是自己沒出息的兒子就算了，但如果是沒出息的外甥，根本沒餘力特別關照。

「我老爸竟然會去找姨丈商量這種事……」

世之介無言。

「這裡是什麼地方？」

沿著鋪設石板的狹窄坡道來到坡頂後，眼前是一間時尚酒吧，世之介看得目瞪口呆。這是以老舊的洋館改建而成，外牆打上微弱的燈光，感覺就像闖進歐洲的名畫裡。

「最近才蓋好的，很時尚吧？」

站在他身旁的，是高中時代的同學栗原，從在地的大學畢業後，在福岡法律事務所一面工作，一面準備司法考試，這天他剛好也回來老家。

「感覺……只要帶女人到這酒吧來，接下來就能搞定一切，對吧？」

栗原一副熟門熟路，準備走進店內。

「你為什麼帶我來這種酒吧？」

世之介則是一本正經地詢問。

「問得好，就是那個原因嘛。炫耀。讓你知道，栗原還是一樣超有女人緣。」

事實上，栗原從高中起就很有吸引力。雖然足下功夫不怎麼樣，卻擔任足球社隊長，而且他長得很像某個當紅男星。照理來說，他不管做什麼都會令人看不順眼，偏偏他又一派隨興好相處，所以讓人討厭不起來。

來到店內的吧台前，栗原似乎認識酒保，他馬上把之前從福岡帶來的那名女生與他的交往進展，說給酒保聽。

來這裡之前，世之介已在煎餃館雲龍亭聽過了，所以他趁空檔去了一趟廁所。

清志的那場婚禮，新郎新娘就不用說了，所有參加婚禮的人都被會場的氣派震懾，最後圓滿落幕，此刻是婚禮結束的隔天。

世之介心想，難得回來，就在老家住兩天再回去，結果是一大失策。待在家裡，母親對兒子的未來悲觀，牢騷不止，偏偏平時玩在一起的老同學又都不在。正當他悶得發慌時，栗原聽聞世之介回到老家，打電話來跟他說：「喂，我們去吃煎餃吧！」伸出了援手。

世之介在接到電話時心想：「對了，栗原這小子總是這樣，所以才讓人討厭不起來。」然後就像被栗原帶來這種時尚酒吧的女孩一樣，兩頰泛紅。

就在兩人都乾了手中的第二杯雞尾酒後，栗原罕見地壓低聲音說：「其實我最近為了我哥的事，傷透腦筋。」

「你哥現在在做什麼？」

世之介拈起留在杯裡的櫻桃。

「啊，算了，聊到這件事就教人心情沉重，還是別說好了。」

他自己起的頭，卻又想改變話題。

「這樣很吊人胃口耶，快說吧。」

世之介將櫻桃放入口中，味道出奇地酸。

「嗯……我覺得……」

吃下櫻桃的人是世之介，但不知為何，卻是栗原皺著眉頭，像吃了什麼酸溜溜的東西似的。

「我記得你哥很和善。以前我去你家玩時，他還做什錦燒給我吃呢。」

「有嗎？」

「有，是廣島風味的。」

「你記得可真清楚。」

「因為我第一次吃廣島風味。」

世之介一臉懷念的神情，栗原朝他凝視良久。

「幹嘛？」

「我還是跟你說了吧。如果是你，應該可以說。」

「所以就叫你說嘛。你家那位和善的什錦燒哥哥，現在在做什麼？」

「什麼也沒做。」

「什麼也沒做的意思是，只有打工嗎？那不就和我一樣。」

「不，他真的什麼也沒做。」

「什麼啦？」

「就說吧？一般人的直覺反應都是『什麼啦？』，對吧？」

聽栗原說，大他三歲的哥哥變得古怪，是兩年前的事。他當時在當地銀行上班，工作看起來很愉快，不過他常以肚子痛為由請假。

起初家人沒太擔心，但哥哥的言行愈來愈粗暴，曠職的天數愈來愈多。

儘管如此，當母親擔心地問：「你哥要不要去精神科看看啊？」栗原他們依然一笑置之地說：「昨天他半夜還在看電視，看得哈哈大笑呢。妳太大驚小怪了。」

但哥哥接連曠職，最後公司停職處理，從那之後，他便成天窩在房間裡不肯出來。

「窩在房裡不出來，是什麼意思？」

就算不是世之介，大部分人也都會提出這樣的疑問。

「就是完全不出來見人啊！」

「那吃飯怎麼辦？」

「我媽每次都會用盤子裝飯，擺在他房門口。」

「那上廁所呢？洗澡呢？」

「他佔據了二樓的廁所，要是我用，他就會發飆。另外，他幾乎不洗澡。家裡沒人的時候，他會下樓來沖澡。」

聽了栗原這番話，世之介感覺他家養了什麼凶猛的寵物。

順帶一提，栗原家住在市內的新興住宅區，稱不上什麼大戶人家，外觀有個白牆，造型可愛。他在縣政府工作的父親，看起來就像栗原三十年後的模樣，熱愛運動，個性爽朗。另一方面，他那跟女演員一樣漂亮的母親，用心維護院子的草皮，院子裡不同季節會綻放不同的花朵，家中養的白狗在院子裡東奔西跑。

坦白說，栗原那幾乎都不洗澡的哥哥，和這樣的景致實在格格不入。

「有句話我不太好意思問，他會不會有精神方面的問題啊？」

面對這樣的大事，就連世之介也知道用字遣詞得小心。

「嗯，我認為不是。之前我因為一時太生氣，把他的房門踹破，想把他拖出來。那時候我們還扭打成一團，但當時他的言行，還有打架時的感覺，都和之前正常的時候沒什麼兩樣。」

聽到栗原說到打架時的感覺，雖然有點納悶，但世之介也覺得這種皮膚之間的觸感肯定不會錯。

「這麼說來，他是不是有什麼不滿？」

啊，沒錯。世之介差點喊了出來，問了栗原這麼重要的一點。如果他哥哥不開心，背後肯定有什麼原因。

「就是不知道啊。」

「不知道？你哥什麼也沒說嗎？」

「沒說啊。而且啊，在公司裡好像也沒發生什麼事。」

「會是失戀嗎？」

「應該不是。」

「可是，他不是都窩在房間裡不出來嗎？現在卻又說他這麼做沒任何原因，搞什麼啊！」

感覺這樣的質疑像在開玩笑，但世之介是認真的。

「我認為是我媽太寵他了。所以我明明叫我媽別管他，她卻還是照三餐送飯，還每天說他今天有好好吃飯，他今天飯沒吃完。」

「母親都是這樣。像我媽要是跟我說：『吃飯囉。』我沒馬上到餐桌旁的話，她就會生氣：『我飯都煮好了，冷掉就不好吃了。』」

簡言之，對母親而言，給孩子飯吃是出於本能，這是世之介想表達的意思，但他明白自己偏離了話題。不過，栗原因為和他相識多年，似乎明白他要傳達的意思。

「不過我還是覺得，我應該盡全力將他拖出房間，然後對他說，你要是不工作的話，就去餓死路旁吧！」

栗原拉回話題。

「這怎麼行，如果硬把一個沒辦法謀生的人丟到外頭去，反而教人擔心吧。像我老爸，附近的野貓和他親近後，他明明沒餵養，但只要兩天沒看到貓，他就會花一、兩個小時在附近尋找。」

又偏題了，但栗原還是感受到世之介的認真。

「這種事真的很羞於啟齒，也只能跟你說了。拜託，你千萬別跟任何人說。」

「我不會說的……不過，現在只能暫時觀察看看了。」

這時世之介還以為這情況只有幾個禮拜而已。但緊接著下個瞬間，栗原說出令人不寒而慄的話：

「到這個月已經整整一年了。」

一年……那個時代還沒有繭居族這名詞。

不知為何，世之介腦中浮現的，是一年前的自己。之所以會鮮明地想起來，是因為他的生日正好就在這個月。那段只要有空就往柏青哥店跑的時期，他曾想：「哦，今年是我流年。」而有點自暴自棄。但如果要他將直到今天的這一整年時光全部忘掉，他又會說：「不不不，還是發生了一些好事。像柏青哥當然有贏的時候，就連生日禮物也是。諸仔送我他沒在聽的瑪丹娜和B'z的CD。」日子不算充實，但還是有幾段閃亮亮的回憶。
那就是他整整一年的時光。但是栗原的哥哥卻說，他「不需要」這整整一年的時光。
世上真有這種人存在，世之介不勝唏噓。想到是當初做廣島風味什錦燒給他吃的那位大哥，更感悲傷。

回到東京後，已明顯感到寒意。
世之介朝鋁門的溝槽縫塞舊毛巾，防止滲風。這棟RISING池袋，雖是鋼筋水泥建造，但滲風的情形嚴重，感覺偷工減料。當中又以玄關的大門底下特別嚴重。那扇顯然是搞錯尺寸訂製的大門底下，有一段多出的空間，要說是縫隙，未免也太寬了。某個冬日，諸仔喝醉，留在世之介家過夜，因為睡在地上，隔天早上差點被凍死。
塞好舊毛巾後，隔壁房間傳來的聲響更響亮了。而發出吵鬧聲響的，不是之前因為放A片的音量太大，而前來向他抱怨的那位美髮師，而是那個中國青年住的房間。
世之介把耳朵貼向吵鬧的那面牆。
雖說是吵鬧，但吵鬧也有很多種類。以這位鄰居的情況來說，並不是電視或音響音量太高、說話聲音太大，或是走路和開關門的聲音太粗魯。
真要說的話，是感覺屋內待了許多不說話的人。
話雖如此，隔壁和世之介的房間同樣都是四坪半的單人房，而且空間狹小，連要很肯定的說它有四坪半都讓人懷疑。

屋裡光是多了個諸仔，只要稍微動一下就會踩到腳，或是肩膀互撞。但同樣狹窄的單人房，隔壁卻感覺隨時都住了五、六個男人，有時甚至多達七、八人。

不，當然他們不能公然這樣住。合約書上明訂，只限單身人士居住，也不准養寵物。不過，這棟房子並不是座落在治安良好的地區，連沒有正職的世之介也能不必審查就入住。如果是一般人要居住，這裡可說是沒半個優點，但如果是要讓國外的非法勞工藏身，這裡反而各項優點齊備。

對了，他們可不會拿著點心禮盒上門問候，客客氣氣地說：「我最近剛搬來，敝姓陳。敝姓王。敝姓李」。

某天，世之介覺得天氣不錯，來到陽台上。突然感受到視線，就此望向隔壁陽台，發現有好幾名年輕男子就像麻雀一樣，在陽台上站成一排抽菸，他這才發現隔壁有異狀。

當中有名男子曾在走廊上與世之介碰過面，兩人還交談過，所以世之介對他點頭致意。男子也點頭回禮，但其他男子則是板著臉，自顧自地抽菸。

之前總感覺隔壁傳來一股沉重的壓力。不過，牆壁的另一面明明感覺住著許多人，卻不會傳來笑聲，真要說的話，連比較長的對話也聽不到。他們一大早便窸窣作響，出門離去，入夜後又窸窸窣窣地返家，窸窸窣窣地準備就寢後，傳來像合唱般的鼾聲。

說到鼾聲，另一邊的美髮師也不遑多讓。世之介早已習慣，但如果成了「環繞音響」，還是吃不消，所以他睡覺時會在耳朵裡塞面紙。

順帶一提，諸仔說中國這個國家幅員遼闊。雖然我們將他們的語言統稱華語，但每個地方的方言差異極大。如果這些人全聚集在隔壁的小房間裡，應該也聊不起來。

世之介覺得這話有道理，同時也覺得他們大可不必從那種大到連語言都講不通的廣大土地，來到這麼狹小的空間裡擠在一起……對他們興起一股憐憫之情。

那天晚上，隔壁突然一陣喧鬧。

當時世之介已經入睡，但突然被男子們急切的聲音驚醒。

世之介當然聽不懂他們在說什麼，但隔著薄薄一面牆，傳來有人發出痛苦的呻吟，以及其他男人慌亂地在廚房汲水的動靜。

話雖如此，世之介又不是醫生，這時候厚著臉皮出面也沒用。他當然擔心，但也只能隔著牆壁靜觀其變。

「啊……」

就在這時，世之介突然察覺一件事。

「他們知道怎麼叫救護車嗎？」

他不由自主地叫出聲，逕自認定「一定不知道」。

世之介不禁走出屋外，略帶顧忌地敲起隔壁房門。

登時房內鴉雀無聲。

「不好意思，我是隔壁的……」

他不認為對方聽得懂，但還是這樣說道。幸好 RISING 池袋每間房間的房門底下都有很大的縫隙，所以小聲說話一樣聽得見。

很長一段時間後，房門開啟。

開門的是之前和他交談過的那名男子。

「呃，我是住隔壁的。」

世之介指向隔壁房門，男子點頭應了聲：「是。」

「請問發生什麼事了嗎？」

世之介往房內窺望。

小型廚房的配置與世之介的房間左右相反，但格局完全相同。那狹小的單人房內，出現好幾雙男人的腳。

世之介進一步往屋內探頭，看到牆邊有一名年輕男子痛苦地緊緊咬牙，雙手緊按肚子。

「他怎麼了？生病了？」世之介問。

開門的男子點頭應了聲：「生病。」額頭上汗水涔涔。

「你知道怎麼叫救護車嗎？」世之介問。

但很遺憾，男子沒聽懂。

「救護車。就是嗡～咿～嗡～咿！」

他把手擺在頭頂，模仿警笛。接著房內傳來聲音，眼前這男子也明白這是救護車的意思。

「打電話？」

接著世之介做出打電話的動作。

房內又傳來聲音。眼前的男子不安地轉頭看向身後，來回望著那名痛苦扭曲的男子，以及他周遭男子們的臉。

世之介當然明白，如果去醫院的話，他們非法滯留就會穿幫，但想要非法滯留，也得先保住小命。

世之介對男子說：「我要打電話囉！」

男子最後似乎拿定主意，點頭應了聲：「好。」

世之介衝回房間，馬上撥打一一九說，朋友現在痛苦難受與地址。

掛上電話，回到隔壁房間後，屋內的男人竟然全消失無蹤。只留下那個病人，以及世之介認識的鄰居男子。

世之介大步走進屋內。

地板上鋪著薄薄的墊被，但不會覺得骯髒，感覺像在山屋搭帳篷一樣。

世之介查看病人的臉。他頭髮滿是溼汗，表情痛苦，因疲憊而全身癱軟。

就在這時，傳來警笛聲。世之介正準備前往迎接救護人員時，那病人突然坐起身，爬也似的朝廁所而去。世之介不禁抓住他的手，扶他走過去。

病人跌跌撞撞地進入廁所後，想從已經空無一物的胃裡再吐出點什麼。

世之介聽到動靜，來到走廊上。救護員正好走出電梯。

「在這邊，病人在廁所嘔吐。」

「他自己能動嗎？」

「可以。」

世之介回答救護員的問話。

擔架進不了電梯，所以由救護員揹起病人下樓。情勢使然，世之介跟著來到一樓。

「他是中國人，我猜他聽不懂日語。」

聽完世之介的說明，救護員很可靠地回答：「沒問題，我們有會說華語的隊員。」

事實上，那名隊員已開始在車內向病人問話。

救護車響著警笛，呼嘯而去。世之介與留在原地的那名隔壁鄰居互望一眼。

不知不覺間，四周聚集了不少圍觀民眾，RISING池袋的住戶也紛紛從陽台探頭。

「你要回去嗎？」世之介問。

「對。」男子頷首。

兩人都搭上電梯。男子有話想說，但似乎不知道該怎麼說，直到電梯來到十樓，兩人還是都沒開口。

在房門口道別時，男子做了一個像在說「等一下」的手勢，衝進他們的房間裡。

等了一會兒，他拿出一個大罐子。

「這是什麼？」

男子硬塞到世之介手裡。他接過之後，男子打開蓋子。裡頭裝了滿滿的花生。

「可以嗎？」世之介問。

「可以。」

男子又把罐子推回世之介。

他以為是天花板崩塌了。

「你在幹什麼？」

接著傳來櫻子的哥哥隼人的聲音，將剩下的小鋼珠一點一點裝進機台裡的世之介，這才意識到：「哦，原來是他打我頭啊！」

「你也太可憐了吧。沒其他事好做嗎？」

「接下來我準備去接小櫻和亮太……」

祥和的星期天下午，地點在小岩站前的柏青哥店。

「啊，隼人哥，你也打柏青哥嗎？」

世之介突然意識到地詢問。

「偶爾啦。我去光司家吃午飯，剛回來。」

隼人觀察起隔壁的機台。

「這台不會中獎。」

「我猜也是。」

隼人朝向另一個隔壁機台。

「你要和小櫻他們去哪？」

「還沒決定。」

剛才腦袋被打了一下，現在覺得愈來愈痛。

「聽說你在找工作啊？」

「因為原本打工的那家酒吧要關門了。」

「有鎖定的目標嗎？」

「正傷腦筋呢。總不能一直打工，但想做正職，偏偏現在又沒公司在徵人。」

世之介不死心地看最後的鋼珠跑完，這才起身。

他站到隼人背後，看著他的機台。

「的確，不能一輩子都靠打工。」

隼人往後揮來一拳，世之介急忙避開，差點被他擊中肚子。

「這我也明白。」

「你就先暫時在我家工作吧。」

「咦？可是……」

「我們可以通融你一些，讓你一邊在我家工作，一邊找正職。」

「可是……」

世之介一直重複「可是、可是」，但後面的話始終說不出來。究竟是想說：「可是，在交往的女友家工作，這樣好嗎？」還是，「可是，我畢竟不是工科出身的。」呢？總之，他腦中浮現了一些像樣的理由，但是否代表他想拒絕，自己也不是很篤定。

「我幫你去跟老爸問問。最近因為沒力氣承接，拒絕掉許多工作。要是有你在一旁打雜，可以幫不少忙。」

隼人的機台，鋼珠開始進洞。

世之介始終答不出「那就有勞你了」，或是「我還是決定拒絕」，一直望著那看起來快要中大獎的機台。

也不知看了多久，最後隼人的機台還是沒中大獎，而世之介已早一步走出店外。在他常走的商店街，他打算買亮太愛吃的牛肉可樂餅，老闆娘問道：

「哎呀，今天年輕爸爸自己來買菜啊？」

「啊，不……」

他想解釋，但解釋起來也麻煩，所以微笑含糊帶過。

世之介馬上吃起剛炸好的可樂餅，邁步前行，他自言自語道：「原來如此，說的也是。」熱食店老闆娘的那番話，仍懸在他心頭。

順帶一提，亮太都直接叫他「世之介」。因為亮太學母親櫻子這樣叫，但櫻子倒也沒罵過他「不可以直接叫名字」。

不過，若問到是否有其他適合的稱呼，世之介也說不上來。如果是「世之介哥哥」或「世之介叔叔」這類的稱呼，好歹世之介也是櫻子的男友，哥哥和母親是男女朋友，這樣有點怪，如果是叔叔和母親，又顯得不檢點。

因為這樣，「世之介」已成了固定稱呼。而櫻子似乎也藉由這稱呼，巧妙維持著自己與兒子和男友之間的關係。

世之介拿著可樂餅回到櫻子老家後，聽到亮太正在挨櫻子訓斥，似乎又闖禍了。

世之介自行進門，前往傳出聲音的廚房。

「就算你一直不講話，媽媽也不會原諒你的！你要好好跟小翔道歉！」

櫻子邊洗碗邊斥責，世之介看向她腳邊，亮太雙手抱膝蹲坐在地，活像是廚房的家電。

「你做了什麼？」

世之介看了不忍，出聲詢問，但亮太沒向可樂餅的香氣屈服，頭連抬也不抬一下。

「怎麼啦？他做了什麼事？」

他改向櫻子詢問，她看起來很生氣，邊洗碗邊大聲喊道：

「他在公園做了壞事！」

世之介蹲下身，輕撫亮太的頭。亮太想必是忍了很久，一經世之介溫柔地輕撫，便再也按捺不住，抱住他哭了起來。

世之介也抱著亮太，他已哭得淚水鼻涕混在一起，把臉抵向世之介的脖子，轉眼間，脖子已黏糊糊一片。

「媽媽還沒原諒你喔！」

他們背對櫻子的訓斥，離開廚房。世之介用掛在餐廳椅子上的毛巾幫亮太擦臉，這時櫻子說出在公園裡發生的事。

好像是在沙坑玩的時候，亮太從一名比自己小的孩子那裡搶走玩具。

當然，就櫻子來說，這點小事她只會當作小孩子吵架，當場訓斥就沒事了，不會罵得這麼嚴厲。但這次她在沙坑訓斥時，亮太回了她一句：「因為我比小翔強啊！」

「哎呀。」

聽完櫻子的話，世之介忍不住發出低語，一面和亮太磨蹭鼻子，一面再發出「哎呀」的一聲低語。

世之介想把亮太放下來，但亮太緊緊抓住他脖子。不得已，他只好抱住亮太，穿上櫻子父親的涼鞋走到屋外。

眼前河堤上，一群身穿制服的女高中生騎著自行車飛馳而過，嬉笑聲不斷。

世之介不經意地走上河堤台階。蔚藍的天空每上一階，就增一分寬闊。

「亮太，媽媽為什麼會那麼生氣，你應該明白了吧？」

世之介用力搖晃亮太。

他臂彎裡的亮太點了點頭。

「因為媽媽為了不讓你變成弱小的人，用心養育你。」

河上吹來的風，微微帶有海潮的氣味。

「亮太，你聽好了……弱小的人，指的就是從弱小的人那裡搶走玩具的人。相反的，強悍的人，則是會把自己的玩具借給弱小的人，這樣你明白嗎？」

也不知道是否真懂，只見亮太在臂彎裡點頭。

「強悍的人並不多，真的很少。不過，媽媽希望亮太能成為這樣的人。明白了嗎？」

「嗯……」

「那麼，你猜媽媽為什麼會這麼想？」

亮太在臂彎裡搖頭。

「因為他對你有期待。在那麼多孩子當中，只有少部分人能成為強悍的人，她認為你有可能辦到。懂了嗎？」

「嗯……」

「其實我也這麼認為。第一次遇到你的時候，我就想『哇，這小子日後或許能成為一個強悍的人呢』。」

亮太原本被淚水溼透的睫毛，不知何時已經乾了。世之介用手指拭去亮太的鼻涕。

十一月　終點

今日秋高氣爽。

所謂風和日麗，適合踏青的星期天，櫻子和世之介行色匆匆走進站前的超市。任誰看了，都不覺得這一對有什麼共通點，還會納悶，為什麼這兩個人會交往。但其實他們有個共通嗜好，就是購物。

雖說是購物，但不是像去銀座或青山挑名牌貨那麼高級。舉例來說，他們很喜歡這家站前的超市。一走進店內，先從門口附近的當地特產區試吃起，從生鮮食品、藥妝、生活用品、熱食、麵包，乃至於文具、飾品區。他們對彼此說「這個不好、那個不好」，拿起各種商品細看，無一遺漏。

今天一如往常走進店內，世之介便開始在當地特產區試吃京都的山椒魩仔魚，櫻子馬上說：

「啊，那家店的山椒魩仔魚還不錯。味道清爽，亮太也敢吃。」

「不過我覺得不太夠味，感覺山椒味要再嗆一點比較好。」

「看不出來你口味那麼重。」

「這種事，外表看得出來嗎？」

「看得出來吧。」

兩人你一言我一語，朝試吃區的大叔謝過後，繼續往前逛。這時櫻子馬上發現店內的變化。

「啊！這裡變成百圓商品區了！」

「啊，真的耶。」

兩人不禁加快腳步。

「最近還有百圓商品專賣店呢。」

來到商品區的櫻子，馬上拿起指甲剪。

「你說的專賣店，是店內商品一律一百圓嗎？」手裡拿著掏耳棒五支一組的世之介問道。

「那當然，因為是百圓均一價嘛。」

櫻子這次再拿起訂書機。

「這麼好的指甲剪，要是只要一百圓的話，一般的指甲剪根本就買不下手。」

「廚房用品也都一應俱全呢。」

「外面雜貨店全都得關門了。」

「別說雜貨店了，就連食品店恐怕也……喏，你過來看，這裡的料理包全都一百圓呢。」

櫻子就像邀功般說得趾高氣昂。

仔細一看，眼前擺滿一排又一排的咖哩塊、濃湯、義大利麵醬。

「你看，這個是印度Keema咖哩。世之介，你一定會喜歡。」

「看起來很好吃呢。」

「要買嗎？」

「買。」

「啊，對了，爸爸託我買藠蕎。幫我記得。」

「老爹不吃福神漬對吧。」

正在照顧亮太的人是櫻子的父親，現在肯定在河岸上被狂飆三輪車追著跑。

「不過話說回來，一百圓就能買齊這些商品，一般人都不想去賣場購物了。」

櫻子已將十盒左右的咖哩塊放進購物籃裡。

「『價格破壞』策略正要開始呢。之前兩件西裝只要一萬九千八百日圓呢。」

世之介以他在雜誌上看到的報導現學現賣。

「那什麼啊？」

櫻子看向零食區，朝那裡奔去。

「像我們這樣的消費者，要是都只買便宜貨，企業也會逐漸壓低價格。」

「這樣不是很好嗎？」

「可是這麼一來，做出的商品就得便宜才行，製造商為了節省成本，發給員工的薪水也會變少。區區一萬九千八百日圓要做兩件西裝，根本不可能。」

「的確。」

「薪水變少後，當然只能買更便宜的東西。這麼一來，薪水又會變更少了。」

這時櫻子似乎對這個話題已經膩了，他開始挑起零食區的ＮＧ仙貝。

「咦，一包這麼多只要一百圓？」

世之介也不由自主地拿起來看。

「就跟你說啊。」

「每個東西都這麼便宜，最後會不會變免費啊？」世之介說。

「這話怎麼說？」

「這仙貝算下來，一片約零點零零零五圓。我在想，會不會以後就免費呢？」

「不可能。」

「為什麼？」

「因為幹嘛要把免費的商品裝在購物籃裡，排隊結帳？那不是很奇怪！」

「也對，那就沒有收銀機了。」

「負責收銀機的大嬸就沒工作了。」

「店家也會消失，因為沒賺頭。」

「啊，真的耶。那要去哪裡買東西？」

「所以就買不到啊，因為店家都沒了。」

「那不就得自己烤仙貝？」

「啊，沒錯。不就得自己烤仙貝，自己縫西裝嗎？」

「問題是沒布啊。」

「那就從蠶寶寶身上取。」

「白癡啊你。」

兩人聊著這番蠢話，來到調味料區，這裡同樣從米麴味噌到桔酸醋、橄欖油，應有盡有。

「這個好吃，這個不好吃。竟然有這種產品，這個用鹽味烤肉醬比較好。」

兩人展開連超市店員聽了都會臉色發青的挑選作業。看起來幸福洋溢。

最後，從鯖魚肉塊到橡皮筋，整整買了三大籃，兩人這才愉悅地步出超市。採買結束後，頓感疲勞湧現，但是對喜愛採買的人來說，這種疲勞不會累積。

「老爹和亮太還在河堤上嗎？」

世之介本想前去接他們回來，話才一出口，雙手的提袋深深嵌進手指裡。

「我說……」

就在這時，走在他身後的櫻子踢了他屁股一腳。

「什麼事？」

世之介回頭。

「你真的打算在我家工作？」櫻子問。

「為什麼這樣問？不行嗎？」

「也不是不行啦，只是……」

「只是什麼？」

「那是因為爸爸他們好像很中意你。」

「那不就沒問題了嗎？」

「話是這樣沒錯啦……」

從前面騎來一台速克達，突然鳴響喇叭。本以為發生了什麼事，不過車上的人好像是櫻子的朋友，口紅塗得好濃，彷彿只有她的鮮紅嘴唇朝這裡飛馳而來似的。

「小櫻，聽說你搬回老家啦？」

速克達停在兩人面前，女子那豐腴的大腿往兩旁張開。

「妳又胖啦？」

面對櫻子毫不客氣地問候，她朋友應道：

「因為站前那家『美味章魚』太好吃了，我天天吃。」

「光吃章魚燒就胖成這樣？」

「昨天我就嗑了五盒。不過，我可沒吃白飯哦！」

這一點都不重要——這是世之介唯一的感想。

世之介留她們倆在原地，自己緩緩邁步離開。以前像這樣和櫻子老家的朋友不期而遇，因為對方的樣貌或不好惹的氣質，總令他戰戰兢兢。但習慣真的很可怕，每天和開著紫色MARK II的男人一起工作後，現在就算面對像女子摔角反派選手這樣的人，他也完全不在意。

她們倆的對話似乎很快便結束了，聽到速克達遠去的聲音。

「等我一下！」

櫻子的聲音從後頭追來。

世之介沒停步，而是改以慢動作行走，櫻子一腳踢向他屁股，對他說：

「你要什麼笨啊……剛才我朋友說你不錯。」

「說我不錯？」

「這還是第一次有人對我這麼說。之前不管遇到誰，他們都說當然是我前夫比較好。」聽到這裡，世之介便明白怎麼回事了。

「真的假的？第一次有人投我一票？」

「也許是第一次，也是最後一次哦。」

「啊，我剛才應該對她好一點。」

世之介誇張地做出後悔的表情，櫻子見了，朗聲大笑。

「世之介，你從沒過問呢。」

「問什麼？」

「問我前夫啊。」

「一開始問過啊。」

「是嗎？」

「當時我問妳，他是怎樣的人，妳說：『說好聽一點，是人渣。說難聽一點，是該死。』從那之後，我就不多問了。」

「原來如此，算你聰明。」

他們已看得到道路前方的河堤。秋天的蔚藍晴空下，附近國中棒球社的學生在河堤上慢跑。

「他是登山家……」

聽櫻子突然冒出這一句，世之介一時間差點就回答：「不，那是棒球社吧。」不過，櫻子馬上補充：

「我是說我前夫。不知道該說他是登山家，還是冒險家，平時擔任登山嚮導，偶爾也會找贊助者集資，從事危險的活動。」

「像植村直己那樣嗎？」

「對。」

世之介從未見過像冒險家這樣的人。不，別說冒險家了，就連登山家也沒遇過。坦白說，他覺得如果是超市店員或汽車維修廠的工人，是跟公司領薪水，但如果換成冒險家或登山家，感覺成功登頂後，薪水便會從天而降。這是他唯一想像得到的畫面。

「哦，冒險家是吧。」

所以他一時說不出其他想法。

世之介早有心理準備，心想，走在這一帶，或許哪天會遇上她前夫。當然，他想像的模樣是披著紫色開襟羊毛衫，曾是個流氓。甚至為了亮太好，世之介有個小小的心願，希望對方不要是個吸毒吸到牙齒掉光的人。沒想到竟然是位冒險家。

「他該不會是過世了吧？」

世之介突然在意起來，開口詢問。

「他還活著。不過，明明有老婆孩子，卻讓人覺得他就算死了也無所謂，不論是為人夫還是為人父，他都不及格。」

世之介不知道櫻子和那位冒險家之間，反覆上演過怎樣的爭執與談和，才走到現在這一步，但他最後選擇的，不是櫻子真切的盼望，而是刺激的經驗。

世之介頓時明白都沒人投他一票的原因，覺得有點感傷。

「你們現在還有聯絡嗎？」世之介問。

「完全沒有。」

在櫻子心中，或許已完全和前夫斷絕關係，而從她臉上看不出絲毫的眷戀。當然，當著現任男友的面，如果展現出仍心存眷戀的一面，會帶來不少困擾。但以個性來說，她不是個會掩飾內心的人，所以這是她的真心話。

「不過……亮太長大後，要是說他想見爸爸一面，到時候就得看著辦了。」

「亮太知道嗎？」

「算是知道，我跟他說過。不過，打從他懂事起，爸爸就不在身邊，就算我跟他說再多，他似乎也不太懂。」

不知不覺間，兩人正朝河堤走去。河川沐浴在陽光下，波光粼粼。

當地的老人俱樂部正在河岸上盛大舉行槌球比賽。櫻子的父親應該是在廣場前的公園陪亮太玩，但離這裡太遠，看不到他們倆。

「日吉女士，這邊！」

走出新國立競技場後，立刻從馬路對面傳來叫喚聲。馬拉松選手們已朝富久町方面跑去，在他們再次返回競技場前的這兩個小時裡，將解除封路。在員警的指示下，擔任志工的青年們忙著將立桿和封鎖線撤除。

「爸，有辦法走嗎？」

她朝坐在輪椅上的父親重夫問道。

「我要用走的。」

重夫試圖起身，她便對重夫說：「你還是坐下吧，反正一樣得帶輪椅過去。」推著輪椅走過斑馬線。

這次一直採訪他們一家人的電視台導演朝他們跑來，幫忙著推輪椅。

「我們要走皇居的另一側前往二十公里處的銀座，在領先群抵達前，我們有充裕的時間可以趕上。」

「亮太在領先群裡，對吧？剛才忙著從競技場的觀眾席走出來，沒看到實況轉況。」

「沒問題的。雖然現在還膠著，不過他肯定在領先群裡。」

她先讓從輪椅上站起的重夫坐進廂形車，自己也跟著上車。導演將折好的輪椅放入後車廂後，坐進車內。原本已坐在副座的攝影師，朝司機吩咐：「我們走吧。」

車子駛出後，導演馬上用 iPad 讓他們看實況轉播。很不巧，正好沒播出亮太他們領先群的畫面。不過，在市谷到飯田橋這段可以欣賞運河沿岸綠意的賽道上，有許多觀眾替選手們加油。他們身上散發出整個東京團結一心的高昂激情。

「爸，先喝杯茶吧。」

她遞出水壺。

「喝了又會想上小號。」

雖然嘴巴上這麼說，但他還是咕嘟咕嘟地喝著冰涼的麥茶。

本來重夫已經放棄到現場看比賽。

他今年雖已高齡八十，但仍精力旺盛。不過，可能就是精力作祟，他旺盛的食欲和酒量與年輕時完全沒兩樣。加上退休後便很少出外行走，發福不少，才走了五分鐘，就已氣喘吁吁。

「沒關係啦，我看電視轉播就行了。」

重夫其實是不想成為他們的絆腳石。

「這可是你外孫難得一顯身手的舞台啊。我們全力幫忙，你就一起去吧。」

在一旁力勸的，是這次貼身採訪櫻子他們的導演後藤。而這位後藤是亮太的國中同學，亮太與其他兩位日本選手相比，既沒話題性，也沒亮眼成績，後藤似乎使出渾身解數向上級請求，這才得以貼身採訪亮太一家人。

採訪的過程中，他都以「日吉女士」稱呼，但如果不是採訪時間，他都和以前一樣叫她

「亮太媽媽」。

他們的車輛走在小巷弄裡，她瞥到一旁因奧運而塞車的幹線道路。

他手中的 iPad 出現亮太的身影。

「啊，拍到了。爸，你看，跑在最後面。」

一聽到這句話，重夫像要撥開其他選手般，碰觸 iPad 螢幕。

「肯亞的兩位選手果然厲害。」

同樣看著螢幕的後藤說道。

「這位叫姆泰的選手，今年狀況很好，還刷新世界紀錄兩次呢。」重夫說。

領先群約有十五人。聽播報員的實況解說，在他們忙著從競技場的觀眾席走出來的這期間，原本一開始就全力飛奔的英國史密斯選手，速度很快就減慢。另外有五名選手就像是被他往後拖住似的，也從領先群中脫隊。幸好包括亮太在內的日本三位選手都還留在領先群內。

途中還是遇上了塞車，最後比預定時間晚十分鐘才抵達銀座的加油場地。不過這時領先群還沒抵達，他們趕緊下車站在路旁，等候選手們跑來。

一旁有提前繞來這裡的選手們的教練團，以及其他兩位選手的家人，許多電視台的攝影機圍在一旁。

她和重夫一起站在最前排。設在十字路口大樓上的大螢幕，播出跑在前頭的肯亞選手們的放大特寫。就在這時，從平時總是嚴重塞車的銀座大馬路前方傳來歡呼聲，朝這裡緩緩逼近。伴隨著歡呼聲，同時也聽到選手們的呼吸聲。

「亮太！」

她已等不及，放聲大喊。一旁的重夫也喊道：

「亮太！加油！」

就在前導車駛過的下一個瞬間，肯亞兩名選手從她眼前奔過，緊接著其他選手們也交錯相疊地快步通過。

選手們的呼吸、體溫、汗水、鬥志、痛苦，瞬間都從眼前飛馳而過。

亮太的臉龐也在其中。

「亮太！跑啊！」

她不由自主地發出叫喊，不知是否傳進亮太耳中，只見亮太的背影轉眼間遠去。不知為何，那看慣的背影浮現出許多懷念的回憶。

她第一次對亮太的飛毛腿感到驚訝，是小五那年亮太參加了馬拉松大賽。他在學校的運動會已算跑得快了，不過小學生的賽跑雖然會比名次，但其實都半斤八兩，儘管亮太總是跑第一名，她並不真覺得他跑得很快。

不過，第一次參加的江戶川馬拉松大賽中，亮太竟然在小學生三公里比賽中拿下冠軍。而且平均成績十五分鐘，只有他一個人遙遙領先，跑出十二分鐘的佳績。

櫻子身為人母，那一陣子幾乎無暇照顧亮太。之前趁著從池袋返回小岩老家的機會，辭去特種行業，下定決心投入的保險業務員工作，算是趕上時代的潮流。

因為這緣故，早上她比亮太上學更早出門進公司，晚上因為忙著與客戶聚餐，往往都是在亮太入睡後才返家。

那時她在小岩的老家附近租了間公寓。當然，有困難時都是請父親重夫代為照顧亮太。不過，陪亮太參加江戶川馬拉松大賽的人是世之介。

那天，她準時結束工作，離開公司後，看到他們倆站在馬路對面。世之介一副迫不及待的模樣，朗聲大喊：

「亮太拿到獎牌呢！三公里的比賽獲得第一名，而且遙遙領先呢！」

他將脖子上戴著冠軍獎牌的亮太一把抱起。

「真的嗎？」

她闖紅燈走過馬路。

「我一點都不累，我還能跑。」

亮太得意地展示他的金牌。

「所以今天我們要三個人一起慶祝，對吧。」

儘管亮太排斥，世之介還是朝他臉頰廝磨，亮太拚命閃躲，但還是不忘催促：

「壽司！壽司！今天我要盡情地吃最貴的金盤子壽司！」

當時她和世之介應該算是分手了。如今已不記得當初是為了什麼原因分手，但就這樣不知不覺間逐漸失去對彼此的愛意。如果是一般人，應該就不會再相見了，但世之介與亮太之間的關係卻未就此結束。她和世之介分手後，世之介只要有空就會來看亮太。她也接受世之介的好意，當工作忙碌時，常會託世之介代為照顧亮太。

然後，亮太升上國中後加入田徑隊，逐漸以長跑選手的身分培育出實力，在都大賽或全國大賽都有活躍表現。之後因為學校和練跑的關係，亮太相當忙碌，難得休假也和其他孩子一樣，覺得和同學一起玩比較快樂，於是不知不覺間與世之介疏遠。當然，她自己也一樣，拜託世之介照顧國中生實在很奇怪，所以就漸漸沒再聯絡。

「好像有點被領先群拋在後頭呢。」

導演後藤擔心地看著車陣。

此時他們已放棄趕往下一個加油預定地，也就是賽道三十五公里處。自從馬拉松比賽開始後，東京都內馬路的壅塞遠超乎想像。

她放棄前往三十五公里處，決定回到新國立競技場迎接亮太，但是看眼前塞成這樣，能否順利回到競技場都很懷疑。

後藤遞來 iPad，她和重夫緊盯螢幕。畫面中，領先的兩位肯亞選手，與第二領先群拉開約三十公尺，健步如飛。

亮太仍和日本紀錄保持人森本選手一起留在第二領先群裡，但很遺憾，另一位大野選手已經落後。

車陣略微前行，他們打開車窗。冰涼的車內空氣往外流洩，取而代之的是拂面而來的柏油路熱氣。

此刻亮太正奔馳在炎熱的東京，在眾人的加油下努力飛奔。

光這麼想，就覺得胸口一熱。由衷地感謝。回首過往，這一切彷彿都只是轉瞬間的事。尤其是自從懷了心愛的亮太後，每天都得竭盡全力才得以度日。

她小四那年夏天，母親離家出走。

父親重夫愛喝酒的毛病、家業經營不善、欠債、與當時仍健在的祖母有所爭執……如果要探究母親為何離家出走，或許可以找出不少原因。

雖說父親的確愛喝酒，但也只是有時受不了母親的伶牙俐齒，而動怒發飆罷了。每到假日，夫妻倆依然很常一起出遊。雖然家業經營不善，也還不到全家自殺的那種地步。至於婆媳問題，也只是常見的程度。

但母親還是離家出走。

箇中原因她百思不解。這對一個小四的女生來說，是最痛苦的事，她甚至懷疑一切都是她所造成。

她認為哥哥隼人可能也有類似想法。因為不知不覺間，他成了地方上出了名的不良少年。還在一場幼稚的鬥毆中，毀了朋友的一生。櫻子國二那年春天或夏天，開始自暴自棄地接受自己向下沉淪的人生。她生性好勝，最後卻成了人們公認的不良少女。國中畢業時，心境已像年過三旬的大嬸。

高中時代的她，不知道到底算是酒店小姐還是學生，就這樣度過那段時光。正當她打算在地方上當個美髮師時，認識了宮原雅史。他千葉大學畢業，擔任登山嚮導，在櫻子的過往人生中從未見過這型的人。

雅史總是思考著明天，而不是今天。想的不是這禮拜的事，而是下禮拜；不是今年，而是明年；著眼的不是現在，而是未來。

這是他與過去櫻子身旁的男人最大的不同。

和雅史在一起，她就能擁有全新的自己。這麼一來，她就能和這個滿是討厭回憶的小岩以及老朋友們說再見。

她開始與住在荻窪的雅史同居，她喜歡聽雅史談到親眼見識的山頂星空、雲海、山上的暴風雨。百聽不厭。

大概就是聆聽這樣的故事而有了亮太，在珍稀的鮮花和清淨的空氣下懷的孩子。

但當她告知自己有身孕時，雅史臉色一沉。

「妳考慮考慮。」雅史說。

她一時聽不懂這話的意思。

「我們現在這樣還太早。」雅史說。

她真的不懂，到底什麼還太早。

他們都是成人，在她老家那裡，很多朋友都已成家。最重要的是，對一個在國中畢業時就已經有三十多歲大嬸心境的人來說，怎麼也不明白到底什麼還太早。

「今後我還想去各種不同的地方，想擁有更多體驗。這是我從小懷抱的夢想，我不能放棄。」

她明白懂得訴說明日的男人，並不懂如何訴說今日。這一點她倒不覺得悲傷。只不過，她覺得不可思議的是，自己竟然會對這種男人愛得這麼深。

「你就自由地過你的日子，我完全沒有要束縛你的意思。」

「這樣已經對我造成負擔了。」

「你說負擔是什麼意思？」

「對不起。」

愈是焦急，愈不想失去他；愈是討厭，愈無法想像往後沒有他會是怎樣的人生。因為不想失去，所以焦急，因為重視，所以討厭。

如果有所謂命中注定的對象，那肯定就是他。

車子回到新國立競技場後，她一面用後藤借她的 iPad 看馬拉松實況轉播，一面走向觀眾席。比賽已經進行到三十五公里處，選手間的差距愈拉愈大。

「亮太現在排名多少？」

重夫由後藤替他推輪椅，一直坐立不安，想把 iPad 搶過來看。

「你先等一下啦！」

她避開重夫的手，來到競技場的觀眾席。這時，現場六萬八千名觀眾不約而同發出如雷的歡呼聲。

仔細一看，大螢幕上播出的馬拉松實況轉播畫面中，日本的森本選手已擺脫第二領先群，緊跟在領頭的兩名肯亞選手身後。

「森本選手展開衝刺，緊緊跟在肯亞選手後頭。」

「沒錯。森本選手似乎還游刃有餘。希望他能以這個排名，一直維持到抵達競技場。」

播報員和解說員興奮的聲音傳向競技場。

重夫和後藤等人一起就座後，馬上開始拍攝，周遭觀眾都朝他們說：

「日吉選手也很了不起，他真的很賣力呢。」

「謝謝。」

她和重夫一起向大家道謝，以祈求老天保佑的心情注視著大螢幕。

與爭奪領先地位的三人有一段差距的第二領先群裡，亮太很賣力地繼續這場比賽。雖然表情顯得有點痛苦，但雙腳依舊抬得很高。

「亮太現在排名第九或第十。」

她告訴重夫後，重夫獨自低語：

「加油啊，亮太，加油。」

「啊，看到新國立競技場了！」

因為播報員的這句話，六萬八千名觀眾齊聲歡呼。

「肯亞兩位選手加快速度了。」

「真希望森本選手繼續撐下去。」

猛然回神，她發現自己已站了起來，面向競技場外不可能看得見的亮太。

「亮太！好好跑啊！」她在心裡吶喊。

大螢幕持續播放爭奪領先的畫面。森本選手一副卯足全力的模樣，緊緊追趕肯亞兩名選手。

不知不覺間，觀眾全都站起來，現場被如雷掌聲包圍。

真沒想到有這麼一天。

她好想告訴當初在下著大雨，連撐傘都不管用的那天，抱著還是小嬰兒的亮太，前往池袋酒店面試的自己。想告訴那個沒人可以倚靠，沒人可以訴苦，就只是緊緊抱著亮太的自己。

沒問題的，你們一定沒問題的，因為有這麼多人在替你們加油。

加油聲變得更加熱切。

在競技場的入口處，閃過兩位肯亞選手的森本選手，竟然領先衝進場內。現場觀眾全部站起來，以歡呼聲迎接他的到來。

「加油啊！森本！加油！」

死命吶喊。

加油，加油，加油，大家加油！

在幾乎把東京的天空震裂的歡呼聲中，森本選手繞完操場一圈。他逐漸與兩名肯亞選手拉大差距，眼看就要通過終點。

「加油！」

一旁的重夫也出聲喊道。

「衝啊！」

後藤也忘了工作，幫忙加油。

就在森本選手興奮地第一個衝過終點線時，第二領先群的選手們也來到競技場。

她忍不住從中找尋亮太的身影。三個人、四個人，陸續有選手跑進場內，但當中沒看到亮太。會場內因為森本選手贏得冠軍而情緒激昂。

九個人、十個人……

亮太還沒跑進場內。

「亮太！」

就在她不由自主地出聲吶喊時，正好看見亮太穿過競技場大門。雖然一臉痛苦，但仍一步一步努力朝終點邁進。

亮太上小學時，雅史突然與她聯絡。

「我想見兒子一面。」雅史說。

她當然知道雅史的活躍表現。雖然不是日本人人皆知的冒險家，但他曾獨自徒步抵達北極點，立下不少成績。如果去書店，架上可以看到不少他的書。

每次翻閱他的書，望著書中的北極大片雪地和北極熊，她總在心裡想，對雅史來說，這些東西應該比她和亮太更重要吧。

她找世之介談這件事，結果他說：

「就讓他們見面吧。因為亮太是妳引以為傲的兒子。妳大可在他面前很自豪說，我養育出這麼棒的孩子呢！」

第一次父子倆見面那天，亮太顯得冷淡。不過他似乎明白這個人是自己的父親，父親特地來看他，他心裡還是暗自歡喜。

之後雅史幾乎一整年都在國外度過，但只要一有空就會來看亮太。漸漸地，亮太也習慣和親生父親這樣的相處模式。

「是的，日吉亮太選手即將抵達終點。觀眾們全都起立，想要迎接日吉選手的到來。而森本選手也站在終點處。」

「日吉選手這次真的是表現優異。排名十一，但我認為這相當值得驕傲。我們也很以日吉選手為榮。」

亮太一步步迎向終點。

那好像是亮太剛上國中時發生的事吧。

「媽，為什麼妳會和世之介哥哥分手？」他突然問了這麼一句。

至於和他親生父親雅史分手的原因，亮太倒是從沒問過。

「這個嘛，簡單來說，他不是我命中注定的對象。」

一來也是因為難為情，所以只得這樣回答。

當時亮太就只是不屑地應了一聲：「嗯。」

如今回想，那確實是她真心的回答。

不過，亮太在這樣的熱切歡呼聲下，賣力朝終點跑來的身影，其實不像雅史，而是像世之介。

●

「啊，小濱，就是這個，我剛才跟妳說的東西就在這裡！」

這裡是位於新浦安的大型超市大榮，在寬敞的店內興奮地東奔西跑的，是世之介一行人。

他手中拎著一種新產品叫保鮮袋。他曾在小岩的超市買過，不僅附夾鏈，還可冷凍、微波，不論是固體還是液體都能使用，便利性相當高。而且竟然還能重複使用，經濟實惠，是非常出色的商品。

「這什麼啊？」

小濱不愧是廚師學徒，馬上緊抓不放。

「這很棒哦。清洗簡單，異味又不會附著。」

彷彿挖到寶似的櫻子，在一旁插話。

「啊，連小型的也有。」

她馬上伸手拿起其他款的保鮮袋。

「那不會太小嗎？」

「用來裝亮太吃的點心剛好，裝茶葉也行。」

「嗯，或許很方便呢。」

櫻子和小濱已蹲下身來，東挑西撿比較起保鮮袋的大小。

當真是有其母必有其子，如果是一般的三歲男孩，逛超市的日常用品區，不到一分鐘就膩了，但亮太也站在她們兩人身旁加入討論。

「巧克力派可以放進去嗎？」

店內無比寬敞，給人一種舒暢感。對喜歡購物的人來說，這簡直是天堂。直接說這裡就是天堂是否恰當，或許令人存疑。不過在這裡可以挑選不同香味的洗衣粉，買到超便宜的整套運動服，一會兒試喝咖啡，一會兒試吃炸雞，教人樂不思蜀。

難得的星期天，我們開車出去玩吧，這樣提議的人是櫻子。世之介早已習慣那輛紫色的MARK II，所以他問：

「要再去一次橫濱嗎？」

「聽說新浦安的大榮超市店內寬敞，商品又多。」櫻子說。

「既然這樣，那當然就去新浦安囉。」這事就此敲定。

「我說，你真的在小櫻家工作啊？」

仔細挑選保鮮袋一番後，小濱走在寬敞的通道上，朝冷凍食品區走去時，就像突然想到似的，如此問道。

「算是啦，不過現在算學徒。」

世之介推著上頭踩著亮太的購物車，使出一個完美的過彎。

「時薪多少？」小濱問。

「不，算日薪……還附早午晚三餐。」

「這樣不就幾乎跟家人一樣嗎？」

「不不不，吃完飯後，就算再累，也要回我池袋的住處。」

「那洗澡呢？」

「哦，他們都會叫我順便接著洗。」

雖然跟小濱說的那樣有點不同，但實際上幾乎就像家人一樣。工作結束後，隼人常出外用餐，順便喝個小酒，所以世之介比真正的家人更常一同坐在餐桌前。

他當然是在隼人的邀約下才開始在維修廠裡工作，但維修廠真的人手不夠。

「既然要做，就好好學。」

櫻子父親的調教相當嚴格，世之介後悔當初不該輕易答應，但逐漸習慣維修廠的生活後，他驚訝地發現自己的生理時鐘竟然與這家維修廠無比契合。

因為是從市中心通勤至這處地方小鎮，不必擔心一早的尖峰時刻。他會在工作開始前一個小時左右抵達，和老爹及亮太一起吃早餐，送亮太去附近的幼兒園。回來後，換上工作服後上工。視當天的情況，他被交代的工作會有所不同，不過從河堤方向照進屋內的朝陽總是無比柔和。

上午一面工作一面聽ＡＭ廣播「大澤悠里的悠悠廣角」，時間一下子就結束了。

現在櫻子在柴又開張的便利商店打工，午餐有時是她先做好的便當，但大部分都是各自去外頭解決。不過老爹平均每三天就有兩天會光顧附近的「勝榮拉麵」，而他也必定會邀世之介一起去，不論是每天變換菜色的定食，還是湯麵，都由老爹買單。

話雖如此，下午的工作大家還是認真投入。工作時，老爹和隼人幾乎都不說話，而世之介要是出錯，就會被敲腦袋，下手毫不留情。

愈是專注在工作上，感覺愈有成就感。世之介沒有任何技術，被指派的大多是單純的作業，但他完全不以為苦。不過世之介不得不承認，世上既然有像亮太的親生父親那樣適合冒險的男人，自然也會有像他這種適合篩選螺絲釘和螺帽的男人——說來實在慚愧，但這也是事實。

午後的陽光緩緩變色。

世之介最喜歡的，是夕陽西下的時刻，原本明亮的戶外轉暗，而原本昏暗的維修廠卻反而逐漸轉亮。

長時間工作的疲憊開始出現。烏鴉也陸續歸巢。從幼兒園返家的亮太，聲音與晚報送報生的摩托車聲混雜在一起傳來。

「進家門前，把那隻蟲丟掉！」櫻子生氣地說道。

「休息一會兒吧。」老爹說。

鯛魚燒、草莓蛋糕、章魚燒、黑輪……

櫻子往往會買點心回家。正好肚子也有點餓，世之介會去泡茶，亮太會混在他們之中一起休息。

工作有時會持續到晚上八點。工作結束後，大家依序洗澡，然後圍在餐桌前，享用櫻子做的菜。

「啊，這個很好吃哦。Pocky的草莓果肉巧克力棒。」

世之介一面走過零食區，一面讓小濱看貨架上的商品。

「哇，有出這種東西啊。」

「咦，小濱，妳也愛吃甜食嗎？」

「我不是很喜歡，但還是買買看好了。」

「跟別人一起購物時，就會發生這種狀況。」

世之介開心地將Pocky放進小濱的購物籃內。

順帶一提，只要帶亮太到零食區，就會引發小小的暴動，所以櫻子已繞去別條走道前往熟食區。

「對了，小濱，妳現在工作可順利？」

完全沒點心吃很可憐，所以世之介為了亮太買了些不二家COUNTRY MA'AM餅乾放進籃子內。

「還可以，雖然發生了不少事……」

小濱一面說，一面跟著伸手拿了一包。

「最近你很少待在池袋，所以我常和諸仔去喝酒。」

「是嗎？諸仔和妳這組合，感覺真教人意外。」

「會嗎？」

「嗯，感覺啦。」

逛過零食區後，來到光看就教人雀躍的廣大熱食區。

「哇，這個散壽司打八折，太棒了。」

世之介馬上拿起一大盤五、六人份的壽司。

「啊，對哦，你們是一家人，真好。不知道有沒有一人份的。」

小濱開始尋找，但很不巧，不論是散壽司還是握壽司，都是家庭的分量。

「諸仔找到工作了嗎？小濱，妳可有聽說？」

世之介拿著一袋生食用的鮮蝦。

「他好像說要去美國。」

「咦！還去啊？」

「不，這次說是要去留學。」

「留學？他認真的嗎？」

個性內向的諸仔與留學這名詞很不搭，世之介滿心以為小濱搞錯了。

「啊！那個我也買了。」

這時背後傳來櫻子的笑聲。定睛一看，她的購物車裡確實也放了一大盤散壽司。

「小濱，今天到我家吃晚餐吧？」

面對櫻子的邀約，小濱回道：「方便嗎？」

「當然方便。既然這樣，就得買兩盤散壽司了。」

櫻子將世之介正準備拿回架上的那盤壽司又放回購物車內。

「既然小濱要到家裡作客，要不要烤肉？最後吃散壽司當收尾。」

亮太聽到世之介的提議，心想這樣又能在維修廠前烤肉，高興極了。

「現在天冷，不能在外面烤，就在家裡烤。」

櫻子馬上提醒。

「啊……對了。那就買烤肉醬吧。」

世之介想起之前試過讚不絕口的烤肉醬。

「啊，之前那個很好吃，是鹽味烤肉醬對吧？」

櫻子也點頭贊同。

世之介他們馬上趕往調味料區，不知為何，身後傳來小濱的笑聲。

「咦，怎麼了？」

世之介轉身回看。

「不，沒什麼……只是覺得你們兩人都很務實。」

小濱笑得更大聲了。

「咦?意思是開口不離柴米油鹽嗎?」

櫻子半開玩笑地回瞪她。

「不不不,是覺得你們已經抵達終點了。」小濱說。

「什麼啦?」世之介和櫻子異口同聲說。

「不,我意思是,感覺你們幸福洋溢。不論是我還是諸仔,大家都在追求不同的夢想。不過,說到終點,不就是像你們這樣開心地在超市買散壽司,找尋可口的烤肉醬嗎?」

小濱這是由衷之言,但說來遺憾,人們往往在擁有幸福時,無法真切感受到幸福的存在。

「說什麼屁話啊,妳這是在調侃我們對吧?」櫻子說。

「才沒有呢。」小濱急忙解釋。

「不,明明就有。不過那也不錯啊,反正我們就是專搶八折散壽司的情侶檔啦。」

鬧起脾氣,一點都不成熟的世之介說道。

十二月 求婚

這天是臘月的某個星期天。

商店街吹過寒風，讓世之介和櫻子冷得身子蜷縮。兩人雙手都拎著超市提袋，又因為買太多袋子鼓得都快撐破了。

「咦，這裡原本是什麼？之前好像是某一家店，對吧？」

這條 Flower Road 曾是有拱廊的漂亮商店街，但可能歷經泡沫經濟後的不景氣，或是後繼無人，歇業的店家愈來愈多。

「這間原本是化妝品店。」

櫻子馬上回答世之介的提問。

「我國中時……常在店裡偷東西。」

她接了這麼一句，世之介只好決定當沒問過。

當他們將較重的提袋由右手換至左手，又由左手換至右手時，總會有狂飆的自行車像看準這個時機似的，從他們身旁呼嘯而過。理小平頭的國中生騎自行車，是有意識的狂飆，所以大可放心。但那些把椅墊調得特別高的大嬸，騎起車來也一樣狂飆，但她們總有意想不到的行徑，所以特別可怕。

「爸爸說電影幾點演完？」

一樣換手拿超市提袋的櫻子問道。

這個時間，老爹帶著亮太去區民活動中心看兒童電影。

「他說五點左右，不過回家前，還要帶亮太去澡堂。」

世之介說完後，櫻子突然停下腳步說：

「那我們去那裡小坐一下吧。」

他們去到一家老舊的咖啡廳。

這是一家充滿懷舊風情的咖啡廳，店頭佈滿塵埃的展示櫃裡，擺著咖啡杯，以及拿坡里義大利麵和蛋包飯的樣品模型，微微泛黑。

「妳一定又會說自己國中時常在這裡抽菸，對吧？」

世之介看傻了眼，跟著櫻子走進店內。

幸好店內不像展示櫃那麼髒，吧台後面是一位繫著領結，有點年紀的老闆，正在看賭馬報。觀葉植物深處的桌位，坐著一名客人，其他桌位則空空蕩蕩。世之介他們坐在靠窗的桌位，放下像槓鈴般沉重的提袋。

「來吃點甜食好了。」

櫻子挑選起菜單上的蛋糕。

「我要熱咖啡。」世之介點完後，走向店內深處的廁所。

前往廁所途中，他瞥到坐在觀葉植物深處那名客人的臉。是與他年紀相仿的男子，不過此人面容憔悴，頭髮沒有半點光澤。

當他一邊在廁所小解，一邊確認擺在層架上的芳香劑香味時，傳來一個聲音。

「阿達……？喂，你之前都在做什麼啊？」

是櫻子的聲音。

她和那位繫著領結的老闆似乎不認識，這麼一來，那位叫阿達的人，便是坐在觀葉植物後面的客人。

走出廁所一看，櫻子果然站著那裡。

世之介感受到一股「現在別跟我說話」的氣勢，於是他只用眼神投以「沒事吧？」的信號，就此坐回靠窗桌位。

很不巧，那位繫領結的老闆正好前來點餐。

「呃，給我一杯熱咖啡，還有……」

他一面說，一面往店內窺望。

「我也一樣。」櫻子應道。

世之介點好咖啡後，拿起擺在隔壁桌的週刊，試著翻了幾頁，不過耳朵卻專注地往櫻子的方向聆聽。

「阿達，你之前到底死去哪裡了？」

世之介知道櫻子平時講話粗魯，但這次是他聽過最粗魯的一次。

「你沒回老家……對吧？」

「沒回去。」

那個叫阿達的男人雖然表現得有點抗拒，但還是回答了櫻子，不過說起話來舌頭不太靈光。

「沒回去？那你女兒呢？你女兒怎麼安排？」

「在老家。」

「只有女兒留在老家，那你呢，你住哪？」

「這不重要……」

在觀葉植物的遮擋下，看不清楚，不過這個叫阿達的男人臉色有病態，看起來精神有點恍惚。

「你還和他們一起鬼混嗎？」

「他們？」

見對方裝傻，櫻子似乎無意順著他的話再問下去，她回到原本的話題：

「阿姨會幫忙照顧你女兒嗎？」

「會，她都會幫忙照顧。」

「阿姨在工作嗎？」

「對。」

「在哪裡？」

「不知道……」

說到這裡，店內走進其他客人。是附近的兩位大嬸，與老闆看似舊識，一進門就直接坐在吧台前。

這下就不好再繼續說下去了。

「你可別太過分啊。」

櫻子撂下這句話後，回到自己的桌位。

櫻子怒氣騰騰的模樣，引來那兩位大嬸回頭觀看，但她們並未太在意，開始與老闆聊起附近的一家針灸診所。

櫻子一臉厭煩地回到座位上。

「不要緊吧？」世之介出聲詢問。但櫻子就像不想談這話題似的，嘆了口氣。

這時，原本坐著的阿達走了過來，他並不是來找櫻子，而是付錢給老闆後，走出店外。

「走了沒關係嗎？」

世之介的視線望向阿達。

「什麼啦？」

心情不好的櫻子喝了口咖啡。

不過，她可能是覺得自己就算把氣出在世之介身上也沒用，所以先道歉：「啊，抱歉。」

接著說出世之介並不想知道的內幕。

「他是我從小認識的朋友……現在吸毒成癮。」

「咦？」

世之介無言以對。

先前想說，他們國中時代一定都在這家咖啡廳抽菸，但看來沒這麼單純。

「唉，心情好差。換個話題吧。」

櫻子如此說道。但聊到這種炸彈後，接著要想一個正面的話題，並沒那麼簡單。世之介還是努力思考，看有沒有其他話題。

「啊，對了。亮太念的那家幼稚園說要舉辦耶誕派對，內容妳看了嗎？」

他終於找到一個保證安全的話題。

那天回到池袋後，看到隔壁鄰居在公寓入口處的自動販賣機前買果汁。這位鄰居是多人合住的那群中國人的其中一位，自從之前他們有位同伴染上急病被救護車送走後，似乎有好一陣子沒人在此居住，但可能那場風波已經平息，這幾天又聽到有人在屋內活動的聲響。

「晚安。」

因為目光對上了，世之介主動出聲問候。

「你好。」

那名身穿工作服的男子也打了招呼。

他胸前印有某個日本工程公司名，似乎是在某個工地工作。

緊接著下個瞬間，男子又買了一瓶果汁，不發一語塞到世之介面前。

「咦，不用啦，真的不用。」

他婉拒，但對方很堅持，最後只好收下，一起搭電梯。

按下十樓，電梯先是一陣晃動，接著緩緩上升。

「啊，對了，之前那個人沒事吧？」

雖然不過問了這麼一句，但他猜對方可能聽不懂，於是他手放在頭上轉動，充當救護車的燈光，並模仿「嗡咿嗡咿」的警笛。

男子似乎一看就懂，但表情卻蒙上一層暗影。

「咦？」

世之介不禁發出一聲驚呼。

男子沉著臉，不發一語搖了搖頭。

「咦？沒救活嗎？這、這是怎麼回事？」

他有點驚慌，電梯也因為他的動作而搖晃。

「對。死了。回去。中國。」

「咦……」

世之介為之語塞。

抵達十樓後，世之介的情緒仍慌亂未定，男子推著他的背往前走。

他踩著沉重的步履走出電梯。

兩人正準備同時打開各自的房門時，男子就像在說「等一下」似的，輕拍世之介肩膀，急忙回到他自己的房間。

世之介還沒從剛才的震驚中重新振作，在原地等了半晌。

他在走廊上等候時，腦中清楚浮現那天被救護員揹著離開的那名男子的臉。

也許對方比他年輕。當朋友和家人圍繞在他身邊時，一定也會露出充滿魅力的笑臉。但世之介卻只能看到他痛苦的表情。

就在這時，隔壁的房門開啟。

男子拿了背包，從裡頭取出一張照片。

照片裡有個胸前掛著金牌的少年。金牌的緞帶上寫有「田徑」二字。少年驕傲地面露微笑。

看來，似乎是過世的那名青年。

世之介朝照片雙手合十。

他突然產生一個念頭，不確定那青年來到日本，是否遇過任何一件好事。當然，他明白像非法勞工，不行就是不行。但真要他說的話，那青年與他沒任何關係，既然千里迢迢來到這國家，他很希望青年可以說一句：「我曾在這裡遇過好事哦！」

「唔~好冷。啊！世之介！之前你說一點都不甜的罐裝咖啡，這裡有耶！」

隼人雙手插在工作褲的口袋裡，嘴裡叼著菸，簌簌發抖。隨後從維修廠走出的世之介，也和他同樣的模樣，站在最近剛設置的自動販賣機前。

「啊，這個好喝。」

他馬上從口袋裡掏出零錢。

下午，老爹開著修好的車外出後，難得有一段空檔。

雖然還累積不少事要忙，但一個小時後就有其他趕著要維修的車輛送來，所以現在要是著手做其他工作，反而沒效率。

隼人以溫熱的罐裝咖啡取暖。

「啊，對了。來烤地瓜吧。」

這時，隼人開始準備要在五加侖鐵桶升火，世之介趕緊從廚房拿來地瓜和錫箔紙。

正當他們用五加侖鐵桶燒紙板和不要的木材時，櫻子剛好從幼兒園帶亮太沿著河堤走回家。

亮太一發現他們在升火，馬上甩開櫻子的手，從河堤的陡坡滑下。

「啊，亮太，火很危險，不可以靠近。」

隼人將飛奔而來的亮太一把抱起。

「聽好了，要小心哦！要是這白煙碰到你身體，你就會變成野狗。你看，世之介的身體已經碰到白煙了，所以他正在變成野狗。」

隼人又玩起莫名其妙的遊戲。

不過世之介也不排斥這種遊戲。

「唔……汪！汪汪！」

他馬上逼真地演起來，追著他們兩人跑。

亮太一開始也笑得很開心，但世之介一直演得很認真，而隼人也演得一點不馬虎，他因而漸漸害怕起來。

「不要這樣！他要怎樣才會變回來？舅舅！他要怎樣才會變回來？」

亮太在隼人臂彎裡焦急不已。

「只要給世之介他喜歡的東西，也許就會恢復原狀。」隼人說。

「我不知道！我不知道！我不知道！」

「你好好想！如果不想，他會咬死你哦！」

「我不知道，我不知道啦……啊，是媽媽！」

「唔～～吼～！」

亮太的回答，令世之介變得更加凶猛。

「不對！他更生氣了。」隼人在一旁搧風點火。

「啊，布丁！牛奶布丁！」

「唔～～吼～！」

「不對。是其他東西才對！」

「那麼，那麼，是泡泡紙！」

亮太的回答，一時令世之介側頭不解。

「就是像這樣擠壓會發出啪啪聲的東西啊！」

經說明後，世之介才意識到，原來是包裝用的氣泡緩衝材。

「唔～嗯？」

他一度感到猶豫。

「唔……咕嚕。」就此收起怒氣。

這三人跑得很認真，玩得上氣不接下氣，櫻子則是懶得搭理，逕自走進屋內。

眼看時間已差不多，他們從五加侖裝的鐵桶裡取出地瓜，果然烤得透而不焦。

三人圍在火焰旁，世之介大聲叫著：「好燙、好燙！」將亮太的地瓜撥開來。

「這熱氣如果碰到臉，就會變成鴿子哦。」

隼人又想玩了。

「你夠了哦。」

「夠了。」

世之介和亮太都一口回絕。

因為是用油點火，所以帶點油臭味，但還是又甜又香。

「啊，對了。你想開車的話，就趁最近多開一點吧。」

嘴裡塞滿地瓜，燙得直吹氣的隼人說道。

「趁最近？」

世之介也邊吹氣邊反問。

「我想把它賣了。我有個朋友說他想買。」

「咦，買那輛車？」

世之介不由自主地透露出真心話，但隼人似乎沒發現。

「到頭來，現在最喜歡那輛車，最常駕駛它的人，就屬你了。」

隼人深有所感。

「不，稱不上喜歡啦……」

其實是因為只有那輛車，不得已才開的，但是一聽到隼人說要賣掉，不知是不是窮酸性情使然，這時突然覺得它是輛魅力十足的稀有車。

「當初買下那輛車，加以改造，開著它到千葉兜風，真的很快樂。不過同伴們現在都變安分了，只剩我還留著那種車。」

「只要把車身恢復成原本的顏色不就行了嗎？」

「那就和刺青一樣。刺青很簡單，但要恢復原狀可得花不少錢，那可是大手術呢！」

「這樣啊。再也看不到那輛車，是嗎。亮太，你以後再也不能坐車兜風了呢。」

亮太坐在兩人中間，一臉陶醉地吃著烤地瓜。

「當初買車時，感覺就像身上長出翅膀。」

隼人又拿起另一顆地瓜，開始剝起皮來。

「只要握著方向盤，感覺好像不管哪裡都到得了。」

「不就都到得了嗎？」

世之介在這方面向來都缺根筋。

「到不了，因為它那外型。所以每次過橋時，警車都會盤查。」

「說的也是。」

「啊，對了。聽小櫻說，只要是你開那輛車，就不會被警察攔下。」

「對啊，大家都覺得很不可思議。」

「開著那種車，卻不會讓周遭人覺得可疑，這種駕駛手法真不簡單。」

「是嗎？我只是照駕訓班所教的方式開車罷了。」

「啊，我想起來了。聽說你在過平交道時，還都會搖下車窗，確認鐵路有無聲音。」

「會啊，那是最基本原則吧。」

「我從沒見過這種人。」

「所以才說啊，不能因為看不到就鬆懈了。看不到的地方要用耳朵去確認。」

兩人熱烈交談，亮太似乎已吃膩烤地瓜，打算回到屋內。

「亮太，這個拿去給你媽。」

世之介遞了烤地瓜給他。

「媽媽不吃。她說要一路減肥到過年。」

雖然嘴巴上說，但亮太還是乖乖拿去。

目送亮太離去的背影，隼人開口問道：

「你過年打算怎麼辦？要回九州的老家嗎？」隼人問。

「不，我大概不會回去。」

「要和小櫻他們去哪裡玩嗎？」

「不，沒什麼計畫。隼人哥，你呢？」

「我通常過年都在家睡覺。」

「我可能也是……啊，這表示我已經三年都沒回老家了。」
「之前你都會回去吧？」
「對。學生時代每年回去。不過，我已經習慣這邊的過年了。」
「這邊的過年」說起來好聽，但簡言之，就是從除夕夜起，和諸仔到附近的居酒屋喝酒，等新的一年到來，接著到附近神社新年參拜。」
「世之介，你今年幾歲？」
「上上個月滿二十五。」
「二十五歲，是吧。這表示，如果你能活到平均壽命，也只剩五十次過年了。」
「五十次……這樣還不多嗎？」
「你這麼覺得嗎？不過，這跟個人的人生觀有關。」
「應該說，自己的過年被人這樣拿來細數，這還是第一次呢。」
「一般都會數吧？例如這個月還剩幾天假，就像這樣。」
「啊，這我就會數。」
「既然這樣，過年也要數啊。」
「不，過年和這個月剩幾天假不太一樣吧。」
「為什麼不一樣？」
「因為數這個月剩幾天假，感覺會充滿希望，但是數今後還剩幾次過年，感覺就像在數自己還剩多少年，不是嗎？」

「要這麼說的話，也是啦。」

說著說著，鐵桶裡的柴火即將熄滅。

「要我再去拿一些可燃物來嗎？」世之介問。

「不，不用了。村越先生的車子應該就快來了。」

隼人以鉗子把柴火兜攏。

「話說回來……我身為她的親人，說這話或許不太恰當，不過你能和她這種女人交往，也算很不簡單。」

如果說這句話唐突，確實很唐突。

「咦？怎麼突然這樣說？」

「不，從小我就當她是個性粗暴的弟弟。」

「弟弟……」

「因為天底下有哪個妹妹真的動腳踢自己的親哥哥？我曾經因為這樣，脊椎被踢傷呢。」

「啥！」

「就說吧。反倒是你還比較有妹妹的樣子。」

「不不不，這樣說不太好吧……」

正當兩人你一言我一語時，一輛車緩緩駛來，似乎是客人的車子。

兩人站起身。順帶一提，這輛車的離合器皮嚴重磨損。世之介望向維修廠內的時鐘。

「晚餐前再加把勁吧。」

剩下許多洋蔥和肉的電烤盤，顯得油膩膩，大盤雞肉也吃得只剩骨頭。還有老爹的燒酒禮盒、啤酒空罐，以及因為吃撐了，最後幾乎一口都沒吃的草莓蛋糕。

今天是耶誕節。

「亮太，你要玩樂高的話，去對面打開來玩。要是在這裡玩的話，會搞得黏答答的。」

櫻子一面收拾髒汙的餐具，一面提醒。亮太乖乖地抱著外公送他的耶誕禮物，移往沙發上。

老爹同樣端著燒酒酒杯走向沙發，打開電視收看體育新聞。

隼人打從一開始就出門喝酒去了，留在家中的世之介開始幫忙櫻子整理餐桌。

「這東西果然買對了。」

世之介搬往流理台的，是前幾天在家具量販店苦思良久後買下的電烤盤。

雖然有點貴，不過這烤盤有波浪溝槽，可去油，而且只要換下烤盤，就能煮火鍋或是烤章魚燒。

他和櫻子一起收拾餐具時，傳來老爹的聲音。

「喂，亮太快睡著了。」

世之介前往確認，只見亮太原本很興奮地想好好玩樂高，可能是剛才耶誕節烤肉派對玩得太嗨，此刻的他手裡握著樂高積木，打起了盹。

「好在剛才先讓他洗過澡了。」

世之介一把抱起亮太，帶他上二樓。

他迅速替亮太換上睡衣，哄他說：

「你加油把牙齒刷好，夢裡就會再得到樂高哦！」

世之介將沾了哈密瓜口味潔牙粉的牙刷塞進他的小嘴裡。

櫻子和亮太住的二樓房間，分別是四坪半和兩坪的相鄰房間，還有一間簡便的洗手間。

他讓已經睡著的亮太躺在床上，替他蓋上被子，自己也坐向床邊，輕撫亮太的頭髮。

那圓嘟嘟的小嘴無比柔軟，世之介忍不住輕輕一捏，不過亮太沒半點醒來的動靜。他那噘起嘴的神情有趣極了。

「我的名字是日吉亮太，最喜歡撒香鬆的白飯和樂高。」

世之介學起腹語，逗亮太玩。亮太可能對此感到在意，只見他皺著眉頭，面露不悅。

亮太睡著後，老爹說他會照顧，所以在收拾好餐桌後，世之介罕見地邀櫻子一同外出喝酒。

他們前往的是突然在站前的酒吧區開幕的一家葡萄酒吧。店內稱不上寬敞，但砸重金裝潢，乍看之下，猶如置身代官山。

不過這裡是小岩，儘管外觀看起來時尚，一走進店內坐向吧台，老闆馬上開口問：

「咦？妳是隼人的妹妹對吧？」

這位老闆看似是隼人的學長，與他小聊一下過往後，櫻子問世之介：

「世之介，你懂紅酒嗎？」

「我看起來像嗎？」

「不像。」

結果點了店家推薦的紅酒，喝了一小口後，兩人戰戰兢兢地看著彼此，點了點頭，心想，這應該算好喝吧。

店內相當擁擠，吧台坐的都是剛吃完耶誕大餐的情侶。

而坐他們隔壁的情侶，似乎是第一次約會。

「我喜歡的對象，一定得勤於和我保持聯絡才行。」

「不重視我朋友的女生，我最不能接受。」

聽起來是對彼此有好感，正在試探對方。

「對了，我們第一次開車去橫濱兜風時，妳不是替坐在附近長椅上的一對情侶配音嗎？」

世之介突然想起這件往事。

「啊，我確實做過。那是什麼時候的事？」

「什麼時候？那時天氣很熱。」

「是今年夏天嗎？」

「沒錯。」

「咦，這麼說來，我們不就認識還不到半年？」

「真的耶。我現在已和妳一起洗烤盤，還幫亮太刷牙，感覺好像一起生活了十年一樣。」

「說十年也太誇張了，好歹也說三年吧！」

「那也很長啊。」

隔壁那對第一次約會的情侶開始了看似甜蜜，其實很嚴肅的話題。世之介盡可能不讓注意力被他們吸走，但因為距離實在太近，還是忍不住在意。

順帶一提，隔壁的情侶假裝是在自我介紹，其實是說出自己交往對象的條件。

「現在要是有人問我『有喜歡的對象嗎？』我會說有。」

「聽妳這麼說……我該高興嗎？」

「為什麼這麼說？」

「因為……如果是這樣的話，真的很開心啊。」

「這我不知道。山本先生，那得看你的心意。不過，你覺得開心，是嗎？」

「當然啊，如果真的是像妳說的那樣。」

聽到這裡，櫻子似乎聽不去了。

「世之介，你懂紅酒嗎？」她問。

「這妳剛才問過了。」世之介說。

「那麼，我們去橫濱是……」

「八月的事。今年八月。」

櫻子話還沒說完，世之介已先搶著回答。

最後，他們不管怎樣都擺脫不了隔壁情侶的對話，於是喝完一杯紅酒後，便付帳離去。

世之介他們的尷尬，似乎連老闆也感受到了。

「下次你們來，我一定會安排你們坐外國人隔壁。」他開玩笑。

「走囉。」

兩人走出酒吧區的巷弄後，世之介突然停下腳步。那裡有家小間的自助洗衣店，店裡有名年輕男子在看漫畫。

「我這並不是要和剛才那對情侶別苗頭。」

世之介說出這句話後，原本明顯打算在前方左轉回家的櫻子回了他一句：「什麼啦？」冷得直跺腳。

「不，也沒什麼啦。如果有人問我：『你是亮太的爸爸嗎？』我會想回對方：『沒錯。』」

面對世之介這突如其來的告白，櫻子不再跺腳。

不過櫻子不像剛才那對情侶那樣，從她的表情感受不到像「我該高興嗎？」「這不是很好嗎？」這樣的興奮熱情。

「啊，不，我不知道這樣說，妳和亮太會不會覺得高興。」

就算是世之介，這時候也希望她好歹能回一句「我當然高興啊」，但等了良久，櫻子始終沒開口。

「呃……這姑且算是我有生以來第一次求婚。」

世之介說得更明確了。

櫻子這才意識到此事的重要性。

「咦?現在嗎？」

她突然發出很不搭調的驚呼。

「嗯，就是現在。因為今天是大家所說的耶誕節。」

「雖說是耶誕節，但我穿的是運動服耶。」

櫻子撩起衣服，讓他看長褲大腿側邊的三條線。

「不，這和服裝無關。當然以我的立場，的確沒資格信心十足地向妳求婚。非但沒正職，而且還受自己求婚對象的父親照顧。不過……」

「等、等一下。世之介，你是不是受到剛才店裡的氣氛影響？」

「不光是這樣。」

「不，我明白。」

櫻子就像鬥牛士一樣，在打算朝她直衝而來的世之介面前揮舞紅布。

「不過……你多少受剛才那對情侶影響吧。如果剛才有外國人在的話，現在你一定會說：『我們來學英語會話吧！』」

「我才不會……」

世之介話說到一半，突然就此打住，氣勢弱了半截。

「世之介，我們還是暫時維持這樣吧，可以嗎？」

經櫻子這麼一說，世之介這才對自己的魯莽感到羞愧。

「不過，我說的是真心話。」

他這番話充滿男子氣概。

「你這麼說，我很開心。」

「嗯。」

世之介肯定不是受當下氣氛影響，才做出如此魯莽的行徑。是因為他與櫻子和亮太，甚至是與老爹、隼人一起共度的時光，最近感覺特別美好。

「我送妳。」

就這樣道別也很尷尬，於是世之介和櫻子並肩而行。

「不用了，車站不就在前面嗎？」

「沒關係啦，反正我酒也醒了。」

「你又沒喝酒。」

兩人說著說著，已來到河堤旁的道路。

「我隔壁的住戶死了。」

世之介突然提到這件事。

「為什麼？」

「大概是染上急病，被救護車載走後就過世了。」

「你們有交情嗎？」

「沒有。不過，我和他的室友打過招呼。」

「那麼小的房間裡住兩個人？」

本想對驚訝的櫻子進一步說明，其實裡頭住更多人，但因為天氣太冷，他連動口都嫌麻煩。

「對，兩個人。」

世之介雖然說謊，卻又偏著頭，納悶自己為何要談到這個話題。

歲末年終的腳步逼近。

世之介悶悶不樂地走在池袋站西口的圓環。說到他為何悶悶不樂，是因為今天早上從他公寓的信箱裡收到一封令他高興不起來的通知。

信封裡裝的是幾個月前他意氣風發地寄去參加攝影比賽的結果。

「啊，來了來了……」

他急忙拆開信封，但看到是「很遺憾……」的一行字。

他重看三遍，結果一樣是落選。

在百萬獎金的吸引下，他參加了比賽，加上他對於自己在美國拍的照片頗具自信。如果說他對比賽結果沒抱持一絲期望，從來沒有「搞不好會得獎」的念頭，那是騙人的。

只不過，要是有人對他說：「你並沒為了這個目標而努力，所以才會落選。」他也只能說一句：「你說的一點都沒錯。」而虛心接受。但他發現這幾個月來，他竟然期待能靠那些照片在知名大賽中脫穎而出，為此大感驚訝。

雖說是歲末年終，但池袋的人潮與平時沒有多大不同。

不過，馬路上有攤販販售過年的注連繩飾品，一位穿著防寒衣，全身鼓起，模樣像職業摔角手的大叔，正在大啖肉包。

世之介感興趣，在店頭停下腳步。過去他對注連繩飾品一點興趣都沒有，但此時他心想，如果在維修廠裡擺上這個氣勢十足的注連繩飾品，一定很帥氣。

「不好意思，請問這個多少錢？」

面對世之介的詢價，那位鼓起腮幫子嚼著肉包的大叔神色自若地說：

「五千圓。」

「咦？」

世之介滿心以為只要一千圓左右，難掩驚訝。

「請問有小一點的嗎？」

剛才還想要擺上氣勢十足的注連繩裝飾，現在馬上改走現今流行的縮小版路線。

「這是招福招財的物品，所以只有這種尺寸。剩下的都是這種感覺的。」

大叔伸手指向薄薄的一張紙，上頭象徵性的黏著幾根稻穗，這個貼在RISING池袋的大門很合適，但如果是維修廠就太小家子氣了。

「順便問一下，這個多少錢？」

「一千圓。」

「哦，這個一千圓啊。」

不好意思，我下次再買好了。正當他說完這句話，轉過身來的瞬間。

「嗯？」

也不知道是先發出這聲「嗯」，還是先感到背後一陣劇痛遊走，他就像被人硬生生拔掉脊椎似的，力量從身上散去，接著就像被職業摔角手使出鯖折[5]般，一陣劇痛遊走。

之前求職時也發生過。聽說這會一再復發，其實就是閃到腰。

他因絕望而全身癱軟，整個人跪倒在地，從手掌傳來地面的冰冷。

如果是他本人絕望倒還好，但大叔見這位只逛不買的客人突然在店頭跪倒在地，大傷腦筋。

「這、這位客人？」

總不會是要磕頭要求算便宜一點吧？在這處人來人往的大路上，眼前有人突然跪倒在地，他只想得到這個理由。

「好啦，就算你三千圓……」

那位大叔不由自主地說。這時，就像發條鬆了一樣，無法動彈的世之介，勉強著想要起身。

「啊～～唔～！」他痛苦不堪。

就連那位大叔也發現這不是什麼新殺價手法。

「喂，你不要緊吧？」

他想抱起世之介，但因為他活像是個職業摔角手，所以鯖折變成了「眼鏡蛇纏身固定技」的劇痛。

這幕景象看在路人眼中，似乎都覺得是一起暴力事件。附近派出所的員警火速趕至，逐漸無法行動的世之介，最後被救護車送往醫院，無比狼狽。

現在世之介在自己的住處，時間是隔天。如同各位所熟知的，這裡空間狹小，只要擺上兩床墊被，就再也沒有其他多餘的空間。不，如果像他隔壁住戶那樣硬擠的話，當然也能睡上六

5　日本相撲的絕技之一，雙手抱住對手後腰，將對手身體往後折的一種動作。

個人左右，不過這房間原本就只能容納一個人居住。
「話說回來，你這裡連茶葉都沒有啊！」
將小小的系統櫥櫃打開又關上，不斷發出噪音的，是世之介的父親。
「我去超市買好了。」
父親似乎也因為房裡空間狹小而感到不自在，似乎想找理由離開。但世之介可沒這麼觀察入微。
「就算你買茶葉回來，我這裡也沒茶壺。」
他躺在床上，講了一句沒必要的話。
「那麼，我順便買茶壺……」
「用不著燒開水，反正我又不喝茶。」
最後，他父親只能朝床鋪和電視之間的狹小空間坐下。
他被救護車送往醫院時，被問到緊急聯絡人。他說出老家的電話號碼後，醫護人員問：「要先幫您聯絡嗎？」他想回一句「不，不用」，但可能因為太痛了，令他變得軟弱，脫口而出：「那就麻煩你了。」
在打了止痛針，搭計程車連走帶爬地回到住處後，他馬上打電話回老家告訴父母：「我閃到腰，沒辦法行動，不過你們大可不必擔心。」但不知為何，隔天父親馬上趕到東京。
根據母親在電話中所說的話，大致內容如下。
雖說被救護車送往醫院，但好在只是閃到腰。或許會有好一陣子行動不便，不過世之介已不是小孩了，應該會自己想辦法才對。

「不過你爸爸說，那孩子到底在東京忙些什麼？我去一趟東京，看看他現在過的是怎樣的生活吧。」

「也對。他之所以會一直遊手好閒，是因為他都過著遊手好閒的生活。他到底都在東京過著怎樣的生活啊？」

「該不會是和壞人往來吧？之前他回來參加清志婚禮時，感覺眼神變得比較凶惡呢。」

雖然是很牽強的藉口，不過終究只是夫妻倆討論的結果。然而，適值歲末，母親正忙得不可開交，便決定由剛好放假的父親前來查看兒子的狀況。

母親半開玩笑地如此說道。就連這個不肖兒子也明白，父母打從心底擔心他恐怕就此淪為人生輸家。因為如果是在老家，他和父親不會在同一個房間裡待超過五分鐘。但在東京這個狹小的房間裡，兩人雖然都很不自在，卻還是互相體恤。

「我還是去買茶葉回來吧。」

一直切換電視頻道的父親，最後還是起身。

世之介也被沉默無言壓得喘不過氣來。

「既然這樣，就買個便宜一點的茶壺吧。」

他也為之讓步。

「不過，這一帶的治安好像不太好呢。」

雖然不知道父親從車站走來的路上看到了什麼，不過，要讓來自鄉下的父親感到震驚，這種事可是多得數不完。

「東京到處都像這樣。我早習慣了。」

「不，所以才會變成這樣。不管是什麼事，人都會很快習慣。這才是最可怕的。」

剛才明明說要去買東西，結果突然說起這次上東京的真正目的，父親急忙坐回坐墊上。

「你不去了嗎？」

「不，要去。不過在那之前……」

父親想說的是什麼，世之介當然明白。父親當然也知道，兒子心知肚明。不能習慣自甘墮落的生活。不能習慣不走運。不能失去上進心。

他明白。

但人生中有些時候不管做什麼就是碰壁。

坐墊上的父親最後什麼都沒說，準備再度站起身。

「沒關係嗎？」

就連世之介也覺得歉疚，主動問道。什麼也沒有對世之介說，就直接跑去見清志的父親，拜託他雇用自己兒子，可見父親有多擔心他。

「什麼沒關係？」

「你不是有話想說嗎？」

世之介也想坐起身，但他每要起身，就得先立起某一邊膝蓋，將它倒向一邊，再緩緩將身子側向一旁，接著以手肘慢慢撐起肩膀（以下省略），總之，得花不少時間。

見兒子那行動不便的模樣，父親既沒出手幫忙，也沒喊加油，只是靜靜盯著他。

「世之介，那你就好好記住今天吧。」他說。

「今天？」

世之介以手肘緩緩撐起肩膀……來到這裡時，他最後還是放棄，把頭靠回枕頭上。

「對，記住今天。在今年的歲末，你閃到腰無法行動，和來自鄉下的父親兩人擠在這狹小的房間裡，尷尬地共度著。你得牢牢記住。今天是你人生的谷底，接下來就是從這裡一路浮出水面。」

說完後，父親走出房間，腳步聲遠去。

「接下來就是從這裡一路浮出水面，是吧？」

世之介試著複誦說一遍。

在這種狀態下要他邁步走，是嚴苛了點，不過他覺得，就算閃到了腰，好歹還能在水中漂浮。

「接下來就是從這裡一路浮出水面。」

世之介又說了一次。與剛才相比，覺得自己能往上浮的感覺更強烈了。

他目光移向父親擺在地上的包包。是父親幾年前買的一個人工皮小旅行包，似乎從沒用過。父親想說這次難得上東京，就帶在身上，但因為是便宜貨，再加上時間久了劣化，表皮已開始脫落，光是帶在身上都教人難為情。聽說碎屑黏在西服上，在搭機時，從頭上的層架拿下來時，碎屑還飄落飛散。

父親不是為了告訴他這些事才來看他。不知為何，在聽父親說這些事情時，清楚地傳來父親在聽聞兒子被救護車送往醫院後，隔天便火速趕來的萬般思緒。

一月　這邊的新年

好冷。好冷。好冷。

一九九四年元旦早上，世之介在池袋前廣場原地踏步。他閃到的腰已大致康復，不過向來謹慎的他，就連原地踏步也很小心。

站前廣場滿是盛裝打扮的人群，可能是要去新年參拜。候客的計程車也別上注連繩飾品，洋溢著年節氣氛。

看著司機走下計程車，世之介朝冬日晴空伸了個舒服的懶腰，這時背後傳來一個聲音：

「新年快樂。」

回頭一看，是戴著大口罩的小濱。

「怎麼了？妳感冒了嗎？」世之介問。

「只是稍微跌了一跤，劃破了嘴角。」小濱皺著眉頭。

「跌了一跤？在哪裡？跌了個狗吃屎嗎？」

「嗯，差不多那種感覺。先不談這個，諸仔還沒來嗎？」

她似乎不太想談這個話題。

說著說著，諸仔慢條斯理地走來，戴著大耳機，肯定是在聽英語會話教材。
「新年快樂。」
世之介朝售票口走去，態度恭敬地問候。
「紅包拿來。」這時諸仔突然一本正經地朝他伸手。
「啥？」
「你不記得啦？去年過年，我包紅包給你，對吧？」
「啊……是有這麼回事。」
「因為去年我在上班，而你沒有工作。當時你不是說『要是我們立場互換，我也會給你紅包』嗎？」
「啊……我是說過。」
「喏，紅包拿來。」
諸仔把手伸得更前面。戴著大口罩的小濱也趁火打劫，跟在一旁伸手。
「等等，我可是打工族耶！而且還是在女友家裡幫忙。這樣你們還要跟我拿哦？」
兩人的手更靠近了。
世之介從口袋裡拿出為亮太買來的紅包袋。幸好五個紅包袋一百圓，給他們兩人後還有剩。
「去年我拿了多少？」
「一萬圓。」
「真的假的？拜託，這次就少一點！拜託啦！」

三人大呼小叫通過車站驗票口，一路衝上月台，準備前往櫻子老家。他們點了外送的年菜，要一起圍爐喝屠蘇酒，慶祝新年。

就連駛進月台的電車車廂，看起來也有因為年節而喝了幾杯小酒般的氣氛。

「我最喜歡的算是新年了。」

世之介望著車窗外流逝的東京街景，突然說道。

「你是指一年之中嗎？」小濱問。

「不，我指的是這世上的所有事物。」世之介莞爾一笑。

「還有很多其他的好東西吧。」諸仔在一旁插嘴。

「比如什麼？」世之介問。

「錢。一億圓。」

「不，那還是新年好……啊，抱歉。這不是真心話。」

三個人就這樣你一言我一語，充滿年節氣氛的電車載著他們三人，緩緩駛過元旦的東京街頭。

填街塞巷的人潮，如果不抓緊前一個人的衣服，恐怕會走散。這擁擠的盛況，從柴又車站一路延續到整排都是賣艾草糯米丸子的參道上，然後湧入帝釋天題經寺內。

儘管如此，元旦的人潮中個個都心情愉悅，不論是撞到身旁的人，還是誤踩別人的腳，大家都一團和氣。

「啊，不好意思。」

「不，沒關係。」

就像冬日的晴空，怡然舒暢。

在櫻子的老家大快朵頤，酒足飯飽後，因為機會難得，世之介一行人決定一起去寺廟參拜。

只有隼人和當地的朋友們一起去了光司家，然後直接去參拜，順便「飆車」。他興致高昂，還穿著日式傳統禮服出門。

在正殿前氣派的常香爐前，有個人專注地把白煙往全身撥——是諸仔。他喝酒的喜好和老爹一樣，可能是喝多了地瓜燒酒，紅著臉，一副幸福洋溢的模樣，沐浴裊裊白煙之中。

等得不耐煩的櫻子和小濱拉著諸仔的手，帶他來到正殿前，由老爹站中間，櫻子、世之介、亮太、小濱、諸仔等人站成一排，先朝香油箱裡投錢。

「啪、啪！」

世之介豪邁地高舉雙手拍了兩下，結果眾人群起攻之：「這裡不是神社！」

世之介重新振作精神，改為雙手合十。他看向一旁，發現亮太正往香油箱裡窺望，便將他一把抱起，抱著亮太雙手合十。

希望亮太擁有幸福的人生。

「啊！」

許完願的瞬間，他猛然發現，有生以來第一次為自己以外的人祈願。

睜開眼一看，眾人都還虔誠地許著願。

世之介再次雙手合十，斜眼偷瞄其他人，但他們遲遲沒有完成。過了一會兒，老爹離開，接著櫻子睜眼抬起頭來，小濱和諸仔還在默誦願望。

喂，你們許那麼多願，神明會覺得負擔很重吧。

就在他準備這麼說的時候，他們倆同時抬起頭。一臉舒坦，就像祈求的願望已經實現一般。

「你們兩個許什麼願啊？許這麼久。」

世之介受不了地問道。

「當然是祈求未來啊。我跟神明說，今後會全力以赴，請助我一臂之力。」

諸仔一臉認真地說，一旁的小濱也點頭附和：

「我也是這種感覺。」

「世之介，你呢？」小濱問。

世之介本想坦白他是替亮太許願，要是實話實說，應該會被當成好人。但他這個人天生小氣，覺得在他們兩人如此相信的帝釋天題經寺，只有他沒替自己許願，實在很可惜。

「抱歉，你、你們等我一下。」

他急忙想跑回正殿。

「你要去哪裡？」

「我要再去拜一下，我忘了替自己許願。」

「別去了，很難看耶。」

這麼一來，別說好人了，根本就像個貪心的傢伙，難看極了。

元旦這晚，就連池袋西口的鬧街都顯得冷清。但只要用心找，還是能找到營業的居酒屋。

「哦，他們有賣Hoppy呢。」

開心走進店內的，是新年參拜完的世之介和諸仔。

順帶一提，櫻子他們已經回家。小濱也說她之前沒做歲末大掃除，現在想回住處打掃，就此在車站道別。

這家店是繩暖簾搭紅燈籠的風格，所以單獨前來的男客在店內特別顯眼。這些男客們在吧台坐成一排，彼此間隔著一個空位。

「咦？」

率先發現的人是世之介。

「去年過年……我們也一起來過這裡，對吧？」

沒錯。去年在前方靠近廁所的座位，還講到「芳香劑味道太重」的話題。

「啊，真的耶。我也記得。」

「和一年前做相同的事，感覺我們一點都沒進步呢。」

「不一樣吧。去年元旦，我們各自從白天睡到傍晚，醒來後，你打電話給我，我才來到這裡。」

「啊，對哦。這麼說來，今年比較充實囉？我還抽到上上籤。」

「不過，想到那已是一年前的事，就覺得一年的時間……」

說到這裡，諸仔突然打住。

「喂，怎麼了？這樣教人很在意呢。一年的時間，你到底覺得是長還是短？」

「不，說著說著，連我自己也搞糊塗了。」

「你又沒想清楚就亂講啦？」

「不，應該算短吧，你覺得呢？」

「當然短啊。在那裡聊芳香劑，感覺就像昨天才發生的事。」

「是嗎？不過，仔細想想這一年來發生的事，你不覺得很遙遠嗎？我辭去公司職務，而你也不知為什麼開著改裝車，在汽車維修廠工作。」

「那輛車是隼人哥的……不過，這麼一想，芳香劑確實像是好久之前的事了。」

就在兩人你一言我一語時，生啤酒送上來了，在櫻子家明明已喝了不少酒，當下兩人還是一口氣就喝掉半杯。

「要點些什麼嗎？」

諸仔摸著肚子，打開菜單。

「我看你根本就不想點吧！」

「因為剛才看到艾草糯米丸子……對了，去美國之後，就吃不到糯子丸子了吧。」

「咦？你在意的是這個啊？如果真的去了美國，根本就沒辦法過年參拜啊。」

「啊，對哦。那怎麼辦？」

「就回來啊，過年總可以回來吧。」

「啊，說的也是。」

「沒錯。難得有這個機會，我就以朋友身分給你個忠告吧。諸仔，你這個人就是沒毅力，勸你最好要先有自覺。」

「自己沒毅力需要自覺？」

「對。因為你沒毅力，要是在美國覺得難過、寂寞，就別硬撐，直接回來。明白了嗎？」

「你這話我很難點頭贊同。」

世之介很認真地建議，但愈是認真，諸仔的心境愈複雜。

「對了，諸仔，你現在每天都在家裡做什麼？」

「都在學英語啊。」

「哦……不過，最近的你不像我認識的諸仔。該怎麼說呢，都這個年紀了，還打算從零開始，說要去美國留學，真的很有勇氣。」

「哦，如果是這點，我自己也這麼覺得。」

「對吧？因為你向來都沒有勇氣。」

「我知道。」

「但你現在卻打算去美國，不覺得很不簡單嗎？」

「嗯，確實不簡單……不過，這一切都拜你之賜。」

「為什麼？」

「因為你一直都還處在零的狀態，只要看到你，就覺得『不管什麼時候開始都不嫌晚』。」

搞不懂這句話是褒還是貶，不過世之介這時腦中浮現的，是前幾天父親勉勵他的那句話

「今天是你人生的谷底，接下來就是從這裡一路浮出水面了」。

諸仔也要浮出水面了，世之介由衷替他高興。但他自己當然不能一直原地踏步。

「諸仔，這一年我們倆可說是處在人生最低潮，不過現在回想，不覺得很快樂嗎？」世之介問。

諸仔差點點頭應一聲「嗯」，但他馬上不解地回了一聲：「嗯？」

「不不不，就是因為處在人生最低潮，才不快樂啊。」

難得諸仔會講出這麼像樣的話來。

高壓洗淨機的水氣還未散去，隼人已從架高的車身底下鑽出。

冬天的夕陽已下山，亮起橘黃色燈光的維修廠內充滿魔幻氣息。

「休息一下吧。」

就像一直在等老爹這聲令下，身穿兒童工作服、一直在外面等候的亮太，馬上走進維修廠。

他腰間繫著工具腰帶，雖然因為沉重的活動扳手、斜口鉗、鉗子，走起路來搖搖晃晃，但他還是蹲下身，修理起老爹用廢棄鋼材替他做的小卡車。

「對了，你那一百萬圓獎金，結果怎樣？」

世之介和平時一樣，手持相機拍著亮太，這時，關閉洗淨機的老爹突然想到似的，開口

詢問。

「那個啊，完全落選。」

老爹可能本來就對世之介的答案沒抱多大期待吧，誇張地露出失望的神情說：

「搞什麼啊，原本還想叫你帶我去溫泉之旅呢。」

世之介朝老爹的臉對焦，馬上按下快門。那張滿是油汙和塵埃的臉，皺紋無比深邃。

接著他將鏡頭對準隼人從車下伸出的腳。他不經意靠過去，窺探似的按下快門。

「你又在拍照了。」

隼人滾動附車輪的躺板滑出車下，露出受不了的表情，但還是擺出帥氣姿勢，盯著鏡頭。

「啊，這種照片我不需要。」

世之介冷淡地移開鏡頭。

「喂，隼人，休息一下。」

老爹說道，走去洗手。

「伯父，要喝咖啡嗎？我去泡。」

世之介問。

「我要喝。」

隼人搶先回答。

「有抹茶長崎蛋糕哦。」亮太說。

世之介為了張羅抹茶長崎蛋糕和咖啡走進家中，幾乎同時，客廳電話響起。

櫻子似乎就在電話附近，馬上接起電話。世之介經過她身後，前往廚房。

當他將茶壺裝滿水，準備燒開水時，傳來櫻子緊張的聲音。

「請、請等一下！我、我叫我哥來接！」

世之介拿著茶壺，從廚房探頭看。

櫻子打著赤腳朝維修廠奔去，以飛快的速度說：

「隼人！光司的母親打電話來！」

看不到隼人的表情，但緊接著下個瞬間，隼人直接穿著沉重的工作鞋踩進客廳。

「喂？是我，隼人！」

他握住話筒。

世之介仍拿著茶壺。流理台的水一直開著，發出嘩啦水聲。

「伯母！妳冷靜一點！」

客廳裡響起隼人非比尋常的聲音。

「叫救護車了嗎……？跟伯父聯絡了嗎？我知道。不會有事的，伯母，妳先冷靜一下！我這就趕過去！如果救護車先到的話，請他們送去五善會醫院，知道了嗎？」

隼人重重掛上電話，望向手持茶壺的世之介。

「不會有事的……不會有事的。」

他像在說服自己似的，一再重複，隨即衝出屋外。

世之介也不由自主地追出去。

但隼人已騎上速克達呼嘯而去，他只看到維修廠裡一臉擔心看著隼人離去的櫻子和老爹的背影。

「伯母說，光司的模樣不太對勁……」

櫻子猛然回神，說出光司的母親打電話來的情況。

「因為伯母很慌張，詳情我也不太清楚，不過她說，光司沒有呼吸……」

櫻子看起來還在慌亂，語無倫次。

老爹似乎也同樣無法冷靜，頻頻以毛巾擦拭他沒冒汗的臉，推著世之介和櫻子的背說：

「總之，還是去看一下吧。光司的父親在川崎上班，回到家得花不少時間。妳和世之介先去醫院看看。看要不要從家裡拿什麼過去，或是要和誰聯絡，總有什麼可以幫忙的吧！」

「我知道了，這就去準備。」

櫻子跑回屋內，世之介也急忙從倉庫裡牽出老爹的自行車。

他在維修廠前等候，換好衣服的櫻子直接坐向自行車後座。

「喂，妳身上有沒有帶點錢？隼人那小子沒帶錢包呢！」

正準備騎走時，老爹叫住他們，將自己錢包裡的錢全交給櫻子。

「那我們走囉。」

世之介站起身踩著自行車踏板，自行車搖搖晃晃地在寒風中騎在河堤道路上。

也不知道是哪一個禮拜天，世之介一如往常，沒事先說一聲就跑來找櫻子他們。

躺在沙發上的老爹告訴他：

「他們和朋友去迪士尼樂園了，你沒聽說嗎？」

經他這麼一說才想到，之前櫻子說過，國中時代的同學雅美，同樣也是單親媽媽，要帶她女兒來，四人一起出去玩。

老爹冷冷地說完這句話後，視線又投向電視。電視上正在轉播馬拉松比賽。

老爹沒招呼他：「既然都來了，就喝杯茶再走吧。」也沒對他說：「你沒事的話，就快回去吧。」

世之介是可以留下來一起看馬拉松轉播，但外頭是令人心情舒暢的晴空。

「請問隼人哥呢？」他問。

「在光司家。」老爹說。

世之介在之前河岸上的那場烤肉上見過光司。他沒其他事好做，於是決定詢問光司的住處，前去拜訪。

光司家離櫻子家不遠，徒步十五分鐘就能抵達，同樣是蓋在河堤旁的老舊獨棟房屋。屋子大門敞開。

「有人在嗎？」

他出聲叫喚後，在同樣敞開的紙門後方的和室裡，光司的父母都躺在地上，同樣在看馬拉松轉播。

「什麼事？」

光司的母親一臉不耐煩地轉過頭來，她的肥臀顯得又重又沉。

「請問，隼人先生在府上嗎？」

他沒報上姓名，直接詢問。

「他在樓上，你自己上去吧。」

說完後，她再度挪動肥臀，視線移回電視上。

「抱歉，那麼打擾了。」

世之介脫下鞋，發現右手邊的樓梯，他再次說聲「打擾了」，走上樓梯，踏板發出一陣嘎吱聲。

不同於老舊的一樓，一看就知道只有二樓重新改建。不過，這裡和一樓一樣，門窗完全敞開，舒暢的徐風吹進屋內。

似乎是為長期臥床的光司特別改建，面向河堤的東邊和南邊，幾乎都是玻璃窗，從略微架高的床上可以看見河堤的綠意和藍天。

隼人和臥床不起的光司一起看電視。他們看的是《超級變變變》的重播，正好是尼斯湖水怪跳水上芭蕾的畫面，隼人悠哉地喊道：「哦，真厲害。」

「隼人哥。」

世之介出聲叫喚。

「哦，你來這裡幹嘛？」隼人嚇了一跳。

「不，我剛好沒事做，因為櫻子他們去迪士尼玩了。」

隼人似乎對為何世之介來訪毫不在意，再度將視線移回電視上。

「你看，這尼斯湖水怪真厲害。」隼人一臉感佩。

仔細一看，光司似乎也很喜歡，緊盯著電視看。

世之介朝光司問候：「打擾了。」這時，他覺得光司的眼神像是在回他「歡迎」。

「這個應該會優勝吧？雖然剛才那個飛出來的繪本也很有趣。」隼人自言自語。

似乎不是因為世之介來才這樣。看起來，隼人肯定一直都像這樣邊看電視，邊和無法答話的光司說話。

可能是室內通風的緣故，這房間特別舒服，世之介自行拿了靠墊，坐在隼人身旁。

「如果你想喝可樂，就自己去樓下拿冰塊吧。這是溫的。」

聽隼人這麼說，世之介馬上起身應道：「那我去拿。」一點都不客氣。

「啊，去樓下時順便幫我丟這個。還有，跟伯母說一下『剛才的可樂餅，還是給我吃吧』，然後幫我拿上來。」

世之介一起身，隼人便請他拿垃圾，還吩咐他辦事，但仍覺得在這裡很自在。

他走下一樓，依言向伯母傳話後，伯母以肥臀面向他說道：

「就放在那個盤子裡，全部拿去吧。冰塊在冰箱。」

世之介從製冰機裡取出冰塊，放進擺在流理台的冷飲玻璃杯裡，並端著可樂餅回到二樓。

可樂餅早冷掉了，但還是很好吃。似乎是亮太愛吃的那家站前肉鋪賣的可樂餅。

隼人仍然看著電視。廣告時，他伸向盤裡拿起可樂餅，張口便咬。

「我也想參加。」

隼人突然說道。世之介以為他在自言自語，向他問道：

「參加什麼？」

「咦？哦。」

隼人似乎正要跟光司說話，因為聽到世之介的聲音嚇了一跳。不過，他看起來也認為世之介在場也好，至少有人可以說話。

「這種變裝遊戲，如果事先想好扮演的主題，一定搞不出什麼有趣的名堂。像這個『古羅馬船』就是，不是先想好要扮演古羅馬船才開始籌畫，而是看到小孩子排成一列的腳時，發現『這很像古代船的船槳呢』，所以才有趣。」

隼人看的明明是《超級變變變》，卻像在《討論到天亮》節目裡講美日安保條約一樣，講得無比投入。

「所以說，是在不經意的玩樂中發現……啊，有了。」

隼人突然想到什麼，衝下樓去。

世之介不知道他要做什麼，靜靜等候，只見他拿著舊絲襪回來。

「世之介，你把這個套上去。」

「我不要。」

隼人提出無理要求。

「你戴就對了，喏。」

面對遞來面前的絲襪，世之介一邊問道：「這伯母的？」，一邊套上頭。其實他也想參加

《超級變變變》。

世之介套上絲襪後，隼人左看右瞧，上下打量，並伸手拉扯，把他的臉往上提。

光司似乎也很好奇，視線投向戴著絲襪的世之介，看得津津有味。

「完全想不出點子。」

隼人是三分鐘熱度的人，他朝世之介的臉一陣揉捏後，宣告放棄。

世之介也站在鏡子前思考，但面對那些在電視中登場的傑作，他實在想不出更高分的點子。

隼人已回到他固定坐的椅子上看電視。光司似乎也膩了，同樣望向電視。

就只有世之介還不死心，面對鏡子，一會兒將絲襪往上拉，一會兒往兩旁扯。

總之，待在這房間很自在。

世之介心想，一定是有許多人的各種思緒，經過多年相互融合，才營造出如此自在的氣氛。

從廂形車的後車廂搬出冰桶的，是世之介和隼人。兩人合抱的冰桶，在去年夏天河岸上辦的那場烤肉中立了大功。但很遺憾，此時抱著冰桶的兩人，身上穿的是不合身的喪服。

兩人正抱著裝滿罐裝啤酒和果汁的冰桶前往人稱「淨身所」的等候室，為了等候已送去火化的光司。他的家人、親友們全都在這裡。

「世之介，你靠那麼近，會弄髒衣服的。這冰桶我急急忙忙拿出，沒事先好好擦乾淨。」

隼人擔心世之介身上那件租來的喪服。他因為在剛才的喪禮中哭到眼睛紅腫，看起來活像《四谷怪談》裡的厲鬼阿岩。

喪禮進行時，隼人完全不避諱旁人眼光，像孩子般抽抽噎噎地哭著。在光司父母的安排下，隼人坐在家屬的座位裡，列席者清楚看見他當時的模樣。

司儀宣布儀式開始，師父走進堂內，隼人似乎意識到將就此與光司天人永隔，頓時百感交集，嗚咽不止。就連早已習慣這種場面的師父，也在誦經時多次擔心地望向隼人。

光司的父親遞手帕給隼人，隼人擤得滿是淚水和鼻涕，之後光司的母親一把拿走手帕，收進手提包裡。

當然，光司的父母眼中也泛著淚光，但他們更擔心幾乎快要過度換氣的隼人，處在想哭卻哭不出來的狀態。

誦經結束，光司的父親起身致詞。

從這時候到列席者上香，隼人極力忍住嗚咽，但是當眾人開始將鮮花放在棺木上時，他一面叫喚「光司——光司——」，一面抱住光司的身體，最後封棺時，他已無法站立。

一旁的世之介馬上向前扶住隼人，隼人應該連有人攙扶著他也不曉得。

「伯母——伯父——」

他把臉埋進光司的父母胸前，不住嗚咽。

隼人的內疚和後悔，深切地直抵每個人心中。帶著無法承受光司的不甘心和悲傷的沉重情緒。

這當中也存在著愚蠢的行為，有被害人，也有加害人；有無法饒恕的罪過，無法治癒的傷痛。

大家雖然渾身是傷，仍極力想療癒傷痛。

當時列席者已有人跟著哭了起來。就連在一旁攙扶隼人的世之介，也在一股不知如何自處的情緒下，潸然落淚。

冰桶搬抵火葬場的等候室後，世之介和隼人朝列席者發送罐裝啤酒和果汁。

光司家的親戚並不多。據隼人說，光司的父親來自北陸，但年輕時離家出走後，便幾乎沒和家人往來。這次的喪禮也只有住附近的一位堂哥參加。另一方面，光司母親的娘家就位在隔一條河的千葉市川市內，但娘家只有年邁的父母和一位姊姊，而那位姊姊也沒孩子。

以結果來說，現在聚在等候室裡的，都是左鄰右舍。倒是因為光司的父母是自治會幹部，所以有不少人列席。

「你跟我到外頭一下。」

大致發送完飲料後，隼人找世之介出去。

世之介拿著自己的罐裝啤酒和起司鱈魚絲跟著他走。

來到火葬場外，有位像是停車場管理員的男子，用一個大暖爐升起了火。連大衣也沒披的世之介和隼人，在暖爐前取暖。

「啊，哭得真痛快。」

可能是難為情吧，隼人誇張地朗聲大笑。不過，想到光司，他似乎又想哭了，於是他邊開玩笑，邊粗魯地揉著眼睛。

世之介遞出一根起司鱈魚絲給他。

隼人很自然地接過。

「這十三年來，光司那傢伙真的很努力……一開始還有人說他撐不過三年呢。那傢伙真的很努力。」

隼人伸手又要了一根起司鱈魚絲。

「隼人哥，你也努力了十三年呢！」

世之介遞出起司鱈魚絲。

「不，我哪能和他比啊。」

可能千頭萬緒又湧上心頭，隼人的聲音微帶顫抖。

「既然……我這麼難看的一面都被人看到了，我就坦白說了吧。這十三年來，我一直在想，如果換作我是光司，不知道會怎樣？這十三年來，我沒有一天沒在想這件事。」

隼人就像硬擠出這一字一句般，道出他的真心話。

世之介或許可以有其他方式，但隼人每說一句話，世之介便遞給他一根起司鱈魚絲，以此替他打氣。

「不過，這樣還是很了不起啊。小時候父母或老師不也常對我們說嗎？要我們站在別人的立場想。如果這麼做，就能成為一個善良的人。這十三年來，你一直都這麼做。」

「我說……」

原本默默聽世之介說的隼人，突然壓低聲音，第一次將世之介遞來的起司鱈魚絲推了回去。

「世之介……光司他原諒我了嗎？」

隼人的臉上帶著恐懼。不管來的是流氓還是警察，都不會露出一絲怯色的隼人，以世之介從未見過的表情問他。

那還用說嗎，光司先生早就原諒你了——這樣回答很簡單，這樣就能讓隼人安心。這點世之介明白，但不知為何，他就是說不出口。

「我不知道……」

世之介坦然說道。

隼人臉色轉為蒼白。他一定滿心期待聽到好答案，才向世之介詢問。

「說的也是，這無法知道對吧。」

「對……抱歉。」

「所以今後我只能當自己是光司，思考這問題了。」

隼人從世之介手中取走起司鱈魚絲，放入口中。

世之介也咬了一口起司鱈魚絲。不知為何，感覺比平時還鹹，但還是很可口。

「辛苦了。很冷，對吧？」

剛才不知跑哪去的停車場管理員，此時朝他們跑來，世之介和隼人看他都快凍僵了，急忙讓位給他。

看男子一臉笑咪咪，世之介半開玩笑地問：

「發生什麼好事了嗎？」

男子笑嘻嘻地應道：「我兒子剛出生。」

「咦？」

世之介和隼人異口同聲發出驚呼。

停車場管理員馬上意識眼前的情況，向他們道歉：

「啊，抱歉，這時候說這種話。」

「不不不，完全沒關係。恭喜你！」

隼人馬上向他祝賀，世之介也不由自主地將手中的起司鱈魚絲遞給停車場管理員。

今天久違地平日休假。

從光司的喪禮到安放骨灰，隼人比誰都忙碌。老爹為了他，特地臨時休假一天。

世之介難得可以睡個懶覺，睡到快中午時，他想出外理髮，就此走出RISING池袋。當然是到他常去的那家理髮店，其實最近為了省錢，他都請櫻子幫他理髮，所以已有好長一段時間沒光顧。

「這位客人，好久不見。」

一打開理髮店的店門，一臉兇樣的理髮師熱情迎接。

「好久不見了。」

平日店裡沒什麼生意，老闆娘此時似乎也不在店內。

世之介在理髮師的引導下坐上椅子，環視店內。

「我還以為你搬家了呢。」

一臉兇樣的理髮師以熱毛巾替他擦頭。

「最近都請女朋友幫我剪。」

說到這裡，他與鏡中的理髮師四目交接。雖然理髮師面相凶惡的偏見還在，但許久不見，總覺得他的表情稍微變柔和了。

如果他是孕婦的話，世之介會很想對他說：「是女孩，對吧？」但他怎麼看也不像孕婦。

櫻子一開始提議要幫世之介理髮，是一如往常在購物，她替亮太挑選全新的理髮器時。

「咦？不要吧，我又不是小孩。」

世之介當時拒絕，但他望向一旁的亮太，後頸的髮際處理得很乾淨，可見櫻子的理髮技術不差。

從那之後，就都由櫻子代勞了。

對了，櫻子理髮的技術是不錯，但動作很粗魯。她會先在維修廠前的空地擺張椅子。當然，洗髮他自己來，所以世之介在浴室洗好頭後，在半乾的狀態下急忙來到屋外。

坐上椅子，櫻子替他繫上史奴比圖案的理髮披肩，不過這披肩還附別針，相當高檔，波浪裙的形狀，下襬往上反折，剪下的頭髮會留在反折處。

接下來櫻子拉他耳朵，一把抓住他的頭髮，最後還扭他脖子，一路剪下去。

這過程看起來像在施暴，最後用安全剃刀朝他後腦髮際處剃出整齊的青皮。理好後的模樣，與一般的理髮店相比毫不遜色。

對了，最近世之介也承接了櫻子的技術，替亮太理髮。基本上都一概理小平頭，所以很輕鬆，不過亮太都不肯乖乖保持不動。

世之介每次只要在這家理髮店亂動，一臉兇樣的理髮師就會一把按住他的頭，世之介也對亮太如法炮製。

「我拜託媽媽的事，她都忘光光。我該怎麼辦？」

每次只要一理髮，亮太話就特別多。他不論是在家中，還是在幼兒園，都是話不多，默默自己玩的孩子，不知為何，只有在理髮時說個不停。

「你媽忘了什麼？」

「全部都忘了。」

「到底是忘了什麼？」

「這個……我忘了。」

也不知亮太的個性究竟是執著還是大而化之。但在晴朗的午後，像這樣替亮太理髮，有種說不出來的奢華感。

在這處東京老街的河堤旁，竟然能有這種奢華感，老實說，世之介完全沒想像過。

「對了，過得還好嗎？」

世之介一聽到這句話，馬上對啟動理髮器替的理髮師應道：

「託您的福。」

「不是啦。我問的不是你，是你那位朋友。」

理髮師關掉理髮器。

「哦，小濱嗎？嗯，她過得很好。之前過年我們還一起去參拜呢。」

「這樣啊。那麼，她還是五分頭嗎？」

理髮師摸著自己的頭。

「不，已經留長了。不過，長度就像排球社的女生那樣。」

理髮器推向世之介後腦。

「感覺你氣質變不一樣了。」

理髮師突然透過鏡子端詳著他的臉。

「是嗎？」

「嗯，感覺臉上多了一份責任感。」

「咦？責、責任感是嗎？」

世之介急忙伸手摸自己臉。

「是責任感，又不是蕁麻疹。」

就像世之介感到驚訝般，理髮師也跟著慌張起來。

「不不不，咦？責任感？哎呀，因為我這個人打出生到現在都和責任感無緣呢。說到沒有責任感，就是我的代名詞！」

與其說這是謙虛，不如說是想為自己洗刷冤屈。

「等、等一下，這位客人，我是在誇獎你啊。」

就連理髮師也傻眼。

「說、說的也是。被人說有責任感，一般都不會生氣才對。」

世之介這才重拾平靜。

「是這樣的，之前我覺得你是個看起來有點輕浮的男人。如果對你這樣說，應該會被你罵吧。」

「不，我不會生氣。因為有時候連我也覺得自己有點輕浮。」

「不過，與之前相比，感覺你現在的人生多了一股份量感。」

「真的嗎？其實我自己也隱約有這種感覺，不過都沒人跟我說，所以我還當是自己想多了呢。」

世之介這下子反倒有點得意忘形，理髮師似乎有點受不了，用力將他的頭往前按。

世之介本想對他說：「你氣質也變了，感覺表情柔和多了。」以此當回禮，但直接用「你」稱呼有點怪，叫他「理髮師先生」也不太對。

叫大哥有點太親暱，叫老闆，他又還年輕。當然，如果叫他「少年耶」，肯定馬上挨揍。

世之介重新望向鏡中理髮師的臉。

——啊，也許他真的結了婚，還有了孩子呢。

雖然心裡這麼想，最後還是想不出該怎麼叫，於是他決定什麼也不說。

理完髮，世之介清爽地走出店外。

好久沒享受理髮師的專業了，果然不是外行人能比。理髮器推過的後腦髮際，就像穿上新衣，抹了芳香刮鬍泡刮過鬍子的臉，彷彿不是自己的臉一樣。

世之介走出店外，大大伸了懶腰，望向映照在店面玻璃上的自己。與之前相比，感覺人生多了一股份量感。

理髮師的話在他耳畔響起，他忍不住莞爾。

「我也開始有責任感了，是吧。」

雖然只是比之前多了那麼一丁點，但世之介還是非常引以為傲。

二月　雪景

這是個受大陸寒流籠罩的週末夜。

雖說是在霓虹閃爍的池袋鬧街上，但不只行人，就連柏油路和看板也都完全凍僵似的。

在這樣冷颼颼的夜晚，想來個熱呼呼的火鍋解饞的，似乎不光世之介他們，他和諸仔來到的這家店，是從去年便紅翻天的牛腸鍋店。最後只坐到廁所旁的吧台角落，看店內人山人海，感覺光是有座位就已經是奇蹟了。

順帶一提，挑選這家店的，是很愛跟流行的諸仔，可是一旦點餐後，他又舉箸難下。

幸好世之介在博多吃過牛腸鍋，深愛這一味，但諸仔也不知道是嫌牛腸鍋油膩，還是怕內臟給人的感覺。

「諸仔，你不用勉強自己吃。」

「我沒勉強。」

「你點別的不就行了嗎？生魚片或炸雞之類的。」

「我不是說了嗎，我沒勉強自己，牛腸挺好吃的。」

「不不不，你從剛才就一直沒動筷子，偶爾也只是從鍋裡夾起韭菜來吃。」

「我也夾牛腸啊。」

「別生氣嘛。」

「我沒生氣。」

諸仔看起來明明就在生氣，但他本人似乎很想跟風，只見他強忍著將牛腸送進口中，模樣令人同情。

因為是過年後第一次見面，本以為會比較有話聊，但見面後還是無話可說。

話雖如此，若問到他們以前一個禮拜見兩、三次面的時候，是否就有聊不完的話題呢？倒也不是，簡單來說，就是因為有話要聊才見面而成了固定模式，但世之介發現，世上也有一些朋友，就是因為沒話聊才想和對方見面。

可能是勉強自己跟風的緣故，最後顯得興致索然的諸仔說：「明天我要留學的語言學校有一場升學輔導，所以我要回去了。」酒類暢飲的時間一結束，兩人便匆匆離開店家。

不過，從位於地下的店家來到戶外後，兩人不約而同發出驚呼。

池袋明亮的夜空，竟然飄下細雪。

「哇，下雪耶！」

世之介不自主的說道。

「哇，下雪耶。」

一旁的諸仔同樣也敞開雙臂。

「等你去了紐約，不就能看到更漂亮的雪景嗎？」世之介說。

「或許吧。我看史汀的ＭＶ，雪下得好大呢。」

「你也會豎起厚重大衣的衣領，走在冒著蒸氣的鬧區小巷，對吧？」

「感覺很冷。」

「啊，我買條圍巾送你當餞別禮吧！」

「不用啦，我有。」

「那麼，送你暖暖包如何？」

「啊，這個好。美國好像沒有。」

兩人你一言我一語，走在浪漫通上，街上每個人都抬頭仰望細雪飛舞的夜空。

「後會有期，諸仔。」

「嗯，再見。」

來到半途，兩人道別。世之介走在他習慣走的道路上，回到自己的住處。這段時間，細雪愈下愈大，擺在路旁的腳踏車座墊、丟棄在路邊的空罐，都開始積起薄薄一層雪。

不知道明天會不會積雪。

世之介光是想像一片銀色世界的東京，就高興得想邊跳邊走。

因為機會難得，他想買點酒回家，很有情調地在房裡喝酒賞雪，於是他順道繞往平時常去的那家便利商店。而總是這個時間在店內的用餐區用餐裹腹，南美洲裔的娼妓們，因為難得看到下雪，興奮得臉泛紅潮，全都來到店門口。

她們發出歡呼，似乎是在說「下雪了。」「第一次看到！」「我去年也見過。」「哇，妳看，雪馬上就融了！」「好冰！」「會積雪嗎？」世之介靠近時，之前多次會問他「小哥要玩嗎？」的女子，改對他說「Snow」，這是她第一次說出「小哥要玩嗎？」以外的話。

「Yes, snow!」

世之介也指著夜空微笑，就像天空破了個洞似的，降下更多細雪。

下雪的夜晚，她們討生活穿的衣服顯得單薄。但在這片細雪中，她們開心仰望天空的側臉，說不出的迷人。

隔天一早，世之介迫不及待前往櫻子家，比他更迫不及待的亮太，穿得一身圓滾滾地等候他來，世之介早料到了。

順帶一提，昨晚下了一整晚雪，將東京街頭變成銀白色世界。

「抱歉、抱歉。下雪的關係，總武線一直走走停停。」

世之介馬上解釋，而已經戴好毛線帽和手套，一身防寒裝備的亮太，就像一秒也不想浪費般，馬上把腳套進長靴裡。

「那麼，我們走囉，亮太就麻煩你了。我們三點就會回來。」

一身喪服的櫻子，將佛珠遞給老爹，來到玄關。

「那位姑姑，你們有往來嗎？」

世之介一面幫亮太套長靴，一面詢問。

「最後一次見面，好像是我小一、小二的時候吧。」

櫻子側著頭尋思。

「她是很典型的壞心眼老太婆，所以很不想和她見面。」

老爹如此說道，接過櫻子遞來的佛珠，粗魯地放進口袋。

「也不知道她是看什麼不順眼，總之很會雞蛋裡挑骨頭，根本沒辦法跟她好好說話，她永遠只說自己想說的話。例如我對她說：『不，姊，話不是這樣說吧？』講出任誰聽了也覺得不會錯的見解，她卻還是能回一句：『我可不這麼認為！』」

看起來當時不愉快的記憶浮現腦中，老爹邊罵邊穿皮鞋。

「爸，你穿皮鞋沒問題嗎？」

「說的也是，這樣沒辦法走到車站。」

「我都把鞋子放紙袋裡，穿運動鞋過去。」

「也對，那我也這麼辦吧。」

大人覺得下雪是件麻煩事，亮太注視著他們，就像在說他們不懂情趣似的。被迫等了這麼久，最後卻還出現是要穿皮鞋還是運動鞋的選擇題，就算對象不是年僅三歲的亮太，也會覺得這一點不重要。

「抱歉，亮太，我們走吧。出發！」

世之介一把抱起穿得圓滾滾的亮太，說了聲「我們走囉」，衝進銀白色的世界。

「鑰匙放在老地方。還有，我們三點就回來。」

後頭傳來櫻子的聲音。

雪雲已完全散去，在蔚藍的冬日晴空下，維修廠前的廣場、道路，以及尚未留下任何足跡的河堤，都閃耀著銀白色光輝。

亮太想爬上河堤。

「啊，對了，你等我一下。」

世之介跑回維修廠，拿來一個塑膠桶的桶蓋，準備當雪橇。

他和亮太一起爬上河堤的陡坡。

化為一片雪白的河岸，沐浴在冬陽下，光芒刺眼。或許是雪景讓人喪失遠近感的緣故，在遠方操場上四處奔跑的小狗感覺很近，但在附近堆雪人的孩子們看起來卻覺得遙遠。

「亮太，要不要用這個滑滑看？」

世之介將塑膠桶的桶蓋放在河堤上。

「很危險耶。」

亮太顯得怯縮。

「不會有事的，我先示範給你看。」

話才說完，世之介已將桶蓋翻面坐了上去，俐落地屈起雙膝，藉由反作用力挪動臀部，原本在斜坡上緩緩移動的桶蓋，突然一口氣往下滑落。

在陡坡上失去平衡，桶蓋轉了一圈，世之介的身子被拋飛出去。不過拋飛的落地處，是還沒人踏過的柔軟雪地。

世之介發出一聲慘叫，但他似乎很享受雪的觸感，一路滾下河堤。當他滾到河堤下停住時，從上頭滑下的桶蓋剛好打中他的頭。

在上面看的亮太就不用說了，就連在附近堆雪人的孩子們也都哈哈大笑。

「太危險了。亮太，你還是從下面一點的地方滑比較好。」

世之介一面說，一面單手拎著桶蓋跑上積雪的河堤，這時亮太也從上方滑向他身邊。

「聽好了，你從這裡開始滑。」

世之介擱好桶蓋，讓亮太坐上去。

「好囉。」

他對著亮太背後一推，可能是桶蓋大小適中正好支撐亮太的體重，只見他優雅地滑過積雪的斜坡，光在一旁看都覺得賞心悅目。

「亮太，你滑得真好。」

「好快哦，一下就到了！」

或許是被亮太華麗的滑行所吸引，原本熱衷堆雪人的孩子們，在世之介滑的時候顯得興趣缺缺，但這時全都跑來喊著：「也讓我滑吧！」

「好，一個一個來。排好隊。」

在世之介的號令下，同樣穿得圓滾滾的孩子們排成一排。

「喂，世之介！」

這時，河堤上方傳來隼人的聲音。仔細一看，披著棉襖剛起床的隼人，一副冷得直打哆嗦的模樣，朝他揮著手。

世之介將桶蓋交給當中看起來最年長的女孩。

「隼人哥，你不用去參加喪禮嗎？」

他一面問，一面走上河堤。

「昨晚我去過了，不去沒關係。總之，她是個壞心眼的老太婆。」

雖然嘴巴上這麼說，但是這位姑姑過世那晚還是前往探視，這點很像隼人的作風。

「先不談這件事……你看這個。」

隼人從棉襖裡頭取出一個信封。

「這什麼啊？」

「其實，我擅自將你拍的照片寄去參賽，結果你看！」

信封已拆開，隼人取出一張紙來。

「你看，佳作。」

隼人攤開的那張紙上，確實印有「佳作」兩個字。

「這、這什麼意思？」

「我不是說了嗎，我把你拍的照片寄去參賽。之前你不是給我這張照片嗎。我和老爸在維修廠裡工作時，你拍的照片。」

「咦，是那個嗎？」

「沒錯。聽說獎金有三十萬圓，所以我就寄去試試。結果入選了。」

「這、這是什麼時候寄來的？」

「剛剛。我去看信箱的時候，它就在裡面。」

世之介仔細讀著那張他贏得佳作的獲獎通知。雖是從沒聽過的地方市鎮主辦的攝影比賽，但確實有人肯定他拍的照片。

「不過，佳作沒有獎金。喏，獎品是山葵醬菜。」

隼人一臉沮喪地說道。但站在世之介的立場，不管有沒有獎金，不管獎品是他不敢吃的山葵醬菜，還是其他古怪東西，都無所謂。因為是有生以來，第一次有人在公開場合肯定他拍的照片。

「太好了，我成功了！」

世之介如此低語，忍不住舉起雙手。

喜悅之情逐漸湧現。

「第一次有人肯定我……」

接著他發自內心地高喊三聲萬歲。

「萬歲！萬歲！萬歲！」

世之介的聲音傳向眼前沐浴在冬陽下的這片雪景。

●

電視上談話性節目正在聊今早同樣隆重舉行的帕拉林匹克運動會的賽事結果。帕拉林匹克運動會主辦方很擔心這股令全日本為之沸騰的狂熱，會隨著先前舉行的奧運落幕而冷下來。結果開幕後，東京就不用說了，全日本都對帕拉林匹克運動會投以熱情的眼光。

他站在電視機前，觀看昨晚舉辦的上肢身障選手的田徑比賽結果。

「小亮，你還那麼悠哉啊？」

不知何時，妻子千夏已站在他身旁。

「嗯，我要出門了。」

「你不是要去接安藤嗎？」

「不，安藤會搭教練的車過來，所以我直接去競技場。」

「這樣啊，那你還有一點時間囉。」

千夏摩挲著已明顯隆起的肚子，打開鋁門前往庭院，頓時蟬鳴聲湧進屋內。

這是位於東京郊外的一棟小公寓，一樓的每戶人家都有一座可以晾衣服的小庭院，對面是一座大公園。所以每到夏天，到處滿是昆蟲，不過環境僻靜，猶如生活在森林中。

「今天我也會和媽媽他們一起去加油。」

千夏一面晾衣服一面說道。

他不經意站向鋁門的門框上，往庭院探頭。

「媽媽又要擔心了。」

當然，三個禮拜前舉辦的奧運馬拉松比賽，千夏原本也要和婆婆櫻子以及外公重夫一起到競技場替亮太加油。但因為有電視台人員的採訪，而且得在大太陽下從競技場前往二十公里處以及三十五公里處加油，再加上有孕在身，正逢關鍵時期，為了安全考量，那天千夏留在家中觀賽。

千夏說，看到丈夫在一大群觀眾的圍繞下，以第十一名的成績抵達終點，她淚流不止。

實際上，千夏所言不假，大賽都已經結束三個禮拜了，現在她幾乎還是每晚都會看比賽的錄影畫面。

「是的，日吉亮太選手即將抵達終點。觀眾們全都起立，想要迎接日吉選手的到來。而森本選手也站在終點處。」

「日吉選手這次真的是表現優異。排名十一，但我認為這相當值得驕傲。我們也很以日吉選手為榮。」

聽到播報員這番話，她至今仍舊熱淚盈眶。

「妳也該看膩了吧？」

最近連他也覺得受不了，笑著說道。

「世人談論的都是得金牌的森本選手，所以在我們家，我決定要力捧小亮。」

也不知道妻子這番話是在安慰，還是在開玩笑。

事實上，從比賽結束那天起，金牌得主森本連日受邀上電視。

「我該走了。」

他朝晾衣服的千夏望了一眼，說道。

可能是聽到他的聲音，隔壁的太太從樹籬探出頭說：

「今天有帕拉林匹克運動會的馬拉松，對吧？我會在電視前替你聲援，加油哦。」

樹籬處千夏和這位太太種的玫瑰開得正紅豔。

原本在跑奧運之前，他便已決定擔任安藤拓真選手的陪跑員，在今日舉行的帕拉林匹克運動會的馬拉松中出賽。

視障的安藤是一位跑步能力出眾的選手，亮太很久以前便聽過他的傳聞。就在幾年前，他一聽說安藤遲遲找不到適合的陪跑員，就忍不住毛遂自薦。

從那之後，兩人的關係簡直就像是兩人三腳一般，有時會為了練跑方式爭執，有時會因為運動選手的自負和尊嚴起衝突，但最後還是順利在東京奧運和帕拉林匹克運動會中出賽。

當然，亮太正式獲選為奧運代表選手時，奧委會建議他辭去安藤的陪跑員。事實上，因為賽前很臨時的決定，練跑安排預料也會變得更困難，所以他也向安藤說出真心話。

「雖然時間上會有一些不方便，但我還是想和你一起跑，我不認為會因此影響到我的比賽。」

幸好安藤也抱持同樣的念頭，兩人立誓：「既然這樣，就讓世人看到我們的努力吧！」

「那我走囉。」

他走出玄關時，千夏特地穿上涼鞋來送行。

「一路順風，要小心哦。」

千夏朝他肩上一拍，他微笑道：「沒問題。」

「咦？」

這時，千夏拿起信箱裡的信封。

「小亮收。日吉隼人？這是誰啊？」千夏遞給了他。

「啊，是我舅舅，媽媽的大哥。」

「哦，那位跑船的舅舅，是嗎？」

「對對對……沒時間了，信我帶走了。」

他接過信封，塞進背包裡。

很不巧，前往車站的公車上，因為擠滿了人，無法讀信。前往新國立競技場的電車上更是人潮擁擠。

在擁擠的電車內，他緊抓吊環。當初和隼人舅舅、世之介哥哥在汽車維修廠前廣場嬉戲的記憶隱約浮現腦海。

那是假扮大狗的世之介哥哥追著他跑，隼人舅舅烤地瓜給他吃的畫面。但那時候他才三、四歲，與其說是記憶，不如說是從手中的照片拼湊起來的印象。不過，當時隼人舅舅和世之介哥哥的聲音清楚地在耳畔響起。當他們兩人抱起他時，感覺又近了一點的天空，以及可眺望遠方的景色，一一浮現腦海。

那也是當時的事嗎？在一個大雪飄降的日子，自己在河堤上玩雪橇。

也許是因為有照片，所以現在還記得。當時不知不覺間聚集了許多住附近的孩子，把世之介哥哥帶來的塑膠桶桶蓋當雪橇，一再從斜坡上滑下。

後來隼人舅舅應該是從維修廠裡帶來許多像是能當雪橇的東西。當時滑下河堤的飛快速度感，從雪橇上被拋飛、在雪地打滾時那冰冷的觸感，至今記憶猶新，說來真不可思議。

他特別記得這時候的事，有其原因。

這天，世之介哥哥參加攝影比賽的結果寄到了家中。那是一處沒聽過的地方市鎮舉辦的小型攝影比賽，而且不是贏得大獎，而是不上不下的佳作。不過世之介哥哥說：「被人肯定的感覺真的太幸福了。」後來動不動就對他提到那天發生的事。

「當時我和你在河堤玩雪，穿著棉襖的隼人哥睡眼惺忪帶著信封走來，而那個信封裡頭……」

「安藤，狀況怎樣？」

在競技場的選手休息室，手持白手杖的安藤和教練們一起現身。他邊喚安藤，邊伸手搭向他肩膀。

「嗯，還不錯。」

就像安藤說的，他氣色不錯。

「先換裝，開始暖身吧。」

在他的指示下，安藤開始換裝。

在等候安藤換裝時，他與檢查鞋墊的真鍋教練交談，針對比賽時的氣溫做最後確認。

陰天是比較好跑的天氣，但有可能在比賽終盤時下雨。

各國選手開始朝休息室聚集。在笑聲四起的祥和氣氛中，依舊充滿國際賽事的緊張感。

安藤換好衣服後，他陪同前往暖身賽道。暖身時，安藤突然對他說：

「亮太。」

「怎麼了？覺得跑鞋不對勁嗎？」

「不，不是……」

「不然呢？」

本以為安藤是賽前緊張，他刻意以輕鬆的口吻詢問。

「在比賽前，請聽我說句話。這次的比賽不管結果如何，我都很慶幸你能陪我跑。」

「幹嘛這麼正經八百啊！」

「過去一路跑來，我受過很多人關照，但只有亮太你不一樣。你是為了獲勝而督促我。像我們這樣的選手，只要能完賽就令人感動了，我們一直都是以這樣的立場面對世人的眼光。但只有亮太你打從一開始就是認真的，你認為感動並不重要，重點是要超越前面的人，哪怕只有一個也好。我清楚接收到你的心意。」

安藤可能是愈講愈難為情，頻頻搔抓自己的鼻子。

「既然這樣，今天同樣也要超越前面的人，哪怕只有一個也好。」

他就像在為安藤的難為情解圍般說道，安藤似乎也感受到他的激勵。

「我會超越的。像平時一樣，一路撐到後半，最後再一口氣一一超越。」

安藤又恢復平時的強悍。

與安藤一起輕鬆跑在練習用的跑道上時，不知為何，亮太突然想起世之介哥哥。連他自己也不懂，為何今天老想起世之介哥哥。當然了，今天並不是他的忌日。

浮現腦中的，是世之介哥哥騎著腳踏車陪跑的模樣。在江戶川馬拉松大賽的小學生組贏得優勝，是這一切的開端。

之後，在大賽主辦方以及學校老師的建議下，他在東京和千葉舉辦的馬拉松大賽中登場。比賽前，一直都是世之介哥哥陪他練跑。有時會陪他一起跑，如果因為工作太累，就騎腳踏車陪跑。如今回想，小學生的馬拉松大賽，根本就像在玩遊戲一樣，但世之介還是很認真替他加油。明明只是在荒川的河堤上跑步，給他的感覺就像在奧運中出賽似的。

剛好那時候起，他開始和生父見面。他並不排斥，但也沒多大期待。

當時最快樂的事，就是和世之介哥哥一起在河堤上跑步。因為他老想著自己與生父的事，有時和他見面後，許多複雜心情充塞心頭。不過，那到底是怎麼樣的一種心情，他自己也說不上來，就只是慌亂、生氣、難過。

然而，和世之介哥哥一起在河堤上跑步，複雜的心情便煙消霧散。當時覺得，只要和世之介哥哥一起跑，一切一定都會往好的方向邁進。

國中時，他如願加入田徑隊。雖然不是田徑名校，社團倒是表現出色。不只是從同學們身上，從學長和教練那裡也獲益匪淺。最重要的是，過去他自成一格的跑步方式，現在能受到正統且專業的指導，他每天都深切感受到這份喜悅。

那應該是國一學期末的事吧，世之介哥哥和平時一樣，一派輕鬆地到家裡來玩，邀他一起去慢跑。

「今天我練跑很累，就不去了。」

他第一次拒絕。

世之介哥哥看起來略顯落寞，但顯然還是想關心一下，例如國中田徑隊都從事怎樣的訓練、現在他跑步的秒數成績等。

當時自己是什麼心情，老實說，他不記得了。當然，他並不討厭世之介哥哥。唯一一點可以確定的是，一一回答這些問題很麻煩。

「世之介哥哥，你可以不用再陪我跑了。要是繼續用自己的方式跑，姿勢會很奇怪，而且我光是社團活動的訓練習就已經很累了……另外，這樣不太好看。我們又不是父子，但我卻老是和你在河堤上跑步，就像你是我爸似的，別人會笑我。」

這是國中生率直的感受，當然本意並非傷人的話語。

「幹嘛用這種小大人口吻說話。」

世之介哥哥對他說道，朝他腦袋敲下。

如今回想，他明白那肯定是世之介哥哥表現心中落寞的方式。但對正處於青春期的國中生來說，被人敲頭只會感到不耐煩。

世之介哥哥倒也不是從那之後就不再來了。之前原本是一個月來一、兩次，後來變成有時候一整個月沒來，接著是整整兩個月沒來。不過，他國中的生活每天都很充實，以致對這樣的間隔渾然未覺。

記得最後一次和世之介哥哥見面，是國中畢業典禮當天。

母親問他：「畢業典禮可以找世之介來嗎？」他回答：「當然可以。」但他對世之介並沒有什麼特別的情感。

當時他已接受入學推薦，要到田徑名校就讀。畢業典禮結束後，還要和田徑隊的同學及學弟們一起參加謝師宴，沒時間和世之介哥哥促膝長談。

當時在校門前含苞待放的櫻花樹下，與母親以及難得穿上體面西裝的世之介哥哥，三人一起合照留念。也許也是因為手上有這張照片，才記得這件往事。

總之，只記得當時拍完這張照片後，他說了：「快來不及參加謝師宴了，那我走囉。」就此擱下他們兩人，快步朝同學追去。

上了高中後，他更全力投入徑賽練習。每天早上上課前先晨練，放學後進行正式訓練。社團活動結束後，還到母親幫他找的私人健身房重訓。

辛苦果然沒有白費。高中時代他的跑步成績大幅成長，像國民體育大會、全國高中綜合體育大賽、國際大賽等，可以發揮能力的場合愈來愈多。

他是在大一那年得知消息。那一年在中國廣州舉辦亞洲田徑銀標賽，他獲選為重點培訓選手。接到那通電話時，他正在美國波德市的集訓宿舍。

打電話來的是父親宮原雅史。

這幾年別說見面了，就連講電話的機會也沒有。父親報上姓名之前，根本沒聽出來他是誰。

起初他以為父親因為工作而在美國某處。但父親的語氣凝重，接著說：「橫道世之介先生，過世了。」

亮太一開始非但沒意會過來，甚至還覺得是父親在跟他開低級玩笑。

「你在胡說什麼啊！」

他想不到忍不住笑了起來。然而……

「聽說是在電車事故中喪生。為了救一名掉落鐵軌的女性，橫道先生和一名韓國留學生跳下鐵軌，但最後來不及逃出……」

真想不到。世之介哥哥喪命的事，他難以想像，但世之介哥哥為了救跌落鐵軌的人，而跳下鐵軌救人的身影，馬上浮現他腦中。

之後父親在電話那頭又說了好一會兒，但幾乎沒有一句傳進他耳中。

可以確定的是，這段時間裡，他努力想憶起世之介哥哥的事。明明一起度過許多快樂的時光，一起歡笑，明明是那麼喜歡世之介哥哥，但偏偏在這時候想不出半點美好回憶。

此刻浮現腦中的，就只有他告訴世之介哥哥「你可以不用再陪我跑了」時，被他敲了一下腦袋，對此感到不耐煩的自己。

「選手們陸續跑回田徑場上，已經看到安藤拓真選手的身影！雖然錯失金牌，目前排名第七，步伐穩健地跑回田徑場上！」

「安藤選手跑步的姿勢真帥，有許多地方值得我們效法學習。」

「不過，他在三十五公里處跌倒，真的太可惜了。」

「給水處一陣混亂，造成嚴重的意外狀況。因為速度很快，加上帕拉林匹克運動會馬拉松有陪跑員，一旦撞在一起很可能會受重傷。」

「事實上，跌倒的四名選手當中，有兩位當場棄權。另一人跑了一公里後，也決定棄權。只有安藤選手跑回來了。」

坐滿國立競技場的觀眾，加油聲像地鳴般傳來。

感覺他和安藤兩人不是跑在競技場內，而是跑在加油聲中。人們的聲音推著他們的背，拉著他們的手往前邁進。

「安藤！聽得到這個聲音嗎？」

他忍不住問道。

安藤雖然痛苦，但還是用力點頭回答：「有！」

安藤得保護著跌倒時扭傷的腳踝，持續向前跑，他的痛苦透過緊握的繩索傳來。

途中亮太告訴安藤，為了今後著想，棄權也是個選擇，但安藤堅持不肯。

在場內跑道上繞起圈後，人們對安藤的加油聲更響亮。他腳踝的疼痛應該已超越極限，但就像要回應眾人加油似的，安藤揮動手臂，向前邁步。

彷彿不願輸給這些加油聲般，他也在一旁死命地叫喚。

就快到直線跑道了！

振作一點，撐到最後！

剩下一百公尺了！

我們衝吧！衝啊！

四十分十秒！

剩下八十公尺！

有機會挑戰你的最佳成績！

辦得到！你辦得到！

剩下六十公尺！

我要放開繩索囉！

往前跑！

直直地去！

剩下四十公尺。

四十分三十秒。

可以的，你一定辦得到！

就是這樣，往前跑！

維持這樣直直跑下去！

安藤！

直直地住前跑！

「所以我不是一再跟你說嗎？穿一般的服裝不就好了！」

櫻子強忍著她少女時代風格的口氣，在世之介耳邊出言恫嚇。

順帶一提，包括亮太，他們三人在某個會議室裡站成一排。這間會議室是M市地區振興課的辦公室，空間不算狹小，也稱不上寬敞。每年依慣例由M市地區振興課主辦攝影比賽，今天是頒獎典禮，所以靠向辦公室角落的桌子上擺放了聊表心意（真的只是聊表心意）的三明治和點心。當然，雖沒有高檔的香檳，也有罐裝啤酒、Chu-hai水果調酒、一點五公升大罐裝的烏龍茶和可樂，一旁附有紙杯。

在這種略微寬敞的會議室裡，主辦方的M市職員們，趁工作空檔聚集於此，正因為是工作空檔，他們有的腳下套的是辦公室裡穿的涼鞋，有的穿開襟羊毛衫，女職員們拎著休息時的小提袋。

當中唯一穿得比較正式的，是穿西裝的代理課長，他是主辦方代表。不過他看起來個性內向溫吞，不知為何一直待在門口附近不肯移動。

正因為這樣，盛裝出席的世之介三人看起來特別顯眼。

今日受邀前來的，是金牌、銀牌，以及佳作三人。贏得金牌的男性外型粗獷，怎麼看都像是專業攝影師，而銀牌的那位大學生，則是一副要去便利商店的模樣。只有得佳作的世之介他們，像是要參加幼稚園的畢業典禮，或是小學入學典禮的全家福，顯得鄭重其事。

順帶一提，身穿香奈兒風（就只有看起來像）套裝，一早甚至還去了一趟美容院的櫻子，與現場氣氛最不搭調。西裝胸前口袋裝飾著方巾的世之介，與穿著短褲，繫著領結的亮太，也與她相去不遠。

因為這緣故，當主辦方致詞時，櫻子一直在世之介耳邊出言恫嚇：「所以我不是一再跟你說嗎？穿一般的服裝不就好了！」她確實令人同情。

事實上，可能是對他們三人寄予同情吧，當主辦方致詞結束後，現場的職員們有人特地回去拿西裝外套來，也有人將涼鞋換成皮鞋。照這樣來看，很遺憾，這三人的突兀，並非是他們自己有被害妄想。

早先櫻子就頻頻對世之介說：

「這種小規模頒獎典禮，穿一般便服去就行了吧！」

但世之介相當堅持。

「不，這種情況，禮多人不怪。」

話雖如此，當主辦者致詞完畢，一位自稱是評審的老攝影師結束又臭又長的講評，宣布「那麼，就請大家與得獎者盡情暢談吧」時，世之介他們三人已被周遭視為「古怪一家人」。正因如此，走進這間辦公室就一直盯著桌上點心的亮太朝點心衝去時，眾人反倒沒投以異樣眼光。

走到這一步，就再也管不住亮太了，世之介決定將他交由那些看起來很喜歡孩子的年輕女職員照顧，自己終於能喘口氣，和櫻子以罐裝啤酒乾杯。

「自從沒在池袋的酒店工作後，就沒再穿這雙包鞋了，現在穿起來好痛。」

「是妳的腳變粗了吧？」

「為什麼會？咦？腳變粗了嗎？」

「開玩笑的。」

「應該說，為什麼我穿這麼漂亮卻到這裡來領山葵醬菜啊？」

「這可是佳作的獎品山葵醬菜耶，與眾不同。」

兩人說個沒完，這時，他感覺背後有人。

轉頭一看，那位擔任評審，講評又臭又長的老攝影師就站在後頭。

「啊，要來罐啤酒嗎？」

世之介很貼心地幫他拿了一罐。

「啊，謝謝。」

接過啤酒的老攝影師打開易開罐拉環時泡沫飛濺，頓時慌了手腳。

櫻子馬上拿手帕借他。他沾滿泡沫的臉和鬍子還能擦乾淨，但噴溼的襯衫可就沒辦法了。

不過，他本人倒不以為意。

「你是橫道老弟對吧？你的照片拍得真好。」

他自顧自地說了起來。

「我雖自認有才華，但這還是第一次被人誇獎。我到現在仍懷疑，這會不會是什麼惡搞的偷拍節目呢。」

「像你這樣的普通人，怎麼可能會有惡搞偷拍節目拍你。那只有名人才有資格。」

「說、說的也是。」

感覺是個不太討喜的老先生。

「你的照片好在哪裡，你自己知道嗎？」

「好在哪裡，是嗎？這我不是很懂……」

「你拍的照片，特色就是善良。」

「善良？」

這也許是攝影用語。如果有心想成為攝影師，至少應該先看點這方面的專業書籍才對。參加這種頒獎典禮後，世之介這才開始著急。

世之介骨碌碌地轉動眼珠，努力思考該怎麼回答。這位老攝影師可能看出了他的心思，拿著另一罐啤酒，朝仍舊待在屋內角落的代理課長走去。

難得對方主動搭話，自己卻沒能好好答話，說來實在沒用。但換個角度來看，如果繼續談這種艱深的話題，那也很傷腦筋，想到這裡，世之介才鬆了口氣……

「啊，對了。」

那位老攝影師突然停步，又走了回來。

世之介心想，他應該不是要拿罐裝啤酒，而是想改拿 Chu-hai，因而喊了聲「請」，朝他遞出一罐 Chu-hai。老攝影師收下，向他問道：

「你現在從事什麼工作？我看你的履歷表上寫說你在打工。」

「對，我是打工族。就在照片裡拍的那家維修廠工作。」
「哦，就在那裡工作啊？」
「對。」
「有老婆孩子，卻靠打工維生，這樣算沒出息吧。」
如果他專程回頭，就只是想說這些話，那這個老頭可就愈來愈不討人喜歡了。
「嗯……」
這兩人不像是評審和得獎者，反倒像是訓話的老師對上叛逆的國中生。
「你打工的地方，時間上可以通融嗎？」
老先生似乎也不是要Chu-hai，他將罐子放回桌上，如此問道。
「你的意思是……？」
「我在池袋有一間照相館。你下次可以去那裡坐坐。」
真搞不懂這位老先生究竟是壞心眼，還是愛照顧人。
「咦？在池袋嗎？我也住那裡。北口那邊。」
「哦，是嗎？北口哪一帶？」
「從北口穿過賓館街，經過一家有用餐區的便利商店……」
「店裡總是有好幾個南美來的小姐那家嗎？」
「對對對！我住處離那家便利商店很近。」
「我的照相館就在那家便利商店三樓。」

「咦！真的假的！我幾乎每天都去呢。」

與這樣一位老先生住這麼近，其實也沒什麼好開心的，但不知為何，感到很興奮。

這時，老先生突然朝他拋媚眼。

「小哥，要玩嗎？」

世之介一時心想：「咦？他老糊塗了嗎？」但旋即明白他是在模仿便利商店裡的那些女人。

「No, thank you.」世之介一口回絕。

三月　啟程

吹來今年第一道春風。

維修廠前的廣場上擺著一張舊沙發，世之介坐在上面曬太陽。

風裡透著寒意，但傾注在身上的陽光無比暖和。如此寧靜的時刻，要是再繼續坐下去，恐怕就會成為沙發的一部分。

不光世之介如此，河堤的綠意也愉悅地搖曳，抬頭仰望，眼前是獨自一人享有實屬可惜的蔚藍晴空，白雲同樣愉悅地浮泛天空。

「真是幸福。」

他咬了一口手中的鯛魚燒，不由自主地脫口而出。

「我回來了！」

這時亮太從河堤旁的道路跑來。他一看到世之介坐的沙發，馬上說：「為什麼搬到戶外？這是我家的沙發吧？」

說著朝那張沙發繞了一圈。

亮太剛看完牙醫回來，之所以心情這麼好，正如櫻子說的，最近牙醫診所來了一位女助理，亮太迷上了她。

「是剛才老爹搬出來的，說要扔了。你看，這裡都破了。」

世之介讓弄破沙發的犯人看犯案現場，但犯人似乎打算緘口否認。

「可是，丟掉沙發的話，我們坐哪？」

亮太改變話題。

「聽說要買新的。」

「可以讓我挑嗎？」

「應該不行吧。」

「為什麼？」

「因為你的喜好很孩子氣。」

兩人你一言我一語時，櫻子走過來。

「這沙發擺在屋裡，又大又佔空間，但擺在外頭又顯小。」

她似乎這時才覺得可惜，伸手撫摸沙發的扶手。

「啊，對了。你看過今天早上圓福超市的傳單了嗎？」

雖然這沙發坐了很多年，但和它道別時倒是很乾脆，櫻子馬上將話題從沙發轉到夾報傳單。

「剛才看了，那個特價也太低了吧？」

「很誇張對吧？感覺真的都在價格破壞了呢。」

「啊，妳很喜歡價格破壞對吧？」

「我對破壞一詞，並不排斥。」
「這話可教人笑不出來啊。」
「對了，明天你能去特賣會嗎？你不是又得去那位阿公老師的照相館嗎？」
「我會去他那裡，不過是傍晚。所以明天一早我先來這裡，一起去特賣會，然後再回去。還有，妳就別再叫他阿公老師了，以免下次我和他見面時不小心說出口。」
「有什麼關係，我後面還加上『老師』的尊稱呢。」
附帶一提，他們兩人談論的人，當然是上個月在頒獎典禮中認識的那位老攝影師。回家後調查了一番才得知，這位老先生名叫大路重藏，竟然是日本攝影界的大老。
至於，為什麼像他這樣的大老，會擔任M市這種小型攝影比賽的評審呢？聽說是這位大老在M市出生長大，是M市的榮譽市民。
另外，這位老先生其實不是很欣賞世之介的作品。因為他要是真那麼欣賞，應該就會給世之介金牌，既然給的是佳作，就知道是怎麼回事了：主要原因是他的助手最近離職，而世之介長得很像他那位助手。他心想，既然要用人，還是用看得習慣的人比較好，所以從那之後，他便常請世之介去幫忙。
當然，世之介也有心走攝影之路，面對大老邀約，自然欣然接受。
不過，雖然他現在整天大老、大老掛嘴邊，對他心存感激，但在參加頒獎典禮前，對於大老有怎樣的經歷完全不知，也不曉得該說他是抓住了機會，還是隨遇而安——這一切大老也全瞧在眼裡。

「世之介！我煮了咖啡，你要喝嗎？」

從後院傳來櫻子的聲音。

「要！」

「爸爸他們呢？」

「老爹去看賽艇。隼人哥不知道去哪了。」

應完聲後，又一陣風吹來，吹得廣場上的櫻花樹隨風飄搖。

今年他第一次看到這裡的櫻花樹開花。

說起來理所當然，但彷彿從很多年前就已經坐在這張沙發上，是這家裡一份子的這種感覺，還是教人覺得不可思議。

啊，難道「櫻子」這名字就是來自這棵樹？

「櫻子！」

他出聲叫喚，但沒有回應。

「喂，我說，妳叫櫻子，是因為這棵櫻花樹嗎？」

他又試著大聲叫了一次，但一樣沒回應。

一定是這樣。

他自己這麼認定，靜靜仰望那棵櫻花樹。現在還只是未開的花苞，但只要閉上眼，就能輕易想像出那櫻花盛開的模樣。

春天又快來臨了。

正當他強忍著哈欠時，正好看見隼人走在河堤上。他看了一會兒，隼人正望著對岸，站在原地一動也不動。

因為實在是太久了，於是他從沙發上朝隼人喚道：

「隼人哥！」

但距離太遠，聲音沒傳到。

他開始好奇，隼人到底在看什麼。

世之介這才從他一直坐著不肯離開的沙發起身，衝上河堤，來到隼人身邊。

「你在看什麼啊？」

站在他身旁，同樣往前望去，但沒看到火災引發的黑煙。

「哦，是世之介啊。」

「你在看什麼？」

「河。」

「河？這一條嗎？」

「不然還會有哪條河。」

和平時沒什麼兩樣的河，感覺比平時更加汙濁。總之，找不出讓隼人刻意駐足觀看的理由。

「你剛才去哪？」世之介問。

隼人身穿運動服，腳下套著涼鞋。

「去光司家，和伯父一起整理光司房間。」

「哦，這樣啊。」

世之介本打算說「你跟我說一聲，我就可以去幫你啊」，但想想還是作罷。

「光司一直躺在房裡，但他的東西多到真難以想像。人只要活在世上，東西就會愈來愈多。」

隼人仍望著眼前的河。

世之介想回一句有哲理的話，無奈腦中什麼也沒有。

「啊，櫻子問你要不要喝咖啡？」

他改用這句話代替。

「好，就喝吧。」隼人也應道。

「那我去跟她說。」

世之介正準備離去時。

「喂，世之介……」

隼人望著河面，叫住了他。

「感覺替光司的房間大掃除之後……整個人就像洩了氣一樣。」

「清出許多垃圾，是嗎？」

應該還有其他話可問，偏偏世之介最不擅處理的就是這種嚴肅的場面。

「是啊，我租來的一噸卡車幾乎都載滿了。」

「一噸？」

「真的。他爸媽原本想就這樣擺著，但他們好像要搬家。兩個人住透天厝太大了點，而且房租也貴吧。」

「他們要搬去很遠的地方嗎？」

「聽說是千葉。不過，想去的話隨時都到得了。」

隼人往草地坐下。世之介扯下身旁的雜草，拿在手裡甩動。

「他的喜好我全都知道。他喜歡歐洲車，尤其偏愛寬敞大車。也喜歡動物，貓狗就不用說了，兔子和倉鼠他都喜歡。和車子不一樣，動物他喜歡小一點的。大家常說，和他在一起會覺得很不自在，不知道該做什麼才好。他只是得多花一點時間來表達他的想法。一般只要點頭表示『對』，搖頭表示『不對』就能解決的事，由他來做就得多花點時間。其實也就是一秒能解決的事，他要花一分鐘的時間來做。只要能理解他，根本就沒什麼。真的沒什麼。」

隼人緩緩說道。他像是在對光司說，而不是對世之介。

世之介在一旁拔下長長的茅草，不斷甩動，就像要劃破藍天一般。

「世之介……我真的覺得沒什麼，因為我不急。」

「我明白。」世之介終於開口。

「真的嗎？你能明白？」

「對，多少明白。說起來，我也算是不急的那種。」

世之介這番話，令隼人笑出聲來。

「也對，感覺你一點都不急。」

「就說吧？」

「所以我才會想跟你說這件事。」

突然感覺到有動靜，轉頭一看，亮太正爬上河堤。

「亮太，怎麼啦？」世之介問。

「媽媽說咖啡煮好了。」

「哦，這樣啊。謝謝。」

「你們在幹什麼？」

「嗯？沒幹什麼啊，就只是和隼人哥一起望著河川。」

「為什麼？」

「剛才有條人魚從河裡跑出來，所以我在這裡監視。」

隼人突然以緊張的聲音說道，朝四周窺望，在草叢上爬行起來，世之介馬上跟著照做。

「在那個草叢裡，我看到背鰭了！」

世之介蹲著身子說道，亮太急忙從口袋裡掏出他隨身攜帶的假面騎士手環。

在池袋的西武百貨公司地下食品賣場，世之介正忙著試吃首次登陸日本的美國甜甜圈。

原本這個時間，他忙完平日的工作，都會在維修廠後方的住家享用櫻子親手做的菜。但今天櫻子傍晚時去池袋一家保險公司面試，所以他們便趁這難得的機會，打算兩人在外用餐。

順帶一提，雖說是面試，但算不上什麼正式面試。櫻子有位地方上的學姊，也是單親媽媽，在這家保險公司裡擔任業務員，薪水不錯。所以櫻子心想，既然這樣，或許我也辦得到，算是到公司職場參觀。

試吃過甜甜圈的世之介，接著從西點、和菓子賣場轉戰醬菜賣場。

平日下午，百貨公司的地下食品賣場總是人山人海，要碰巧遇上自己在等的人，可說是近乎奇蹟。但說來還真神奇，世之介和櫻子不論走在多寬廣的樓層，總是能不經意地走向同個方向。也可能是因為他們兩人興趣相通，所以儘管是各自購物，但總會不知不覺間發現對方就站在身邊。

今天也不例外，世之介試吃到京都的千枚漬時，櫻子就站在一旁。

「千枚漬是好吃，但不能久放。」

「能久放的醬菜，偏偏又口味太重。」

世之介乖乖地將大包裝的千枚漬放回原處。

「妳剛到嗎？」世之介問。

「不，我已經逛了三十分鐘。剛才一直在上面的咖啡廳和學姊喝咖啡。」

「職場參觀如何啊？」

「也許行得通。我的算數能力不行，所以本以為保險費的計算一定處理不來，不過，這些事好像靠電子設備就能處理。最重要的是，如果談下高額保單就有大筆收入。」

「不過，聽妳那位學姊說，好像很多時間會被綁住。」

「是這樣沒錯，不過上班時間也很彈性，這樣剛好扯平。」

「聽說假日還要陪客戶打高爾夫、參加飯局。」

「如果能搶到大客戶，那就得這麼做。」

說到這裡，原本拿起生薑糖漿細看瓶身說明的世之介，轉為盯著櫻子。

「幹嘛？」

「不，我只是覺得，如果是櫻子，一定能輕鬆談到這樣的大客戶。」

「啊，那位學姊也這樣對我說。她說，最後都是看誰比較敢推，我看起來就很敢推。」

雖然有不少想買的東西，但接下來要吃晚餐，買了只會成累贅，所以兩人都極力控制物欲，在這樓層漫步。

就在這時，在開始標上特價標籤的熟食區，世之介遇上了熟面孔。

「啊。」

世之介叫了一聲。住他隔壁的那名中國青年，一手拎著打七折的油淋雞，回了一聲「啊」。

「晚餐嗎？」

世之介指向對方手中的袋子。

青年似乎明白他的意思，做出以筷子扒飯的動作。

「太太嗎？」

青年看著櫻子，如此問道。

一時間，他本想說：「不，是我女朋友。」加以糾正，但他嫌麻煩，索性點頭回了一句：

「對。」

然後向櫻子介紹：「他是我鄰居。」

走出地下食品賣場，世之介他們前往離車站不遠處的中華料理店。

剛才兩人走在路上時就已決定要吃中華料理，但直到就座點餐時，才發現是受剛才的油淋雞影響。

他們先以冰涼的青島啤酒乾杯。

中華料理令人喜愛的一點，就是出菜快，兩人才剛乾完杯，涼拌海蜇皮、皮蛋豆腐、餛飩湯、乾燒蝦仁、海鮮鍋巴、油淋雞，轉眼間小小的桌上已擺滿了菜肴。

可能是兩人肚子都餓了，不發一語地動筷子吃了一會兒後，櫻子突然停下筷子。

「啊，對了，剛才買東西的收據得整理一下才行。」

她取出錢包，開始整理。

「不用現在做吧？」

「因為一放進紙袋就會忘記，最後不小心扔了。我好歹也有記帳的習慣。」

「那什麼啊？」

世之介好奇的是塞在錢包裡的一團面紙。

「哦，這是亮太的牙齒。本想丟到屋頂上，但忘了。」

「牙齒？」

「喏。」

櫻子攤開面紙讓他看。

雖然不想在用餐時看小孩掉的牙齒，但不是蛀牙，而且潔白光滑，就像貝殼加工飾品一樣。

「好小啊。」

世之介拿在手上。

「聽說掉太早。一般都是五、六歲才開始換牙。」

「那不就提早一年多嗎？」

「不過，加上個人差異會有兩年左右的誤差，所以他這樣似乎還算正常。總之，我希望他牙齒長得好。牙齒強健，不光是美觀，長大後會有很多好處。」

「遇上堅硬的仙貝，可以啃得比誰都快嗎？」

「聽說運動或腦力，都和咬合力有關。」

「對，是有這個說法。」

「應該是說，看過我老家的那些朋友後，我覺得沒救的傢伙，都是先從牙齒開始沒救。」

櫻子說完後，將亮太的牙齒收回錢包裡。

就在這時送來了什錦炒飯，他們都忘記點了這一道菜。

「哇，我吃不下了。」

「我就說吧。沒關係，打包回去。」

「涼了不好吃。」

「這裡的炒飯粒粒分明，微波之後應該還是一樣好吃。」

可能是聽到他們兩人的對話，端來熱茶的大嬸說：

「回家後馬上放冰箱就沒問題了。等涼一點後，我會幫你們打包。」

接著收走他們的炒飯和榨菜。

「啊，對了，剛才我是不是應該說清楚比較好？」

世之介突然想到巧遇鄰居那件事，脫口而出，但因為問得太唐突，櫻子當然聽不懂他剛才指的是哪件事。

「你講的是哪件事？」

「就是剛才在百貨公司地下……」

「咦？倒帶那麼多啊？」

「不是遇到住我隔壁的中國人嗎？」

「對。」

「當時他問妳是我『太太』嗎，我不是回了一聲『對』嗎？」

「沒關係啊。」

「是嗎？」

「因為他是你鄰居，對吧？他知道我們沒住一起。所以他可能是把『女朋友』說成『太太』吧？」

「哦，原來如此。經妳這麼一說，確實也有這個可能。」

如果是這樣，這話題到此結束，但世之介卻靜不下心來。這是因為，從遇到那位鄰居後，

接著與櫻子漫步在池袋街頭，在這家店看菜單，都讓他覺得這難得兩人獨處的夜晚，是個好

機會。

「我說……」

世之介坐正，挺直腰桿。

雖然這是一家稱不上高級的中華料理店，但感覺店內裝飾華麗，充滿歡樂。

「妳……要不要認真慮一下我們的事？」

「幹嘛突然這麼認真。」

「我覺得，今後要是可以像這樣和妳及亮太一起生活，是很幸福的。」

這時櫻子眼中含笑，想以此蒙混過去，但是世之介展現前所未有的認真，令她收起蒙混的念頭。

「我問你哦，要是我拒絕的話，就再也不能和你見面了嗎？」

櫻子似乎也拿出前所未見的認真，這反倒令世之介歉疚起來。

「也不至於啦。」

此時世之介浮現的神情，與櫻子眼中想蒙混過關的笑意有幾分雷同。

「真的？」

「真的，不至於那麼嚴重啦。」

「這樣的話……對不起。」

「對不起？」

「我希望這樣的關係可以再維持一陣子。」

這時候店裡的大嬸剛好送來打包好的炒飯，不知道該說是來得正好，還是來得不巧。待大嬸離去，櫻子一臉尷尬地向世之介道謝。

「謝什麼？」

「因為你都對我很溫柔。」

「那當然啊，因為妳是我女朋友。」

「不，你剛才提出求婚般的要求，我卻那樣回你，實在有點……」

櫻子就像開啟了某個開關似的，趨身向前。

「也不知道是否該說是溫柔，這或許是你的優點，但就現實面來看，完全行不通。因為你現在在我家打工。如果你真看重我們的事，應該先去找工作吧。」

「這我知道。可是，如果這樣的話，很多事又會往後延。」

「世之介你啊，如果別人聽說你的為人，會覺得你是個好人，但實際待在身邊相處就不是這麼回事。你太不可靠了。」

「太不可靠……？」

「啊，抱歉。在一些小地方，你當然有你的長處，這我很明白。我說的是更深的層面。抱歉，我說得太過分了。」

「沒關係。」

就這樣，世之介二度求婚遭拒。

世之介不認為自己是世間女性心目中理想的結婚對象。他只是覺得，跟櫻子和亮太一起生活，讓他由衷感到幸福。
世之介就像要緩和現場氣氛般，從背包裡取出相機。
他先將鏡頭對準正面的櫻子。
以前櫻子都會明顯擺出抗拒的表情，但最近她已經習慣了，完全不在意相機鏡頭。
之後店內的大嬸免費招待他們自製的杏仁豆腐。世之介明明很飽了，但為了回應店家這份心意，還是將兩人份的杏仁豆腐扒個精光。

這是晴空萬里的星期天午後。
打算帶亮太去水元公園的世之介，在維修廠前的廣場伸懶腰，這時小濱從河堤走來。
「咦，小濱，怎麼了？」
世之介驚訝地出聲問道。
「啊，果然是你。我就想你應該會在這裡。」
小濱跑下河堤。
「妳要來的話，大可先跟我聯絡啊。」
「我是坐電車一時興起……今天天氣這麼好，就算你和櫻子不在，我也可以到這附近的河堤走走。」
「我要帶亮太去水元公園，要不要一起去？」
「那就走吧。小櫻呢？」

「小櫻不去。其實，今天在水元公園舉辦流浪犬領養活動，我想讓亮太去那裡抱抱小狗。別看小櫻那樣，她很喜歡狗，說要是去了一定會想領養，所以不去。」

「那就領養一隻啊。」

「小櫻開始工作了，當保險業務員。」

「那件事已經敲定啦。」

「嗯，她充滿幹勁，很快就會帶著保險型錄去找妳推銷啦。」

「這樣啊。我不會投保，可以幫我跟她說一聲嗎？」

櫻子似乎有順風耳，小濱才剛說完，她便帶著亮太現身。

「哎呀，小濱，妳有說要來嗎？」

「沒有。就只是想來這裡看看。對了，小櫻，聽說妳當保險員的事已經敲定了。」

「是啊，敲定了。得好好努力才行。」

兩個大人就這樣聊了起來，想早點出門的亮太夾在中間，一臉待不住的神情。

「啊，對了，上禮拜發生了一件好事呢。」

小濱像是突然想到似的說道。

「什麼好事？我最喜歡聽人聊好事了。」

世之介迫不及待追問。

「師傅第一次讓我拿菜刀。」小濱說。

這對小濱而言是大事，但老實說，世之介他們完全無法理解。他們原本腦中想像的畫面，是小濱彩券中獎，所以一時間只能回一句：「哇～」

這時亮太的耐性快達到極限。

「好，我們走吧。」

世之介突然一把抱起亮太，坐在他肩上。

「啊，小心又閃到腰哦。」

櫻子馬上提醒。

「我應該沒事了，覺得已經擺脫那件事了。」

世之介一派輕鬆的口吻。

這天亮太在水元公園痛快地玩耍，一直玩到傍晚。回程的電車上睡得全身癱軟，就像整個人是水做的一般。

小濱也像很久沒盡情享受假日般，和小狗一起跑跳。還在亮太央求下，接連踩了三趟天鵝船。理應累得筋疲力竭，但她沐浴在夕陽餘暉下的側臉滿是充實感。

「小濱，妳要直接回去嗎？」

世之介就像要把滿出的水兜攏般，重新抱好亮太。

「我是這麼打算，為什麼這樣問？」

「沒什麼啦。我只是在想，我們很久沒一起喝酒了，如果妳有空的話，要不要去站前喝一杯？」

「那亮太怎麼辦？」

「我先送他回家睡覺，妳在車站等我。」

世之介似乎很懂對方，他猜想小濱走出電車後，應該會順道去一趟很久沒光顧的柏青哥店。所以他就算晚點到也無妨，於是他揹起亮太，悠哉地返回櫻子家。

他先讓亮太躺在客廳裡。

「我去和小濱喝酒，小櫻，妳要去嗎？」

聽到世之介詢問，櫻子回答說，等老爹看完賽艇回來後，或許會過去跟他們會合，要世之介晚一點再跟她聯絡。

回到站前，小濱已離開柏青哥機台，在休息區喝咖啡。

「沒中獎嗎？」世之介問。

「感覺要中獎了，但我最近覺得，如果打柏青哥手氣好，我的運氣就會在這方面用光，那就可惜了。」

小濱這番話，聽了才教人直呼可惜。

「啊……對了，剛才隼人先生一直坐在裡面。」

小濱看向眼前一台沒人坐的機台。

「他中獎了嗎？」

「沒有。應該說，隼人先生看起來無精打采。」

「哦。他自己也說最近很沒勁。」

「是生病嗎？」

「不是，是因為光司先生過世……之前光司先生的父母說要搬去千葉，對光司先生的房間進行了大掃除。從那之後，隼人哥就變得意志消沉。」

「仔細想想，他們一直都在一起。」

「是啊，所以他很消沉。啊，對了。我們和小櫻吃完飯後，一起去由香里姊的店坐坐吧。那是附近的一家卡拉ＯＫ酒館。隼人哥大概也會去那裡。」

現在才剛入夜，但他們前往的這家全年無休的居酒屋已近乎客滿，一些可能是從中午一直喝到現在的常客，歡笑聲四起。

「啊……感覺真自在。」

面對這樣的喧鬧，小濱非但沒卻步，反而馬上融入店裡。

在吧台點了生啤酒後，先前往展示櫃看裡頭擺得滿滿的小菜。「喜歡什麼儘管拿」，是這家像學生餐廳一樣寬敞的店家特有的風格。展示櫃裡從招牌的冷盤，到費工處理的辣味燉菜，應有盡有。

他們以生啤酒乾杯。

「你和小櫻好像處得不錯嘛。」小濱說。

「還好啦。只是前不久跟她求婚，遭到拒絕。」

「咦？你跟她求婚？」

「是啊。順便告訴妳，那還是第二次求婚呢。」

「兩次都被拒絕？」

「沒錯。」

「那你就維持目前的關係嘛，小櫻她也會怕啊！」

「小櫻會怕？為什麼？」

「嗯，我也不是很清楚，不過，有時候某件事做了改變，可能會造成許多事跟著全變了樣，令人害怕。」

「會這樣嗎？」

「會啊。如果心裡這麼認為，就會不想改變而滿足於現狀。」

說來神奇，聽小濱這麼說，世之介心裡的疙瘩就消失了。

擺在吧台上的電視，正播出今年櫻花盛開時間的預測。

「我們兩個正好是在一年前的這時候開始交談。」

小濱突然想起此事，看著電視上播出的櫻花盛開時間預測。

「沒錯。在柏青哥店搶機台。不，真正有交談是在理髮店。」

「對，在理髮店。」

「到現在也才一年。」

「真的呢，感覺就像已經過了三、五年。」

展示櫃裡擺出剛炸好的天婦羅，客人紛紛前往拿取。

「這裡的炸物很有水準。」

世之介馬上離席去拿。

離開居酒屋時還不到七點。世之介先打電話給櫻子，但老爹好像還沒回家。

世之介告訴櫻子，他們會在由香里的店裡，接著他帶小濱前往那家小酒館「夢心地」。

打開門一看，隼人果然在裡頭，坐在吧台的固定座位，喝兌水威士忌配由香里親手做的下酒菜。

「你也太早來了吧？」

世之介坐下後，端熱毛巾前來的由香里一副拿他沒轍的神情說：

「應該是真的沒地方去吧，我到店裡上班時就看到他站在門口。」

「我才不愁沒地方去呢，只是不想去而已。」隼人說。

「那也用不著每天都到這裡喝酒，就像店內的擺飾一樣。」

「我要是不來的話，妳這裡很快就關門大吉了。」

他們流暢地一搭一唱，讓人清楚感受到，最近他們可能每天晚上都這樣對話。

既然如此，也不好在這裡礙事，於是世之介帶小濱改坐包廂，自行唱起卡拉ＯＫ。

就在世之介他們的拿手歌曲差不多唱完時，一群剛結束社區大會的團體，在店內媽媽桑的陪同下走進來。小濱看了，覺得時間差不多了，便說她該回去了，不知為何，一旁的隼人聽了也開口道：

「那我也回去吧。」

就氣氛來看，如果這裡是新宿、澀谷或池袋，看起來像是深夜一點，但是就星期天的小岩來說，現在才八點多。

小濱說她明天還要早起，就此搭電車離去，而世之介在隼人的邀約下又去喝下一攤。他們去了一家時尚的葡萄酒吧，之前世之介曾和櫻子來過，老闆是隼人的學長。

很不巧，店內也坐滿團體客，他們兩人在吧台角落各喝了一杯白葡萄酒後便走出店外。世之介大可直接回家，但現在時間還早，他不由自主地跟著步履虛浮的隼人走。

隼人走向河堤，酒酣耳熱時散步吹吹夜風，說不出的暢快。

隼人朝夜空伸了個懶腰。

「我看……我去某個地方旅行好了。」

學隼人伸懶腰的世之介，耳畔突然傳來這句話。

「世之介，我去某個地方旅行好了。」

隼人就像在對自己說似的。

「那不錯啊。」世之介應道。

「你也這麼認為？」

「雖然我不是很懂，但我認為，你現在不管要去哪裡都行。」

「是嗎？這樣啊。」

「不過，老爹和小櫻就不用說了，其他人也會很傷腦筋的。」

「說的也是……大家都會很傷腦筋。」

世之介心想，隼人過去一定從沒想過，自己到底是為了什麼而承擔。

他待在光司身旁，那不是在承擔，是他自己想那樣做。

所以光司才會原諒隼人，光司的父母才會接納隼人。

世之介心裡無比尊敬，像隼人這樣面對人生的人，遠勝過世上那些成功人士。

去年四月展開悠哉鬆散的這一年，等不及櫻花綻放已即將悠哉地結束。

人生不可能時時刻刻都那麼美好。有順遂也會有坎坷，有最美好的一年，當然也會有最悲慘的一年。

世之介好歹是大學畢業，但因為延畢一年，沒趕上泡沫經濟末期供不應求的市場榮景，這一年來他都靠打工和柏青哥勉強糊口，絕對不會是他人生中最美好的時期。

不過，在人生低潮期雖然諸事不順，但日子還是得過，或許有些人只會在你低潮時才能遇上。

櫻子和亮太就不用說了，像隼人、老爹、小濱、諸仔……如果世之介一帆風順，恐怕就會與他們擦肩而過了。

若真如此，應該對人生的低潮喊萬歲。

人生的谷底，萬萬歲！

話說，河堤上的櫻花盛開，一如往常，接著櫻花樹長出新葉。

有一幕情景就發生在這個時節，雖然有點超出這一年的故事範圍，但還是希望能以它作為故事的結尾。

那天，世之介被櫻子的電話吵醒。

如果是平時，再過五分鐘他的鬧鐘便會鈴響，然後和平時一樣換裝準備，前往維修廠。

「怎麼了？」

難得她在這時間打來，所以世之介以為是亮太怎麼了，馬上清醒。櫻子卻在電話中說：

「隼人哥有跟你說什麼嗎？」

「隼人哥？跟我說什麼？」

「他不見了，房間裡留下一張紙條寫著『我走了』。」

「紙條？」

「你有聽他說過什麼嗎？」

世之介唯一想到的，是在那春寒料峭的河堤上，隼人半開玩笑說的那句「我看……我去某個地方旅行好了」。

「妳說他不見了，什麼時候不見的？」世之介問。

「就今天早上。昨天晚上還在，還吃了晚飯。」

「他的東西呢？」

「全部都在。不過，他平常使用的物品，像是放在洗手間的刮鬍刀這類東西，全部不見了。」

櫻子似乎很慌張。要是隼人走了，對她來說，就是繼母親之後連親哥哥也離家出走。

「我這就過去。」世之介說。

「嗯，麻煩你了。我在家等你。」

在前往小岩的電車上，世之介分不清自己內心是站在哪一邊。

如果隼人真是離家出走，自己究竟是想高高興興地為他送行？還是想帶他回來，要他改變想法？

他比平時更快通過驗票口，經過平時常走的路，趕往維修廠。他一面快步走，一面思考今天原本預計要做的工作。光想便明白隼人不在會造成多大的影響。

就算隼人想離開，也大可不必這麼急啊！但相反的，如果現在不走，什麼時候才能下定決心呢？

就在他一面思考這些事，一面在河堤旁的道路上趕路時——

「世之介！」

他感覺有人叫他，抬頭看向河堤，竟然發現隼人就站在上面。

一時間世之介想，搞什麼，原來是櫻子誤會了，但隼人身上穿的明顯是外出服，而且肩上還掛著一個大背包。

「隼人哥……」

世之介衝上河堤。

「櫻子他們很擔心你呢。」

「哦，她已經聯絡你啦？」

「剛才接到她的電話。」

「嗯……不好意思，驚擾你了。」

「我沒關係啦。」

附近國中的棒球社社員正在晨練慢跑，從兩人身旁通過。他們避開站在狹小通道上的兩人，先分成兩列，之後又合而為一。

兩人轉頭目送他們離去。

「一、二、三、四！」

「二、二、三、四！」

「三、二、三、四！」

「四、二、三、四！」

少年們一身像是剛洗過的制服，在朝陽下閃閃生輝。

「我要走了。」

站在他身旁的隼人望著少年們的背影，如此說道。

世之介仍舊不明白自己內心站在哪一邊。

「當年……我們年紀還小，某天我媽突然離家出走。你聽小櫻提過嗎？」

「聽她稍微提過。」

「如果我媽當時的心情和我現在一樣，那她一定很幸福。要和留下來的人別離當然會難過，但她應該還是抱著幸福的心情離開的吧。現在的我有這種感覺。所以，請你幫我這樣轉告小櫻，她應該會覺得自己肩上的重擔減輕一些。」

從河面往上吹來的風，撫過河堤上的綠茵。

「那……我走了。」

隼人迎著風邁步而去。

「工作方面，你可有什麼想法？」

「沒有，完全沒有頭緒。」

隼人轉過身來，笑著倒退走。

「我想搭船，可以去世界各地的船。我還沒離開過這個市鎮呢。」

「等一切穩定下來後，請跟我聯絡。」

「嗯，我知道。」

「一定要哦！」

「我知道！」

隼人轉身向前，踩著穩健的步伐。

「一、二、三、四！」

隼人半開玩笑地朝自己這樣喊道。

「二、二、三、四！」

世之介也大聲回應。

「三、二、三、四！」

「四、二、三、四！」

彼此的聲音傳向遼闊的河岸。

世之介取出相機，將邁步離去的隼人拍進底片裡。

他想讓櫻子和老爹也看看隼人那充滿希望的背影，也要讓日後也許會踩著同樣的步伐從這條河堤離去的亮太欣賞。

親愛的亮太：

我在電視上看了你在奧運中的活躍表現。你收到這封信時，或許正以帕拉林匹克運動會選手的陪跑員身分忙著練跑吧。總之，身為你舅舅，我一直以你為榮。

現在舅舅搭乘的這艘船，正準備通過非洲莫三比克海峽，前往阿拉伯海。寫到這裡，我想起你小時候，我常會像這樣寄明信片給你，告訴你我現在的所在地。而你也一定會回信給我，信中常提到跑步以及世之介的事。

最近不知為何，我常想起世之介。與當初接獲世之介因電車事故而喪命的消息時相比，感覺腦中浮現更多回憶。

我離開小岩老家的那天，是我最後一次見到他。雖然從那之後就沒再見過他，但現在仍感覺他彷彿近在身邊，這一定是因為你以前常在信中提到他的緣故。

他在身邊時，很像是個靠不住的小弟，但如今回想起世之介的過往，便深深覺得那是善良的展現，是一種奇蹟。

搭船行遍世界後，我了解世上真的什麼國家都有。存在著各種問題，令人不忍卒睹的事、悲傷、痛苦、憤怒。我常想，是否真的會有奇蹟呢？這種時候浮現腦中的，總是世之介那張不可靠的臉。

不管這世界再怎麼不合理，自己再怎麼不甘心，還是不能放棄善良。我對此深信不疑。

雖然有點晚，但下次我回國時，我們一起慶祝你這次的奧運佳績吧！啊，對了。到時候你已經當爸爸了呢！

期待下次相聚。

日吉隼人　啟

文學森林 LF0131

續・橫道世之介
——打工奮鬥篇

続・横道世之介

作者

吉田修一

一九六八年生於日本長崎。一九九七年以《最後的兒子》出道，獲第四十八屆文學界新人獎。二〇〇二年以《同棲生活》獲第十五屆山本周五郎獎，以《公園生活》奪下第一百二十七屆芥川獎，同年一舉拿下大眾文學與純文學的文學獎項引爆話題。二〇〇七年以《惡人》拿下大佛次郎獎以及每日出版文化獎，熱銷超過二二〇萬冊，並改編同名電影。

二〇一〇年以《橫道世之介》榮獲第二十三屆柴田鍊三郎獎，改編同名電影大受好評。二〇一九年，相隔九年再為他筆下這名最受歡迎的角色「橫道世之介」創作續集。同年以《國寶》榮獲藝術選獎文部科學大臣獎與中央公論文藝獎肯定。

他擅長描寫都會年輕人的孤獨與疏離感，獲得廣大的共鳴與回響，包括《路》、《怒》、《再見溪谷》、《犯罪小說集》等作品皆有影視改編。

另有著作：《熱帶魚》、《東京灣景》、《地標》、《長崎亂樂坂》、《星期天們》。

譯者

高詹燦

輔大日本語文學研究所畢業，專職日文譯者，翻譯二十載，譯作數百本。主要作品有宮部美幸「三島屋奇異百物語」系列、太宰治《人間失格》、三島由紀夫《假面的告白》、藤澤周平《蟬時雨》等。個人翻譯網站：http://www.translate.url.tw/

封面設計　陳恩安
責任編輯　陳柏昌
編輯協力　李岱樺
行銷企劃　楊若榆、李岱樺
版權負責　李佳翰
副總編輯　梁心愉

初版一刷　二〇二〇年七月六日
定價　新台幣三七〇元

ThinKingDom 新経典文化

發行人　葉美瑤
出版　新經典圖文傳播有限公司
地址　10045臺北市中正區重慶南路一段五七號十一樓之四
電話　886-2-2331-1830　傳真　886-2-2331-1831
讀者服務信箱　thinkingdomtw@gmail.com
臉書專頁　http://www.facebook.com/thinkingdom/

總經銷　高寶書版集團
地址　11493臺北市內湖區洲子街八八號三樓
電話　886-2-2799-2788　傳真　886-2-2799-0909
海外總經銷　時報文化出版企業股份有限公司
地址　桃園市龜山區萬壽路二段三五一號
電話　886-2-2306-6842　傳真　886-2-2304-9301

續・橫道世之介 / 吉田修一著；高詹燦譯. -- 初版.
-- 臺北市：新經典圖文傳播, 2020.07
360面；21×14.8公分. --（文學森林；LF0131）
譯自：続横道世之介
ISBN 978-986-99179-1-9（平裝）

861.57　　109008404